PETER BLAIKNER

VIRGINIA HILL

KÖNIGIN DER UNTERWELT Virginia Hill reißt mit siebzehn Jahren von zu Hause aus, geht nach Chicago und arbeitet sich mit Sex-Appeal, Dreistigkeit und Entschlossenheit hinauf in die höchsten Kreise der Cosa Nostra, der amerikanischen Mafia. Sie bedient sich der Männer gnadenlos und erfolgreich, um ihre Ziele zu erreichen, wird die Geliebte und Vertraute von Gangsterbossen wie Joe Adonis, Frank Costello und Bugsy Siegel, dem Gründer von Las Vegas. Das erste Hotel in Las Vegas ist nach ihrem Spitznamen »Flamingo« benannt. Virginia ist begabt darin, Schwarzgeld reinzuwaschen. Beim Drogenhandel zwischen Mexiko und den USA instrumentalisiert sie skrupellos so manchen Ehrenmann als Schutz und Tarnung. Ihre Dienste für die Mafiabosse ermöglichen ihr ein Leben in großem Luxus, ein Leben, von dem sie immer geträumt hat. Als sie nach der Ermordung Bugsy Siegels zur Erholung in den mondänen Wintersportort Sun Valley geschickt wird, verliebt sie sich dort in ihren österreichischen Skilehrer Hans Hauser. Für ihn bricht sie mit der Mafia und lässt ihr bisheriges Leben hinter sich. Doch ihre Vergangenheit ist noch sehr lebendig …

Peter Blaikner wurde 1954 in Zell am See geboren. Er studierte Germanistik sowie Romanistik und war Lehrer an einem Gymnasium. Heute lebt er als Musiker, Kabarettist und Autor von Geschichten, Romanen, Musicals und Theaterstücken in Salzburg. Seine Kindermusicals wie »Ritter Kamenbert« oder »Das Hausgeisterhaus« erreichten bisher über eine Million Besucher im deutschsprachigen Raum. Erfolgreich sind auch seine Komödien, zuletzt »Mitterbachkirchen« am Kleinen Theater in Salzburg. Für einen Roman über den ersten Bauernaufstand im Land Salzburg wurde er mit dem Rauriser Förderungspreis ausgezeichnet. Mehr Informationen zum Autor unter: www.blaikner.at

PETER BLAIKNER

VIRGINIA HILL

DAS MONDÄNE LEBEN EINER GANGSTER-BRAUT

ROMAN

GMEINER

Die Geschichte spielt vor einem realen historischen Hintergrund. Ähnlichkeiten mit lebenden oder toten Personen sind deshalb keineswegs zufällig, sondern gewollt. Einige Figuren des Romans und auch Teile der Handlung sind jedoch frei erfunden. Hier sind Ähnlichkeiten rein zufällig und nicht beabsichtigt.

Besuchen Sie uns im Internet:
www.gmeiner-verlag.de

Im Ehnried 5, 88605 Meßkirch
Telefon 07575/2095-0
info@gmeiner-verlag.de

2. Auflage 2022

Lektorat: Claudia Senghaas, Kirchardt
Herstellung: Mirjam Hecht
Umschlaggestaltung: U.O.R.G. Lutz Eberle, Stuttgart
unter Verwendung eines Fotos von: © Bernard of Hollywood
Druck: CPI books GmbH, Leck
Printed in Germany
ISBN 978-3-8392-0311-8

She knows nothing about books
About religion, philosophy
Nothing about how the continent looks
And the global geography
She knows nothing about the devils below
And the angels who fly above
But she knows, oh yes she knows
All about love

Billie

ERSTER TEIL

1

Der Zug hatte Verspätung, als er im Bahnhof von Cheyenne, der Hauptstadt von Wyoming, ankam. Sie richtete sich im Bett ihres komfortablen Schlafwagenabteils auf, zog die Vorhänge zurück und sah gelangweilt hinaus. Gebäude mit großen Fenstern, grau in grau. Gestern Nachmittag war sie in Chicago in den Zug gestiegen, ihr alter Freund Nat Coiner hatte ihr zu dieser Reise geraten: »Nach dem ganzen Trubel solltest du dich richtig erholen. Wie wär's mit Sun Valley, Virginia? Eine herrliche Gegend in den Rocky Mountains! Ich war geschäftlich mal dort. Da kannst du im Schnee herumwandern, Schneemänner bauen und, wenn du willst, sogar Ski fahren.« Nun hatte sie etwas mehr als die Hälfte der Strecke hinter sich und wartete darauf, dass es weiterging. Sie hatte nicht gut geschlafen, was nicht nur am Rütteln des Schlafwagens auf den Gleisen lag, sondern auch daran, dass sie die Folgen der vergangenen Silvesterparty immer noch spürte. Die Party dauerte drei Nächte lang, bis gestern Morgen. Immerhin feierte man mit dem Wechsel in das Jahr 1950 auch den Eintritt in ein neues Jahrzehnt. Sie erwartete sich viel von diesem neuen Jahr, von diesem neuen Jahrzehnt, ein sorgenloses, freies und unabhängiges Leben. »Die 50er-Jahre gehören mir!«, sagte sie sich, so als könnten die vergangenen Jahre von ihr abfallen wie das Laub von den Bäumen im Herbst. Und wie könnte man besser in so einen neuen Lebensabschnitt starten als mit einer Erholung in den Bergen.

Der Schlafwagen-Steward brachte das Frühstück auf einem silbernen Tablett, zwei Spiegeleier, getoastete Weißbrotscheiben, Butter, Marmelade, Kaffee und ein Glas Orangensaft. »Guten Morgen, Mrs. Hill«, sagte er. »Bitte sehr, Ihr Frühstück!«

»Wie lang will denn dieser Zug hier noch stehen bleiben?«, fragte sie verärgert.

»Es werden nur schnell ein paar Waggons abgehängt, angehängt, herumgeschoben, rangiert, wie wir von der Eisenbahn sagen, dann geht es gleich weiter.« Er tat so, als würde er sich auskennen, hatte aber keine Ahnung davon, was gerade im Bahnhof von Cheyenne vor sich ging. »Anschlussverbindung nach Denver, das dauert immer ein wenig.«

»Noch mehr Verspätung?«, fuhr sie ihn an. Er lächelte unschuldig. Sie kannte Denver, ein miserables Nest, das sich Großstadt nannte und kein Recht hatte, ihr nun mit einer Zugverspätung Zeit zu stehlen. Der Steward zog sich aus dem Abteil zurück. Virginia hatte das Gefühl, schon seit Tagen nichts mehr gegessen zu haben, obwohl ihr erst gestern Abend im Speisewagen ein Dinner serviert worden war. Sie stürzte sich auf ihr Frühstück. Spiegeleier, Toast und Butter liebte sie über alles, ein einfaches Essen, jedoch, wie sie fand, von einer gewissen Eleganz und Vornehmheit. Sie tauchte ein Stück Toast in das Gelbe eines Spiegeleis und sah zu, wie es sich auf dem Teller ausbreitete. Obwohl es natürlich als unschicklich galt, schleckte sie, da sie allein war, so wie früher als Kind den Teller ab, als der Schlafwagen-Steward die Tür zum Abteil sanft öffnete, geradewegs zu ihr hinsah, kurz mit den Mundwinkeln zuckte, leicht grinste und sagte: »Alles zu Ihrer Zufriedenheit, Madam?« Sie erwiderte seinen Blick mit einem vernichtenden Nicken. »Das nächste Mal klopfen Sie gefälligst an, bevor Sie in das Schlafzimmer einer Dame kommen!« Etwas verlegen, aber wie immer freundlich lächelnd, zog er sich schnell zurück. Dieser Blick, diese stechenden, fordernden Augen, dieses Zucken um den Mund, all das erinnerte sie an jemanden, den sie gut kannte. Sie erschrak, denn sie musste an ihre Kindheit in Alabama denken, an ihren Vater, diesen Pferdehändler mit irisch-indianischen Wurzeln, der mit zunehmendem Alter immer mehr soff und in seinem Rausch alle verprügelte, die er zwischen die Finger kriegte. Da die Kinder dann rasch das Weite suchten, erwischte er meistens seine Frau, die zu langsam war, sich nicht wehren konnte oder wollte, aus welchen Gründen auch immer. Virginia, das sechste von zehn Kindern, gelang es fast immer, sich vor dem wütenden Vater zu verstecken. Als sie sieben Jahre alt war und ihr Vater sie wieder einmal wegen einer Kleinigkeit verprügeln wollte, nahm sie mehr aus Reflex denn aus Berechnung die auf dem Herd stehende gusseiserne Bratpfanne und schlug damit auf ihren Vater ein. In der Pfanne befand sich heißes Fett, mit dem ihre Mutter Würste braten wollte. Das Fett spritzte dem Vater auf die Brust, er stieß einen kurzen Schrei aus, spürte die Schmerzen, tat aber so, als würde ihm das nichts ausmachen. Er beugte sich zu Virginia, hob die Hand und wollte die Bratpfanne, deren Stiel sie immer noch fest umklammerte, an sich reißen. Doch dann sah er in ihrem Blick eine derart entschlossene Wut, dass er plötzlich so etwas wie Respekt vor ihr hatte, sofern der Begriff

»Respekt« Teil seines Wortschatzes war. Er ging aus dem Haus und ließ seine Tochter von nun an in Ruhe. Umso mehr widmete er sich seiner Frau, die er nun fast täglich prügelte. Virginia flehte ihre Mutter an, sich doch von diesem Scheusal zu trennen, doch sie seufzte nur: »Das kann ich nicht. Das geht nicht. Du weißt doch, was dein Vater dann mit mir tun würde! Er findet mich überall, egal, wohin ich gehe.« Viele Möglichkeiten, irgendwohin zu gehen, hatte sie nicht. In der Nachbarschaft gab es kaum einen Ehemann, der sich nicht regelmäßig betrank und Spaß daran hatte, seine Ehefrau so zu behandeln, wie er es für richtig hielt. Damit fand man sich ab, man fühlte dabei fast schon so etwas wie eine Normalität, die aus der Verbundenheit mit den anderen erwuchs, denen es auch so erging. Spätestens jetzt war es für Virginia klar, dass ihr Leben hier nur das Warten auf den Absprung in ein anderes war.

Ihr Vater nannte sich Geschäftsmann, der eines gegen das andere eintauschte. Er war geschickt und hart im Verhandeln, hatte die Gabe, den Leuten alles Mögliche einzureden, und gab ihnen stets das Gefühl, zu ihrem Vorteil zu handeln, während er selbst dabei draufzahlte. Meist war genau das Gegenteil der Fall. Virginias jüngerer Bruder Chick sagte einmal: »Mein Vater konnte am Morgen das Haus verlassen und trug nichts bei sich als ein Taschenmesser. Am Abend kam er mit einem Pferd zurück.« Wenn er sich betrunken schlafen legte, stahl ihm Virginia Geldscheine aus der Hosentasche und ging damit ins Kino statt in die Schule. Wenn sie erst am Abend nach Hause zurückkehrte, sagte sie immer, dass sie in der Schule hätte nachsitzen müssen. Ihr Vater meinte dann: »Ich wusste schon immer, dass du die allerschlechteste Schülerin der ganzen Schule bist. Kein Wunder, dass sie dich so oft dort behalten.«

Virginia hatte nur den Wunsch, bald erwachsen zu werden, um aus diesem Elend, aus der Armut ihrer Umgebung, aus diesem ganzen Dreck auszubrechen, ihren gewalttätigen Vater hinter sich zu lassen und ihn so schnell wie möglich zu vergessen. Und nun musste sie ausgerechnet dieser Schlafwagen-Steward an ihn erinnern, weit weg von Alabama, weit weg von ihrer Kindheit, wo sie noch barfuß zur Schule ging, weil sie sich keine Schuhe leisten konnte. Jetzt hatte sie Schuhe im Überfluss, die Kästen in ihren Wohnungen waren voll damit.

Schon in der Schule, wo sie mit Kindern zusammenkam, die nicht arm waren, die nicht immer dieselben Kleider anhatten, deren Eltern ihnen Schuhe kaufen konnten, sogar zwei Paar Schuhe, war ihr klar, dass Geld der Schlüssel zu einem besseren Leben war. Sie bettelte wildfremde Männer an, meist Durchreisende, die in der Gegend geschäftlich zu tun hatten, sie mögen ihr am Kiosk von Jack ein Buch kaufen, ein Lexikon, in dem viele Begriffe erklärt wurden, mit schönen Bildern verziert, ein Buch, das sie sich nicht leisten konnte und das ihr helfen würde, in der Schule noch besser zu lernen. Ihr unschuldiger Blick hatte oft die gewünschte Wirkung, manche Männer bekamen Mitleid mit dem armen, bildungshungrigen Mädchen, das weniger Möglichkeiten hatte als andere. Stolz und dankbar ging sie mit dem Buch vom Kiosk weg, um dann, wenn sich der mildtätige Herr entfernt hatte, wieder umzukehren, Jack das Buch zurückzugeben und sich den Preis, den der Herr dafür bezahlt hatte, mit Jack zu teilen. So drehte dieses Buch im Lauf eines Schuljahres einige Runden und brachte sowohl für Virginia als auch für Jack eine schöne Summe Geld zusammen.

Als sie 15 Jahre alt war, bot sie sich an, bei begüterten Nachbarn auf deren Kinder aufzupassen, damit die Eltern ausgehen konnten. Sie wurde gut dafür bezahlt. Dabei bemerkte sie immer öfter, dass ihr die Ehemänner auf die Beine und auf den unter der Bluse bereits gut zu erkennenden spitzen Busen starrten. Einmal, als gerade niemand im Haus war, lockte sie einer dieser Ehemänner in ein Zimmer und zog sich die Hose aus. Sie musste lachen, als sie ihn halb nackt vor sich stehen sah, und dachte dabei an den alten brüchigen Gartenschlauch in der Garage ihres Vaters, während der Mann schwitzend dastand und seufzte, sie möge doch näher kommen. Er würde ihr einen Dollar für etwas geben, das sie damals noch nicht kannte. Sie verstand jedenfalls, dass es diesen einen Dollar nicht wert war, noch länger bei einem schlauchigen, stotternden, geifernden Kerl zu bleiben, verließ das Haus und ging nie wieder hin.

Sie lernte den um zwei Jahre älteren George kennen und beschloss, er sei der Mann, mit dem sie die Liebe erfahren wollte, dieses ewige Spiel von Mann und Frau, von dem sie schon so viel gehört hatte. Sie ließ sich von ihm ausziehen, denn das gehörte, wie er sagte, dazu und legte sich bereitwillig unter ihn. Als sie langsam begann, dieses Spiel ein wenig zu genießen, war er auch schon wieder fertig damit. Sie verstand nicht, warum die Leute so ein Aufsehen wegen dieser Sache machten. Sie probierte es noch mehrmals mit ihm, immer mit demselben Resultat. Ihm schien es zu gefallen, sie langweilte sich dabei, starrte an die Zimmerdecke und beobachtete gespannt, wie sich der Verputz in diesem schäbigen Raum, in dem es nach gekochtem Kraut roch, an einigen Stellen zu lösen begann. Immerhin erschien ihr George als die ideale Möglichkeit, um endlich aus der

Kleinstadt und aus diesem Hin und Her zwischen Vater, Mutter, Geschwistern und Gewalttätigkeit zu entkommen. Er hatte etwas Geld und ein Auto. Als ihr Vater wieder einmal seinen Rausch ausschlief, lief sie von zu Hause weg, setzte sich zu George in den Ford und forderte ihn auf, mit ihr wegzufahren, wenn er sie wirklich liebte und weiterhin von ihr erwarten würde, sich mit ihm ins Bett zu legen. Sie wollte nach Chicago, wo eine Weltausstellung stattfand, von der sie gehört hatte. Sie war gerade 17, noch minderjährig und vertraute darauf, dass George sie vor der Polizei beschützen und als seine Ehefrau ausgeben würde. Von der Polizei wäre sie sicher sofort nach Hause zurückgeschickt worden, zurück zu ihrem Vater, der sie für ihr Ausreißen hart bestraft und zu Hause eingesperrt hätte, um ihr diesen Freiheitsdrang für alle Zeit auszutreiben. Jedoch noch bevor sie volljährig war, hielt sie es bei George nicht mehr aus und ließ ihn, der sich immer mehr zu einem eifersüchtigen, lästigen und arbeitsscheuen Individuum entwickelt hatte, irgendwo in einer Bar in Chicago stehen. Nun ging sie ihre eigenen Wege. Bis zum Schluss der gemeinsamen Zeit war es George nicht gelungen, ihr zu zeigen, was an dieser Liebe zwischen Mann und Frau, von der die Mädchen mit glühenden Gesichtern schwärmten, so besonders war.

2

Der Zug hatte Cheyenne gerade verlassen, die mächtige gelbe Diesellokomotive zog die Waggons weiter nach Westen. Der Schlafwagen-Steward klopfte an die Tür. Nachdem sie laut »ja« gesagt hatte, kam er in ihr Abteil, nahm das Frühstücksgeschirr und blickte freundlich lächelnd und zuvorkommend zu ihr hin. »Haben Sie noch einen Wunsch, Madam?« Die Erinnerung an ihren Vater war verflogen. »Ja«, sagte sie in fast befehlendem Ton. »Bringen Sie mir eine Flasche Champagner!«

»Ist es nicht etwas früh am Tag, um Alkohol zu trinken?«

»Was geht denn Sie das an? Erstens ist Champagner kein Alkohol wie zum Beispiel Bourbon, sondern Medizin wie zum Beispiel Aspirin, wenn Ihnen das ein Begriff ist. Und zweitens sind die Prohibitionsgesetze schon seit über 15 Jahren abgeschafft, ganz gleich zu welcher Tageszeit.«

»Sehr wohl, Madam«, sagte er leicht geknickt und fügte nach kurzem Nachdenken hinzu: »Dann tun wir einfach so, als wären wir in Frankreich. Denn dort haben wir bereits Nachmittag. Und der Champagner kommt ja auch von dort. Passt also alles bestens zusammen, oder?« Virginia musste laut lachen, dann lachte auch der Steward, froh darüber, dass seine kleine witzige Anmerkung so gut angekommen war und die Laune der Dame gehoben hatte, und verließ das Abteil. Sie spürte immer noch die Nachwirkungen der ausschweifenden mehrtägigen Silvesterparty und versuchte nun, sie mit dem nobelsten aller Getränke, mit Champagner zu bekämpfen. Das half meistens in solchen Fällen. Die durch den Alkohol verursachte körperliche Niedergeschlagenheit am Tag danach hatte sie schon bei ihrem Vater bemerkt, der sie seinerzeit regelmäßig niederkämpfte, jedoch nicht mit Champagner, den er sich nie hätte leisten können, sondern mit billigem Schnaps, der den billigen Restschnaps vom vortägigen Rausch im Schädel besänftigen sollte. Gerade in der Zeit der Prohibition, die im Jahr 1920 von Präsident Herbert Hoover eingeführt worden war, um den Alkoholismus im Land zu bekämpfen, entwickelte sich ihr Vater zum Alkoholiker. Die Tatsache, den Alkohol nun illegal erwerben zu müssen, reizte ihn und gab dem Trinken eine neue, fast edle Existenzberechtigung. Er deckte sich jeden Tag mit einer Flasche Schnaps ein und versteckte die Flaschen gern im Wasser der gefüllten Regentonne hinter dem Haus. Dort waren sie sicher vor eventuellen Kontrollen und blieben sogar kühl. Da nun aber nicht immer ordentlich gebrannter Schnaps zur Verfügung stand, wurde dort und da auch minderer Fusel mit giftigen Rückständen erzeugt und verkauft. Solchen Erzeugnissen, die er zunächst dank seiner robusten allgemeinen körperlichen Verfassung ohne größere Schäden zu überstehen schien, fiel letztlich auch ihr Vater zum Opfer.

Alkohol, hochwertiger oder schlecht gemachter, stand trotz der strengen Prohibitionsgesetze über all die Jahre immer zur Verfügung, dafür sorgten organisierte Banden, die mit dem illegalen Alkoholhandel reich wurden, ihn schwunghaft und einträglich betrieben und sich schließlich zusammenschlossen, um ihn besser kontrollieren zu können und noch mehr davon zu profitieren. Nachdem die Prohibitionsgesetze, die in keiner Weise die in sie gesetzten Erwartungen erfüllt hatten, im Jahr 1933 durch den neu gewählten Präsidenten Franklin D. Roosevelt wieder abgeschafft worden waren, wandten sich die groß gewordenen Organisationen verstärkt anderen Arbeitsbereichen zu wie

Drogenhandel, Prostitution, Erpressung von Schutzgeldern und verbotenem Glücksspiel, das nun oft in jenen Hinterhöfen und Kellern angeboten wurde, wo man vorher illegal Whisky verkauft hatte. Die mächtigste dieser Organisationen war die *Cosa Nostra*, deren höchste Bosse Virginia Hill in ihrer umfassenden Bedeutung, in ihrer abgründigen Brutalität und mit ihren kleinkarierten Eitelkeiten bald kennenlernen sollte.

Der Champagner wurde serviert, *Veuve Clicquot*, eine der teuersten Champagnermarken weltweit. Die Eisenbahngesellschaft, die *Union Pacific Railway*, die eine der Zugverbindungen zur Westküste betrieb, hatte Stil. Virginia schenkte sich ein und trank in kleinen Schlucken, was ein allmähliches angenehmes Erwachen ihrer Lebensgeister zur Folge hatte. Sie trank gern Champagner, auch Wein, besonders Rotwein, und auch Whisky, aber nur den besten. Der gesundheitliche Verfall ihres Vaters durch billigen Fusel war ihr noch in Erinnerung. Er wurde immer gewalttätiger, schrie nur noch herum und verblödete zusehends. Nur wenn er schlief, konnte das Leben in ihrer Familie ruhig und sogar fast schon gemütlich seinen Lauf nehmen. Gott sei Dank schlief er mit den Jahren immer länger, bis er eines Tages gar nicht mehr aufwachte. Aber da war Virginia schon längst in Chicago. Sie versuchte, als Kellnerin in Bars und Restaurants über die Runden zu kommen, und hatte ein kleines Zimmer in einer Wohnung, die von Kollegen und Kolleginnen aus dem Gastgewerbe bewohnt war. Diese Wohnung lag in einem Vorstadtviertel von Chicago, in dem hauptsächlich Ganoven, Zuhälter und Huren verkehrten. Einer der Zuhälter wollte, dass sie für ihn arbeitete. Sie überschüttete ihn mit den wüstesten Ausdrücken, die ihr in den Sinn kamen, und schlug so lange auf ihn ein, bis er wie ein geprügelter Hund mit blutender Nase davonschlich. Das war das erste Mal, dass sie einem Mann die Nase blutig schlug. Sie wunderte sich über ihren umfangreichen speziell ausgeprägten Wortschatz, der sich mit den Jahren in ihr angereichert hatte, und war erstaunt über ihr Talent, sich mit den Fäusten zu wehren, eine Gabe, der sie von nun an vertrauen sollte. Sie lernte nach und nach alle möglichen Arten von Männern kennen, solche mit einem anziehenden Äußeren und einem abstoßenden Innenleben, freundliche und falsche, meist mehr arme als reiche und auch Männer, die ihr im Gegensatz zu George endlich zeigten, warum sich Mann und Frau so gern miteinander in ein Bett legten. Doch wie seinerzeit George aus Alabama entwickelten sich die meisten Männer, denen sie begegnete, sehr bald zu eifersüchtigen, gewalttätigen Trinkern, auf die sie gern verzichten konnte. Um so ein Leben zu führen, hätte das nicht sehr große Mädchen mit den schönen Beinen, dem auffallenden Busen, dem kastanienbraunen Haar und den vielversprechenden Lippen auch in ihrem Südstaatennest bleiben können.

Eine Freundin sagte ihr, dass sie als sogenanntes Taxigirl in einem Tanzlokal arbeite und gut dabei verdiene. Sie tanzte mit Männern, ließ sich für jeden Tanz bezahlen und an der Bar zu Drinks einladen, die wie teurer Bourbon aussahen, in Wirklichkeit aber nur aus gefärbtem Wasser bestanden. Sie war am Umsatz der von den Männern konsumierten alkoholischen Getränke beteiligt. Es bestand keine Verpflichtung, mit diesen Männern vom Tanzlokal in das Zimmer eines nahe gelegenen Hotels zu gehen, man konnte derartige einträgliche Vorschläge ablehnen, man musste aber nicht. Virginia liebte es zu tanzen, verdiente als Taxigirl ganz gut, leistete sich erstmals in ihrem Leben schöne, besondere Kleider, konnte ein besseres Zimmer mieten und fand über einen Freund eine zusätzliche Anstellung als Kellnerin in einem Restaurant des *San Carlo Italian Village*, das vor Kurzem als Bar- und Restaurantviertel gegründet worden war. Die Betreiber dieser Lokale waren zumeist ausgewanderte Sizilianer und deren in den USA geborene Kinder, die sich in der Mafia-Organisation *Cosa Nostra* zusammenfanden. Die Weltausstellung brachte viele Menschen nach Chicago: Geschäftsleute, Touristen, neugierige Besucher, die hier einfach etwas erleben wollten. Das wurde ihnen durch die Mitarbeiter der *Cosa Nostra* auf angenehmste und zuverlässigste Weise ermöglicht, es gab Restaurants, es mangelte nicht an Vergnügungslokalen und sogenannten Massagesalons, wo Damen ihre Dienste im Sinne der Prostitution anboten. Die *Cosa Nostra* verdiente jedes Mal ihren Anteil, wenn Geldscheine die Besitzer wechselten. Ein geringer Teil des Profits ging an Beamte und Polizisten, ohne deren Versprechen, sich nicht in diese Geschäfte einzumischen, vieles nicht möglich gewesen wäre. »Es gibt in Chicago mehr korrupte Bullen als Toiletten«, war im *Italian Village*, das bald nach seiner Eröffnung auch *Little Italy* genannt wurde, ein verbreiteter Ausspruch. Sogar am Verkauf von Souvenirs, Teller, Löffel, Puppen und so weiter, die jeweils das offizielle Bild oder das Wappen der Weltausstellung trugen, war die *Cosa Nostra* mit 20 Prozent beteiligt. Für alle diese finanziellen Transaktionen bot das von ihr kontrollierte *San Carlo Italian Village* einen geschäftsträchtigen Boden. Der damalige Boss, der 1899 in Brooklyn als Sohn italienischer Einwanderer geborene Al Capone, kassierte maßgeblich an der einträglichen Abwicklung des Ganzen, konnte sich jedoch an der Weltausstellung persönlich nicht erfreuen. Er wurde im Jahr 1931 wegen Steuerhinterziehung zu elf Jahren Gefängnis verurteilt und am 18. August 1934 in die zu einem Hochsicherheitsgefängnis umgebaute Festung auf der Insel Alcatraz in der Bucht von San Francisco verlegt. Das war eine Woche vor Virginia Hills 18. Geburtstag. Sie war endlich volljährig und fühlte sich so frei wie noch nie. Die Weltausstellung, die unter dem Motto *A Century of Progress* anlässlich der Hundertjahrfeier Chicagos abgehalten wurde, war noch bis Jahresende in vollem Gang.

3

Virginia war kurz eingeschlafen. Die Flasche Champagner stand neben dem Bett auf dem kleinen Tischchen, das halb eingeschenkte Glas daneben stieß immer wieder leicht an der Flasche an. Es klopfte an der Abteiltür. Virginia wachte auf. »Was gibt's?«, fragte sie. Der Schlafwagen-Steward kam herein. »Entschuldigen Sie die Störung, Madam. Es ist wegen des Champagners. Mein Dienst endet hier. Ich steige an der nächsten Station aus.«

»Und was, bitte, hat Ihr Dienst mit dem Champagner zu tun?«

»Die Flasche kostet 78 Dollar 90. Bitte schön.« Virginia stand auf. »Aber das kann ja dann auch Ihr Kollege übernehmen. Bis nach Sun Valley ist es noch weit. Da werde ich vielleicht noch mehr von diesem Zeug bestellen.«

»Es ist leider so üblich, dass derjenige, der serviert, auch kassiert. Vorschriften.«

Vorschriften, dachte sie, Vorschriften, so ein Unsinn! Er will sich das Trinkgeld nicht entgehen lassen. Gleichzeitig hatte sie Respekt vor seiner Geschäftstüchtigkeit. Was hatte sie selbst damals in den Bars und Vergnügungslokalen von Chicago nicht alles unternommen, um ihren Kunden ein ordentliches Trinkgeld zu entlocken. Sie zog einen Hundertdollarschein aus ihrer großen schwarzen Handtasche und gab ihn dem Steward. »Stimmt so!«

»Sehr großzügig, Madam. Danke sehr. Brauchen wir eine Rechnung?«

»Rechnung? *Wir*?« Sie musste lachen. »*Ich* habe in meinem Leben noch keine Rechnung gebraucht. Und *wir* brauchen erst recht keine.«

»Dann wünsche ich Ihnen noch eine gute Reise und viel Vergnügen in Sun Valley. Es soll sehr schön sein dort in den Bergen.« Noch einmal sah sie seinen stechenden Blick, dann verschwand er aus dem Abteil. Von draußen hörte sie ihn fröhlich pfeifen. Sie schenkte sich ein weiteres Glas Champagner ein und bemerkte, dass die Flasche schon fast leer war. Kein Wunder, dachte sie, in so einer Flasche ist ja auch nicht viel drin.

Ein regelmäßiger Besucher in dem Restaurant, wo sie arbeitete, war Nat Coiner, ein ruhiger, höflicher Mann mit guten Manieren, 33 Jahre alt, wuchtig, etwas untersetzt, mit wenigen Haaren und massigen Gesichtszügen, die eine aschfarbene Hornbrille mit dicken Gläsern noch verstärkte. Er war Chefbuchhalter der *Cosa Nostra* in Chicago, ein enger

Vertrauter Al Capones, verantwortlich für die Verbuchung jedes Dollars, den die Organisation verdiente und ausgab. Täglich gingen Hunderttausende Dollar durch seine Hände, in einer Zeit, als ein durchschnittlicher Arbeiter zehn Dollar in der Woche verdiente. Das meiste Geld stammte aus illegalen Geschäften wie Drogenhandel, Glücksspiel, Prostitution. Dieses Schwarzgeld musste, um es in den legalen Geldkreislauf überführen zu können, reingewaschen werden. Der Begriff der Geldwäsche wurde von Al Capone erfunden, der in Chicago Waschsalons betrieb, wo man seine Wäsche in Waschmaschinen waschen konnte. Er gab dafür mehr Einnahmen an, als in Wirklichkeit hereinkamen und füllte die Differenz mit Schwarzgeld auf. Bars, Restaurants, Hotels und Geschäfte, wo man alles Mögliche zum Verkauf anbot, waren dafür auch bestens geeignet. Das *San Carlo Italian Village* bestand hauptsächlich aus solchen Einrichtungen. Das Geld wurde offiziell als Einnahme verbucht und ordnungsgemäß versteuert, wodurch auch das Finanzamt profitierte. Somit hatten dessen behördlichen Vertreter von höchster Stelle Anweisungen, im Sinne der staatlichen Steuereinnahmen diese Geschäfte nicht allzu sehr zu stören.

Nat Coiner, unverheiratet und Frauen gegenüber ein wenig schüchtern, war bereits vor einiger Zeit auf Virginia Hill aufmerksam geworden. Der Ausdruck ihrer natürlichen Schönheit, die sie ganz beiläufig zur Schau stellte, ohne sich damit in Szene zu setzen, faszinierte ihn. Er gab ihr jedes Mal ein großzügiges Trinkgeld, das sie, ohne sich großartig zu bedanken und ohne ihn eines mehr als flüchtigen Blickes zu würdigen, annahm, als wäre das die selbstverständlichste Sache der Welt. Sie hatte schon seit einiger Zeit genug von diesen Männern, die sie nur für ein kurzes Erlebnis gefügig machen wollten, und sich angewöhnt, sie von oben herab zu behandeln und ihnen auf Distanz zu begegnen. Diese kühle, abweisende Haltung, diese stolze, fast schon unabhängige Art war ganz anders als die Anbiederung jener Mädchen, die darauf aus waren, sich einen reichen Mann zu angeln, sich von ihm verführen zu lassen und für ihr Leben ausgesorgt zu haben. Dafür nahmen sie auch eine lange langweilige Ehe in Kauf, denn alles hatte seinen Preis. Virginias Gesichtsausdruck war gleichmäßig, wirkte erhaben, doch auch ordinär, ihre körperliche Erscheinung hatte die Leichtigkeit eines unschuldig tänzelnden Mädchens, doch auch das Gewicht einer erfahrenen Frau, die mit beiden Beinen am Boden stand, bewandert in verschiedenen Abgründen, geheimnisvoll zurückhaltend und doch zu allem bereit. Das reizte Nat Coiner und machte Virginia für ihn interessant. Er brauchte jemanden, der unauffällig für diverse Aufgaben eingesetzt werden konnte. Eine Frau. Warum nicht? Wenigstens würde man ihr im Gegensatz zu den üblichen Typen die Zugehörigkeit zur Unterwelt nicht sofort ansehen.

Nat Coiner galt als einer der klügsten Buchmacher in Chicago, er hatte ein Büro an der Pferderennbahn, bot Wetten auf Pferde an, kassierte die Gewinne aus den Wetteinsätzen oder zahlte sie aus. Die Multiplikation der Quote mit dem Wetteinsatz ergab den möglichen Gewinn. Er hatte oft telegrafische Informationen, welches Pferd aus welchen Gründen auch immer gewinnen würde, er gab auch dementsprechende Informationen an Kollegen weiter, die ihm gefügig waren und sozusagen zur Familie gehörten.

»Virginia, magst du Pferde?«, fragte er sie eines Tages.

Sie war überrascht. »Ja«, antwortete sie unsicher. Sie liebte Pferde und erinnerte sich an ihre Kindheit in Alabama, wo sie mit ihren Schulfreunden durch die Gegend ritt, schnell wie der Wind mit dem sicheren Gefühl, frei zu sein und allen Schwierigkeiten davonzufliegen.

»Hast du Lust, morgen mit mir zur Pferderennbahn zu gehen?«, fragte er.

»Warum nicht«, sagte sie und schenkte ihm ein großzügiges Lächeln.

Von nun an nahm Coiner Virginia regelmäßig zur Pferderennbahn mit, machte sie mit den Pferdewetten vertraut und sorgte dafür, dass sie meistens gewann, manchmal sogar richtig viel Geld. Sie wusste jedoch nicht, dass Coiner hinter diesen Gewinnen steckte. Als ihr das später klar wurde, war sie bereits Teil seines geschäftlichen Netzwerks, seine fleißige und gelehrige Mitarbeiterin, die sich schnell an das viele Geld gewöhnte.

Wenn es einmal nicht so lief wie vereinbart, wenn Fehler im ausgeklügelten System passierten, wurde der Schuldige bald gefunden, manchmal ein Unbekannter, der Konkurrent einer anderen Organisation, der Coiner und seinen Getreuen ins Handwerk pfuschte. Manchmal führte die Spur lediglich zu einem Jockey, einem einfachen Angestellten, der die Pferde über die Rennbahn jagte und sich von den lukrativen Versprechen anderer dazu verleiten ließ, gewisse Abmachungen nicht einzuhalten. In solchen Fällen wurde Salvatore verständigt, ein ehemaliger Einbrecher, der sich einmal vor dem Richter auf die Frage nach dem Grund seines Einbruchs in einen Schnapsladen kurz angebunden rechtfertigte: »Weil er geschlossen war.« Salvatore wurde ein treuer Mitarbeiter der *Cosa Nostra*, er wusste immer, was mit Abtrünnigen zu geschehen hatte. Es war nicht schwer. Er sagte dann meist: »Ich bin psychologisch vorgegangen. Beton an die Füße und ab in die Tiefe.« Auf die Frage, was denn daran psychologisch sei, antwortete er:

»Tiefenpsychologisch.« Er war der seltene Fall eines gebildeten ehemaligen Einbrechers.

Bei den Pferdewetten, einer legalen Form des Glücksspiels, da es sich hier um sportliche Wettkämpfe handelte, kam auch das bewährte System der Geldwäsche zum Einsatz. Man setzte das aus illegalen Geschäften verdiente Geld auf Pferde und gewann Beträge, die als legale Einnahmen verbucht und versteuert wurden. Auch wenn der Gewinn einmal geringer war als der Einsatz, machte man immer noch Profit.

Die Polizei wusste zwar von solchen Machenschaften, hatte jedoch von Edgar Hoover, dem Chef des FBI, immer wieder Anweisungen, sich hier nicht sonderlich einzumischen. Hoover war ein begeisterter Besucher der Rennbahn, er liebte Pferde über alles, sie waren sein größtes, vielleicht sogar sein einziges echtes Freizeitvergnügen. Noch mehr liebte er es, bei den Wetten zu gewinnen. Dass er fast immer gewann, dafür sorgte Nat Coiner höchstpersönlich. »Ich bin nichts anderes als eine Agentur, die die Ehrlichkeit der Pferderennen reguliert.«

Coiner war mit Buchmachern aus New York in engen Geschäftsbeziehungen, er setzte auf Pferde in New York, die New Yorker setzten auf Pferde in Chicago. Sie bauten gegenseitige Rückversicherungen gegen eventuelle Verluste auf und teilten sich dann die Gewinne. Das zu setzende Geld, meist Schwarzgeld, aber auch die erzielten Gewinne, mussten von einer Stadt in die andere gebracht werden. Zahlungen mit Schecks und Banküberweisungen wurden überwacht und konnten den Behörden auffallen, die Zugriff auf Bankkonten hatten. Reisende, die von einem Bundesstaat in den anderen reisten, wurden auf Bahnhöfen und Flughäfen immer wieder kontrolliert, um den Schmuggel zu unterbinden und das organisierte Verbrechen allgemein zu bekämpfen. Also brauchte Coiner Kuriere, die unauffällig große Summen Bargeld transportieren konnten, ohne bei den Behörden Verdacht zu erregen. Dafür schien ihm Virginia ideal. Darüber hinaus galt es, gestohlene Juwelen, Schmuckstücke, Goldmünzen und sogar Goldbarren, aber auch wertvolle Nerzmäntel zu Kunden in anderen Bundesstaaten zu liefern. Die Beträge aus dem Verkauf der Ware mussten nach Chicago gebracht werden, wo sie in den Bars, Restaurants und Hotels des *Italian Village* weiß gewaschen wurden.

»Ich will reich werden, ich will Geld haben, ich will, ich will, ich will!«, sagte sich Virginia, als sie merkte, was Coiner mit ihr vorhatte. »Und vor allem muss ich nicht mit ihm ins Bett, denn dafür scheint er sich nicht zu interessieren. Wahrscheinlich ist er zu sehr in seine Geschäfte verliebt. Gut für mich!«

Virginia erwies sich als zuverlässiger Kurier, sie reiste von einer Stadt in die andere, häufig mit dem Nachtzug von Chicago nach New York und wieder zurück. Manchmal nahm sie für ihre Reisen auch das Flugzeug, besonders für die weiteren Strecken von Chicago nach Miami, wohin die *Cosa Nostra* ebenfalls gute Geschäftsbeziehungen unterhielt. Coiner hatte schließlich so großes Vertrauen in Virginia, dass er sie sogar über den Atlantik nach Zürich fliegen ließ, um dort für die Organisation anonyme Schweizer Nummernkonten zu eröffnen und darauf Geld zu deponieren. Das Bargeld hatte sie dabei gern in ihrer großen schwarzen Handtasche, in Kosmetikkoffern und in Hutschachteln versteckt, aber auch unter der Kleidung am Körper verteilt. Sie trug bei ihren Reisen immer große, ausgefallene Hüte, sodass Hutschachteln zu ihrem logischen Gepäck gehörten.

Staatspolizisten und Agenten der Bundesbehörden verdächtigten sie nicht, Handlanger der Unterwelt zu sein, für sie war sie nicht mehr als eine reiche Dame, die aus reinem Vergnügen und wohl auch aus Langeweile von einer Party zur anderen reiste und Geld ausgab. Sie hielten Ausschau nach Männern mit dem typischen Äußeren von Verbrechern, die kurz angebunden waren und nicht viel redeten. Eine elegant gekleidete Frau, die in einer launigen Art gern alles Mögliche erzählte, die sie freundlich und mit einem leicht erotischen Zug um die Lippen anlächelte, verdächtigten sie nicht.

»Bitte! Tun Sie Ihre Pflicht!«, sagte Virginia Hill zu einem Polizisten, der an einem Bahnhof an der Grenze zu Pennsylvania ihr Gepäck durchsuchte. »Wühlen Sie nur in meiner Unterwäsche herum!«

»Ich will Ihnen natürlich nicht zu nahe treten, Madam. Aber dieser ganze Schmuck ...!« Er zog eine Perlenkette zwischen den Büstenhaltern hervor.

»Den Schmuck habe ich mir sauer verdient«, sagte sie schnippisch. »Genau wie alles andere. Glauben Sie denn, ich war immer so wohlhabend? Ich komme aus bescheidenen Verhältnissen. So wie Sie. Denn sonst würden Sie wohl nicht bei der Polizei arbeiten. Woher kommen Sie denn?«

»Alabama«, antwortete er.

»Sweet home Alabama! Wie ich! Vielleicht sind wir sogar miteinander verwandt. Und da kommen Sie hierher, um redliche Landsleute zu belästigen.«

Der Polizist fühlte eine angenehme Verbundenheit mit dieser Lady. »Sie doch nicht, Madam. Sie sind ja keine Schmugglerin«, sagte er mit einem Lächeln und starrte sie an.

»Was schauen Sie denn so? Gefalle ich Ihnen nicht? Bin ich Ihnen zu dick?«

»Im Gegenteil, Sie sind genau richtig«, antwortete er.

Virginia war tatsächlich in solchen Situationen dicker als sonst, trug sie doch zwei bis drei Nerzmäntel übereinander, die auf dem Weg zu einem neuen Besitzer waren, der sie einer Geliebten oder seiner Ehefrau schenken würde. Unter den Mänteln hatte sie meist mehrere silberne oder goldene, mit Diamanten und Rubinen besetzte Ketten um den Hals.

»Was glauben Sie, was da alles hin und her geschoben wird«, fuhr der Polizist fort, »Gold, Juwelen, Drogen. Da muss man gut aufpassen. Und ich bin einer, dem nichts entgeht.«

»Sie kennen sich aber aus!«, sagte Virginia. »Und so einer wie Sie arbeitet bei der Polizei. Eindeutig überqualifiziert. Sie gehören in eine Schlüsselposition. Mit top Bezahlung. Ich werde schauen, was sich da machen lässt. Man sieht sich wieder.« Der Polizist grinste respektvoll und ließ sie ohne Probleme weiterreisen. Vielleicht könnte diese Dame ja wirklich ihren Einfluss geltend machen, um aus einem schlecht verdienenden Polizisten einen gut verdienenden zu machen.

Virginia Hill verdiente bestens, sie gewöhnte sich schnell an den über sie hereingebrochenen Luxus, hatte erstmals in ihrem Leben das wunderbare Gefühl, großes Glück zu haben, auch wenn sie dem Glück ständig nachhelfen und dafür hart arbeiten musste. Aber es zahlte sich aus. Sie wurde süchtig nach Nerzmänteln, nach Seidenstrümpfen, teuren Schuhen, feinen Kleidern und natürlich nach Geld, häufte immer mehr Dollarscheine an und wollte nie wieder darauf verzichten. Sie wohnte mit Nat Coiner meist Zimmer an Zimmer, zuerst in einfachen Hotels, später im *Sheraton*, schließlich mieteten sie zwei Apartments auf verschiedenen

Etagen in den *Delaware Towers*, einem Wolkenkratzer in der Delaware Street in Chicago. Ihre Beziehung zu Nat war anders als die zu den anderen Männern, mehr wie die einer Schwester zu ihrem großen Bruder, sie sollte über 30 Jahre lang anhalten und alle Liebhaber Virginias und auch ihre drei Ehemänner überdauern.

4

Es klopfte an der Tür. »Herein!«, sagte sie mit ihrer leicht schnarrenden, etwas schrillen Stimme, die mehr an eine Verkäuferin auf dem Fischmarkt denken ließ als an eine Lady aus der besseren Gesellschaft, die sie in den Augen des Zugpersonals und der Mitreisenden war. Der Kollege des vorhin ausgestiegenen Schlafwagen-Stewards öffnete die Tür und trat ein. Er sah gut aus, war jung, machte einen offenherzigen Eindruck und wusste anscheinend, dass man anklopfte, bevor man in ihr Abteil ging. Wahrscheinlich hatte ihn sein Kollege diesbezüglich unterwiesen. »Verzeihung, Madam!«, sagte er und begann, das Bett zu einem Sitz umzubauen. »Damit Sie es auch schön gemütlich haben, Madam. Service wird bei uns groß geschrieben, das wäre das Geheimnis unseres Erfolges. Was meinen Sie, Madam?« Und bevor sie noch antworten konnte, plapperte er schon weiter: »Unser Zug, der *City of Portland*, ist einer der komfortabelsten Züge im ganzen Land. Und auch einer der schnellsten. Er macht 60 Meilen Durchschnittsgeschwindigkeit von Chicago bis Portland. In der Ebene zwischen Omaha und Cheyenne bringt er es stellenweise sogar bis auf 100 Meilen. Stellen Sie sich das mal vor! Das war mitten in der Nacht. Da haben Sie wahrscheinlich tief geschlafen und gar nichts davon bemerkt.«

»Und trotzdem hat der Zug Verspätung«, sagte Virginia.

»Aber nicht mehr lange, denn die *Union Pacific* ist bekannt dafür, jede Verspätung bis zum Endbahnhof aufzuholen. Also bis Portland. Wahrscheinlich schaffen wir es sogar schon bis Shoshone, von Cheyenne nach Shoshone, sozusagen von einem Indianerstamm zum anderen.« Er lachte und redete weiter: »Da müssten Sie dann aussteigen, um den Bus nach Sun Valley zu nehmen. Früher gab es von Shoshone nach Sun Valley sogar eine Zugverbindung, die wurde aber eingestellt. Ich glaube, man hatte keine Lust mehr, die Schienen vom Schnee frei zu räumen. Das war auch auf Dauer zu teuer. Wenn es dort nämlich schneit, dann schneit es.« Virginia lächelte gequält. Er fuhr fort. »Ich werde Sie rechtzeitig informieren, bevor wir in Shoshone ankommen. Heute Abend gegen 19.30 Uhr. Ohne Verspätung, Sie werden sehen.« Er war mit dem Umbau des Bettes endlich fertig. »So, Madam, jetzt können Sie es sich auf diesem komfortabelsten der Sitze aller Züge dieser Welt gemütlich machen. Dürfte ich Ihnen noch etwas bringen? Champagner vielleicht?«

Sie nickte. Champagner war ideal, um ihr die Zeit bis zum Aussteigen zu verkürzen. Der Steward verließ das Abteil. Dass einer in so kurzer Zeit nur so viel reden kann, dachte sie. Wie ein Wasserfall. Eigentlich war er sozusagen ein wenig wie sie selbst, denn sie redete auch gern und viel, plauderte einfach so vor sich hin, über Gott und die Welt, wie man so sagt, also mehr über die Welt als über Gott. Die Leute ringsum hörten erstaunt zu, sie glaubten dann meist, dass das, was sie sagte, wichtig sei. In Wirklichkeit redete sie meist nur belangloses Zeug daher, als große Meisterin des gehobenen Small Talks, dessen Kunst sie sich bald selbst beigebracht hatte. Es war nicht schwer. Ihre Art der Gesprächsführung war auch eines der vielen Geheimnisse ihres Erfolges in der Unterwelt von Chicago. Man konnte sich darauf verlassen, dass sie in Gesellschaft zwar dahin plauderte, aber nichts ausplauderte, was für diese Gesellschaft nicht gedacht war. Verschwiegenheit war eines der obersten Gesetze der *Cosa Nostra*. Man hatte ein italienisches Wort dafür: *Omertà*. Wer dieses Gesetz missachtete, bekam es mit einem Typen wie Salvatore zu tun, der für ewiges Schweigen sorgte. »Man kann alle Gesetze brechen, nur nicht das Gesetz des Schweigens«, war einer seiner beliebten Aussprüche, ein Sprichwort aus Sizilien ein anderer: »Wer taub, blind und stumm ist, lebt 1.000 Jahre in Frieden.«

Seit Al Capone im Gefängnis war, hatten seine beiden Cousins, die Brüder Rocco und Charlie Fischetti, die Geschäfte der *Cosa Nostra* in Chicago übernommen. Virginia Hill lernte die beiden Brüder auf einer Party kennen, zu der sie Nat Coiner mitgenommen hatte.

»Du bist also die Geliebte von dem Coiner?«, sagte Charlie. »So eine wie dich hat dieser Langweiler ja gar nicht verdient.«

»Geliebte wäre etwas übertrieben«, antwortete sie. »Vorerst hab ich von Liebe noch wenig gespürt, aber was nicht ist, kann ja noch werden. Was das Geld anbelangt, so haben wir uns schon angenähert, er ist Spezialist im Geldbeschaffen, ich im Ausgeben. Sonst hätte das ganze Beschaffen ja keinen Sinn. Da verstehen wir uns blind. Denn alles hat seinen Preis.« Charlie lächelte, seine schräg heruntergezogenen Mundwinkel zeigten Respekt vor so viel überraschender Schlagfertigkeit.

Coiner, der in der Nähe stand und mit einem Ohr zugehört hatte, sagte nur: »Schnauze, Virginia! Du redest zu viel!«

»Aber Nat«, sagte Virginia, »sei doch nicht schon wieder so schlecht gelaunt. Was sollen denn deine Freunde von dir denken?« Und zu Charlie gewandt meinte sie: »Er ist immer so missmutig.«

Coiner, der immer genau spürte, wenn Virginia dabei war, sich an einen Mann heranzumachen, wollte sich nicht unterkriegen lassen: »Virginia, du lebst von meinem Geld.«

Charlie Fischetti meinte amüsiert: »Dein Geld, mein Geld! Was soll's? Wir sind doch alle eine Familie.« Dann nahm er Virginia am Arm und entfernte sie von Coiner, der es nie gern sah, wenn sie mit anderen Männern flirtete, was der Hauptgrund für seine ständige üble Laune war. Virginias Verfassung steigerte sich im Lauf des Abends in höchste Gefühle, die sie später mit Charlie in einem Hotelzimmer teilte und in den kommenden Wochen und Monaten weiterhin regelmäßig mit ihm teilen würde.

»Der Champagner, Madam!« Der Schlafwagen-Steward stellte die Flasche und zwei Gläser auf den kleinen Tisch am Fenster des Schlafwagenabteils. »Man weiß ja nie, vielleicht bekommen Sie ja Besuch oder wollen jemanden einladen«, sagte er mit einem tiefen Blick auf das zweite Glas und ging wieder. Besuch in einem Zug? So ein Unsinn! Virginia goss ein, machte ein paar Schlucke aus dem Glas und lehnte sich in ihrem Sitz zurück. Der komfortabelste der Sitze aller Züge dieser Welt. Da dürfte er recht haben, dieser gesprächigste der Stewards aller Schlafwagen dieser Welt. Dann schlief sie ein.

An einem Abend Mitte Dezember im Jahr 1936 fand in der Wohnung von Charlie Fischetti die alljährliche traditionelle Weihnachtsfeier statt, die sich zumeist recht langweilig gestaltete. Essen, trinken, tanzen und der Versuch des wohlklingenden Absingens von weihnachtlichen Liedern. Unter den hochrangigen Herren aus der Chicagoer Unterwelt waren auch Charlies Bruder Rocco und der etwas einfältige Jimmy Banani mit dem Schnurrbart wie aus einem Kinderfasching und dem scharf gezogenen Mitte rechts-Scheitel wie aus einem ranzigen Stummfilm. Er sah sich als der wahre Nachfolger von Al Capone, wurde es aber nie. Jake Grumlik, genannt der »fette Daumen«, ein eingebildeter, widerlicher Typ, der Mädchen nach Chicago lockte, sie zur Prostitution zwang und nach Belieben beseitigte, stand schweigend daneben. Nat Coiner kam mit Virginia Hill. Charlie Fischetti, der vor seiner Ehefrau, die gelernt hatte zu schweigen und zu erdulden, sein Verhältnis zu Virginia nicht offensichtlich machen wollte, um den bevorstehenden Weihnachtsfrieden nicht unnötig in Schieflage zu bringen, sagte zu Virginia, sie sollte in Begleitung von Coiner erscheinen. Ihr war es egal, dass Fischetti verheiratet war, sie war Verhältnisse mit verheirateten Männern gewöhnt. Als Virginia den Raum betrat, waren die Blicke der Männer sofort auf sie gerichtet. Sie strahlte etwas Besonderes aus und genoss es. Die anwesenden Frauen waren ihr gleichgültig, sie tat so, als wären sie gar nicht vorhanden. Die Frauen taten ihr gegenüber ebenso.

Es lag eine spezielle Stimmung in der Luft, die durch den verabreichten Alkohol noch mehr aufgeheizt wurde. Die Tage vor Weihnachten hatten von jeher etwas Angespanntes, etwas Gereiztes, was wohl auch mit der zunehmenden Dunkelheit zu tun hatte, die sich über die Tage legte und die Nächte unendlich erscheinen ließ. Die Zunahme an Finsternis war nicht nur in der freien Natur zu spüren, sondern auch in der Natur der Menschen, in ihren Gedanken und Gefühlen. Virginia ging von einem Mann zum anderen, machte kecke Anspielungen, setzte einen unerwarteten Augenaufschlag ein, gezielte Bewegungen ihrer Lippen und ihres Oberkörpers. Ihr Blick schien zu sagen: »Ich will alles und noch mehr.« Sie wollte abwägen, wie weit sie gehen könnte, wie weit diese großspurigen Männer bereit wären, ihre Gesten und Handlungen zu schätzen, wie ernst sie es meinten, wenn sie sagten, diese Frau sei für ihre Organisation wichtig. Sie wollte die Wahrheit wissen. Als sie an Jake Grumlik vorbeiging, legte er sein starres, schräges Gesicht in Falten und strich mit den Fingern lässig an ihrem Oberarm über die seidene Bluse: »Wir sind es, die ihr den Mund mit unserem Geld stopfen. Ohne uns wäre sie ein gerupftes Huhn.« Die Männer außer Coiner lachten. Virginia dachte nicht lange nach und gab ihm in ihrer schnippischen Art zurück: »Gut, dann soll mein Mund dort sein, wo das Geld ist.« Sie kniete sich vor Grumlik nieder, machte seinen Hosenschlitz auf und nahm seinen Schwanz in den Mund. Er war überrascht, grinste verlegen, die Falten in seinem starren Gesicht versteinerten. Er sah sich kurz um und ließ sie tun, was sie wollte. Es dauerte einige Zeit, bis man erkannte, was hier vor sich ging. Die Männer blickten erst verlegen, dann mit großen Augen und mit offenem Mund zu Virginia hinüber. Auch wenn sie es zunächst nicht offensichtlich zeigten, begannen sie doch, ihren Spaß an diesem ungewöhnlichen Anblick zu haben, unerwartete Unterhaltung während einer ganz normalen, traditionellen gediegenen Weihnachtsfeier. Banani lief rot an, seine Oberlippe drückte den mickrigen Schnurrbart in die Nasenlöcher, der Speichel rann ihm aus dem Mund. Fischettis Ehefrau, eine an sich ruhige Person, die wie alle Ehefrauen der *Cosa Nostra* gelernt hatte, sich in Angelegenheiten ihrer Männer nicht einzumischen, verstummte zunächst, dann begann sie zu schreien: »Diese Hure! Dieses Luder!« Virginia, die gerade mit Grumlik fertig geworden war, funkelte sie von unten herauf quer über das ganze Zimmer mit feurigen Augen an, während sie mit der Zunge über die Oberlippe strich: »Du nennst mich eine Hure, nur weil ich mit Männern Spaß habe? Damit das klar ist: Ich bin der beste Schwanzlutscher von Chicago! Und dass die Männer auch ihren Spaß mit mir haben, beweisen die Diamanten, die sie mir umhängen. Ich mache mit Männern dasselbe wie du, aber an dir sehe ich keinen einzigen Diamanten.« Fischettis Frau wollte auf Virginia eintreten, wurde aber von ihrem Ehemann zurückgehalten. »Das ist nichts für dich!«, sagte er beschwichtigend. »Geh in die Küche!« Wutentbrannt und böse Flüche ausstoßend verließ sie das Wohnzimmer, ging über den Flur in die Küche, setzte sich an den Tisch, machte eine Flasche Whisky auf und begann hemmungslos zu trinken, was sie sonst nie tat. Andere Frauen folgten ihr. Zwei Frauen blieben, sie waren die Spiele der Männer gewöhnt und dabei hart geworden. Nat Coiner, angewidert von dem, was sich hier gerade abspielte, zog sich ebenfalls in die Küche zurück. Seine Laune war auf einem historischen Tiefpunkt angelangt.

Man war unter sich, kein Wort, keine Tat würden diese Räume je verlassen. Einer der Männer gab Virginia in ein paar schüchtern gestammelten Worten zu verstehen, auch mit den anderen Männern das zu tun, was sie soeben mit Grumlik getan hatte. Virginia, noch immer auf den Knien, wandte sich nun an Charlie Fischetti, der an der Wand lehnte. Ihn kannte sie bereits. Dann bewegte sie sich weiter zu Jimmy Banani, dem nun noch mehr Speichel aus dem Mund rann als zuvor, direkt auf Virginias Kopf. So rutschte sie von einem zum anderen und machte aus einer traditionell langweiligen Weihnachtsfeier eine höchst originelle, noch nie dagewesene und auch niemals auf diese Weise wiederkommende. Virginia Hill erniedrigte sich, um über ihnen allen zu stehen, sie wollte die Wahrheit und bekam sie. In der Küche, wo Wein- und Schnapsflaschen die Runde machten, hörte man aus dem nahen Wohnzimmer Gelächter und Gejohle, das lange nicht verstummte. Der Versuch, weihnachtliche Lieder wohlklingend zu singen, fand in diesem Jahr nicht statt.

Virginia wachte plötzlich auf. Der Zug ratterte regelmäßig nach Westen. Wirklich sehr komfortabel, dieser Sitz, da hatte der Schlafwagen-Steward nicht zu viel versprochen. Man setzt sich hin und schläft sofort ein. Sie hatte gerade von einer Weihnachtsfeier geträumt und hing noch ein paar verwaschenen Gedanken nach. Doch der Traum war nichts weiter als die Spiegelung einer beinharten Wirklichkeit, denn damals rutschte sie wahrhaftig in diesem Wohnzimmer auf den Knien von einem zum anderen. Beinahe hatte sie es vergessen, so lange war das her, wohl 14 Jahre schon. Und nun träumte sie zum ersten Mal davon, plastisch und wahrheitsgetreu, wie ihr vorkam. Dieser Traum war anders als die sonst eher diffusen Träume, an die sie sich später kaum noch erinnern konnte. Unbewusst fasste sie sich an die Knie.

Die ganze Geschichte von damals rückte drückend lebendig in ihre Erinnerung. Das gefiel ihr. Sie fühlte sich stolz, denn sie hatte allen gezeigt, wozu sie fähig war, mutig, rücksichtslos und mit voller Härte. Mit ihr brauchte man nicht zu spielen, sie herauszufordern, konnte zu Überraschungen führen, zu unerwarteten Konsequenzen und zu außergewöhnlichen Handlungen. Sie hatte die Fähigkeit, alles auf eine Karte zu setzen, im Geschäftlichen wie im Privaten. Sie war bereits eine kleine Persönlichkeit in der Unterwelt Chicagos, doch diese Aktion bei der Weihnachtsfeier machte sie zu einer Königin der Mafia, zur Mob-Queen von Chicago, der nun viele Wege offenstanden. Eines Tages sollte sie von den Behörden sogar als weiblicher Al Capone bezeichnet werden. Sie selbst hatte Al Capone persönlich nie kennengelernt. Als sie nach Chicago kam, war er schon im Gefängnis. Nach seiner Entlassung 1939 zog er sich auf sein Anwesen in Palm Island in Florida zurück, wo er 1947 im Alter von 48 Jahren an der Syphilis starb. Er wollte sich gegen die Krankheit, an der er schon länger litt, nicht behandeln lassen, denn er hatte Angst vor Injektionsnadeln.

Die *Cosa Nostra* war eine Organisation von Männern. Frauen hatten in diese Welt keinen Zutritt. Viele dieser Männer waren überzeugte Familienväter, Ehemänner, die ihre Frauen betrogen, aber öffentlich die Ehe als moralische Instanz über alles stellten. Virginia hatte beste Beziehungen zu diesen Männern, sie wurde ihre enge Vertraute, sie kannte die wahren Machthaber in Chicago und ihre Geschichten, sie war in viele Geheimnisse eingeweiht und wurde als erste Frau in der Geschichte der *Cosa Nostra* eingeladen, an den Treffen der Männer teilzunehmen, an den Sitzungen des Syndikats. Sie erwarb viel Wissen über die Machenschaften im innersten Kreis dieser großen Familie und hatte es geschafft, eine der gefährlichsten Frauen in der Geschichte der amerikanischen Unterwelt zu werden, berechenbar, wenn es um die geheimen Angelegenheiten der Organisation ging, unberechenbar, wenn ihr jemand in die Quere kam, sie provozierte oder herausforderte. Sie war erst 21 Jahre alt und hatte schon sehr viel erlebt. Nat Coiner nannte sie ganz gern sein »junges grünes Gemüse«, doch war sie schon längst alles andere als grün, ein bunter Vogel auf dem Flug nach oben, der seine Flügel weit ausbreitete, grenzenlos und ohne Halt.

Zu den Frauen dieser Männer hielt sie Abstand. »Das sind dumme Sexpuppen, die jeden Tag darauf warten, dass ihr Ehemann oder ihr Liebhaber ein paar Dollarscheine bei ihnen liegen lässt. Da bin ich ganz anders. Wer mit mir spielt, kann auch verspielen.«

Nat Coiner setzte sie weiterhin als Geldkurier zwischen den Bundesstaaten ein. Sie führte jede Arbeit immer zur vollsten Zufriedenheit ihrer Auftraggeber aus. Doch Coiner hatte noch andere, größere Pläne mit ihr. »Ich denke daran, Virginia nach New York zu schicken«, sagte er zu den Brüdern Fischetti. »Dort soll sie sich an Joe Adonis und Frank Costello ranmachen. Ich traue den Typen nicht. Seit Al Capone im Gefängnis sitzt, meinen sie, wir in Chicago sind schwach geworden.« Rocco Fischetti stimmte zu: »Seit wir mit denen beim Schnaps zusammengearbeitet haben, glauben sie, sie können sich alles erlauben.«

Sie waren sich einig, dass sich Virginia in New York niederlassen sollte, um an die Bosse der dortigen *Cosa Nostra* heranzukommen, um ihnen Informationen über deren Absichten im immer lukrativer werdenden Handel mit Rauschgift zu entlocken und von New York aus am landesweiten Ausbau der geschäftlichen Position Chicagos mitzuarbeiten. Niemand wäre dafür geeigneter als sie. Charlie Fischetti würde also in der nächsten Zeit auf Virginia verzichten müssen, denn die Familie hatte Vorrang. Und die *Cosa Nostra* war seine Familie.

5

Als Neunjähriger wanderte er mit seiner Familie in die USA aus, als 30-Jähriger wurde er mit durchgeschnittener Kehle kopfüber an einem Haken in einer New Yorker Fleischerei aufgehängt. Er schaffte es dennoch zu entkommen. Ein Polizist sagte ihm, dass er Glück gehabt hatte. Seither nannte er sich »Lucky«, der Glückliche. So wurde aus Salvatore Lucania, dem armen Knaben aus Corleone in Sizilien, Charles »Lucky« Luciano, einer der größten Bosse der *Cosa Nostra* in Amerika. Es gelang ihm, mit der Gründung eines nationalen Verbrechersyndikats das gesamte Land in Einflussgebiete für die italienisch-amerikanischen Familien aufzuteilen. Jede Organisation hatte ihren Bereich und konnte mit den anderen zusammenarbeiten. Doch die Feindseligkeiten zwischen den Gangstern von Chicago und New York blieben, allein schon wegen einer 100 Jahre zurückliegenden Familiengeschichte aus Sizilien, einer Verletzung der Familienehre, einer Vendetta, die nie gesühnt wurde. Edgar

Hoover betrachtete die Gangsterbanden als unbedeutende lokale Erscheinung, wofür das FBI nicht zuständig war. Er gewann weiterhin bei den Pferderennen.

Virginia hatte Lucky Luciano bereits im Rahmen ihrer Geschäftsreisen von Chicago nach New York flüchtig kennengelernt. Doch nun, da sie vorhatte, länger in New York zu bleiben, war Lucky im Gefängnis. Er wurde ein Jahr zuvor, am 17. Juli 1936, wegen gewerbsmäßiger Prostitution und Mädchenhandels zu 30 bis 50 Jahren Haft verurteilt. Er verteidigte sich damit, lediglich Mädchen vermittelt und ihnen zu einer Karriere als Mannequins und Tänzerinnen verholfen zu haben. Doch die vielen Zeugen, die von der Anklage vorgebracht wurden, belasteten ihn durch ihre Aussagen schwer, auch wenn sie allesamt Prostituierte, Zuhälter und entlassene Sträflinge waren. »Man kann keine Bischöfe als Zeugen in einem Prostitutionsfall bekommen«, rechtfertigte sich der Ankläger. »Wir müssen die Aussagen schlechter Männer benutzen, um andere schlechte Männer zu verurteilen.«

Lucky Lucianos Nachfolger wurden Joe Adonis und Frank Costello, der eine stammte aus der Nähe von Neapel, der andere aus Kalabrien. Joe Adonis, der eigentlich Giuseppe Doto hieß, war so überzeugt von seinem schönen Aussehen, dass er sich Adonis nannte, nach dem Jüngling aus der griechischen Mythologie, dem Sinnbild für Schönheit. Adonis, ein gut gebauter, etwas zu kurz geratener Kerl mit erhöhten Schuhsohlen und dem übertriebenen Selbstbewusstseins des kleinen Mannes, glaubte fest an seine einnehmende Ausstrahlung, die etwas Einfältiges an sich hatte, das arrogant wirkte.

In New York mietete Virginia ein großzügiges Apartment, besorgte sich eine noch umfangreichere Garderobe und engagierte ein Zimmermädchen, das für sie sorgte. Geld spielte keine Rolle, wöchentlich schickte ihr Nat Coiner Dollarscheine in einem unauffälligen Umschlag. Adonis, der Frauen generell abfällig und schäbig behandelte, sollte von einer eigenständigen, unabhängigen Dame, die genau wusste, was sie wollte, aber auch für alles offen war, beeindruckt sein. Ihr fiel bald auf, dass die Gangster hier einen gepflegteren Stil hatten und besser gekleidet waren als in Chicago. Sie wollte ihnen ebenbürtig entgegentreten, ihr Auftritt sollte auffallen. Nebenbei betrieb sie weiterhin den einträglichen Schmuggel zwischen Chicago und New York.

Als sie Joe Adonis zum ersten Mal traf, war sie grade mit Carl zusammen, einem reichen Rennstallbesitzer, der Virginia anhimmelte. »Du bist der hellste Stern am Firmament«, lallte er, der selbst nicht sehr hell war und seine Dumpfheit mit geerbtem Reichtum überspielte. Er nahm sie zu den Pferderennen mit. Das Wetten auf Pferde, das sie vorher nur dienstlich, also für Coiner und seine Auftraggeber, betrieben hatte, machte ihr nun erstmals richtig Spaß. Bisher wurden die Pferde, auf die sie setzte, von anderen ausgesucht, sie saß nur da und hoffte, dass ihr Pferd gewinnen würde, was meistens auch der Fall war. Bei Carl durfte sie sich selbst die Pferde aussuchen und freute sich dann umso mehr, wenn sie gewannen. Er freute sich auch, denn er gewann ihre Gunst.

Sie traf Adonis in der Bar des *Madison Hotels*, wo er sich mit Frank Costello und dessen Ehefrau aufhielt. Carl wich nicht von ihrer Seite. Adonis ging wie zufällig an Virginia vorbei, streifte sie fast unabsichtlich, blieb stehen und sagte beiläufig: »Sie trinken Wein schon am Nachmittag?« Virginia sah ihm direkt ins Gesicht und antwortete: »Was und wann ich trinke, geht Sie gar nichts an.« Dann widmete sie sich wieder ihrem Glas. Adonis fühlte sich herausgefordert, denn noch keine Frau hatte es bisher gewagt, ihm gegenüber abweisend zu sein. Diese schnippische, herrische, abfällige Art war er nicht gewohnt. »Ist das nicht etwas früh am Tag?«, fragte er weiter, und Virginia antwortete: »Die Prohibition ist schon seit vier Jahren abgeschafft, ganz gleich zu welcher Tageszeit.« Diese freche Frau gefiel ihm. Er drängte sich zwischen Virginia und Carl, wandte sich abwechselnd zu ihr und zu ihm und sagte: »Ich nehme Sie beide mit ins *Copacabana.*« Carl wollte einwerfen, dass es Zeit sei, mit Virginia nach Hause zu gehen, kam aber nicht mehr dazu. Adonis ließ ein Taxi rufen. Dann wartete er und starrte Virginia mit dem Blick eines verschmitzt lächelnden Lausbuben an.

Costellos Frau fragte ihren Mann: »Wer ist denn dieses Weib?«

Frank Costello, der nach einer verpfuschten Mandeloperation nur noch mit rauer Stimme sprechen konnte, flüsterte wie immer: »Eine gewisse Virginia Hill. Sie kommt aus Chicago.« Er hatte meistens mehr Informationen als die anderen und bereits von dieser Frau gehört.

»Jetzt schnüffeln diese Chicagoer schon wieder bei uns herum«, ätzte seine Frau.

Costello, der immer alles im Guten regeln wollte, meinte beruhigend: »Aber wir sind doch alle eine Familie. *Made in Italy.*«

Costellos Frau beruhigte sich nicht: »Die sieht aber nicht aus wie *Made in Italy.* Eher wie eine amerikanische Straßenhure.«

Als sie das sagte, waren Adonis, Virginia und Carl bereits weg.

Im *Copacabana*, einem beliebten Nachtlokal der Unterwelt, wurde viel getrunken, was die Atmosphäre zwischen Adonis und Virginia bald auflockerte und die Stimmung hob. Sie bemerkten, dass sie einige gemeinsame Bekannte hatten, und stießen auf deren Wohl an, auch immer wieder auf das Wohl des armen Lucky Luciano, der im Gefängnis saß. »Stell dir vor«, sagte Adonis geheimnisvoll, »sie wollten ihm sogar einen Mord anhängen. Und weißt du, was Lucky dann gesagt hat?« Virginia wusste es nicht. »Er hat gesagt: Ein Mord kommt meistens daher, weil sich jemand nicht tief genug bückt, wenn ihm eine Kugel entgegenkommt.« Virginia und Joe lachten sich über diesen Ausspruch fast kaputt und verstanden sich immer besser. Adonis kam in Fahrt: »Dann wollten sie ihm auch noch die Schuld an der Wirtschaftskrise geben. So wie sie Al Capone den Börsencrash in die Schuhe geschoben haben. Dabei verstehen wir alle von Geldgeschäften so viel wie ein sizilianischer Esel von Politik.«

Virginia riss ihre Augen auf, legte den Kopf etwas schräg und meinte: »Sie brauchen eben immer einen Sündenbock.«

»Für dich, meine liebe Virginia, wäre ich gern ein Bock der Sünden«, krächzte Adonis und sah tief in den charmant präsentierten Ausschnitt ihrer Bluse. Carl, der bald am besoffensten von allen war, obwohl er weniger getrunken hatte als die anderen, wunderte sich, in was für eine ungewöhnliche Gesellschaft er da geraten war. Er fühlte sich immer überflüssiger und stand auf, um Virginia förmlich zu bitten, endlich mit ihm nach Hause zu gehen. Da steckte ihm jemand eine brennende Zigarette in die Jackentasche, sodass er in einer Rauchwolke verschwand. Damit verschwand er auch für immer aus Virginias Blickfeld.

Obwohl Joe Adonis wusste, dass Gefühle schlecht fürs Geschäft sind, zog es ihn zu Virginia hin wie zu einem lebensnotwendigen Medikament. Er, der Frauen bisher nur verachtete und benutzte, sog ihre Weiblichkeit auf wie ein abgeriebener Putzlappen das Seifenwasser, schmolz in ihren Händen dahin wie Wachs und ließ erstmals eine Frau die Führung in seinem Liebesleben übernehmen. »Du bist wie ein Oktopus, der sich mit seinen Fangarmen auf meiner Haut ausbreitet.« Er konnte in seinen Vergleichen fast poetisch werden. »Du bist elektrischer Strom für meine Glieder.«

»Dann sei bloß vorsichtig, dass du nicht auf dem elektrischen Stuhl landest«, gab sie ihm zur Antwort.

»Wenn er so ist wie du, dann her damit!«, stammelte er ihr ins Ohr. Sie begleitete Joe Adonis überall hin, so wie es ihr von Nat Coiner aufgetragen worden war. Er vertraute ihr. Es gelang ihr sogar, an Treffen der Mitglieder der *Cosa Nostra* teilzunehmen. Wie schon in Chicago war sie auch in New York bisher die einzige Frau, der das erlaubt wurde. Virginia genoss das Leben, sie hatte Geld, sie hatte einen Liebhaber, der sie mit Luxus überschüttete, doch sie hatte auch einen Auftrag. Adonis reiste mit ihr herum, von Hotel zu Hotel, von Party zu Party. Ein beliebter Aufenthalt war immer wieder Miami, wo sie im *Roney Plaza Hotel* wohnten. Während er seinen Geschäften nachging, Leute traf, für die sich Virginia nicht zu interessieren schien, Kontakte knüpfte, Aufträge vergab und annahm, lag Virginia am Swimming Pool oder saß gelangweilt in der Hotelbar. Mit der Zeit wurde Adonis immer hektischer, unruhiger, besitzergreifender und eifersüchtiger. Virginia kannte das von anderen Männern und dachte sich: nicht schon wieder! Sind denn alle Männer gleich? Trübe Aussichten! Als sie sich einmal mit Danny Kaye, dem Broadwayschauspieler, der in Miami gerade einen Auftritt hatte, in der Hotelbar bestens unterhielt, packte sie Adonis, der überraschenderweise hinzugekommen war, brutal am Arm. »Virginia, du flirtest schon wieder mit einem anderen Mann!«

»Au! Du tust mir weh! Ich bin eine Dame! Vergiss das nicht!«, schrie sie ihn an, drehte sich wütend von ihm weg, zog ihren Schuh aus und schlug mit dem Absatz auf ihn ein, sodass er blutete. Er fasste sich ans Gesicht, sah das Blut auf seinen Fingern und sagte: »So etwas macht keine Dame!«

»Immerhin bin ich kein Gangster!«, schrie sie ihn an.

»Da wäre ich mir nicht so sicher«, sagte er und starrte auf seine Finger. Danny Kaye verflüchtigte sich, sein Abgang wurde nicht bemerkt.

Jetzt sah Virginia, dass Joe Blut im Gesicht hatte, und wurde fast hysterisch. »Aber Joey, mein lieber Joey! Du blutest ja! Wo ich doch kein Blut sehen kann! Geh und wisch dir das Blut ab! Du siehst aus wie ein Raubmörder. Versaust uns ja nachher das ganze Bett.« Bald danach schliefen sie eng umschlungen nebeneinander. Die Gewalttätigkeit von vorhin war vergeben, aber nicht aus der Welt geschafft. Mehr und mehr wurden gewalttätige Auseinandersetzungen zu einem hartnäckigen Klebstoff, der ihre Beziehung zusammenhielt, sie aber auch langsam zermürbte und zerstörte.

Es klopfte an der Tür zum Schlafwagen. Virginia öffnete. »Was ist denn nun los? Muss man mal wieder was herumrangieren, wie ihr von der Eisenbahn sagt? Wie schaut es mit der Verspätung aus? Haben wir sie schon aufgeholt? Wann sind wir endlich da? Wie spät ist es eigentlich?« Sie war plötzlich sehr aufgekratzt. Das musste an der Flasche Champagner liegen, die schon wieder leer war. Der Schlafwagen-Steward blickte sie verdutzt an. »Äh, also, äh, wie waren Ihre Fragen?«

»Ich wollte nur wissen, wie spät es ist.«

»Ja, genau deshalb bin ich gekommen. Es ist gleich Mittag. Das Essen wäre im Speisewagen serviert.«

»Was heißt da, es wäre serviert? Ist es nun serviert oder nicht?«

»Wäre, das sagt man so. Soll heißen, dass es serviert ist.«

»Was man alles so sagen darf«, sagte sie und schloss die Tür. Sie machte sich zurecht, zog ihren rosa Schlafanzug aus und schlüpfte in ein weißes Cocktailkleid. Sie hatte es noch aus ihrer Zeit in New York, gekauft mit Coiners Geld, für das sie hart gearbeitet hatte. Was musste sie sich alles beschaffen, um bei Männern Eindruck zu machen? Adonis war besonders kostspielig, denn er liebte es, wenn sie aufgedonnert und pompös daherkam, eine Frau, die alle Blicke auf sich zog. Er blähte sich in ihrer Anwesenheit auf und gab zu verstehen, dass sie nur ihm gehöre, dass sie sein Eigentum sei, das edelste Pferd in seinem Rennstall. Männer konnten anstrengend sein, das hatte sie gelernt. Und Adonis war es ganz besonders. Coiner war auch anstrengend, aber doch auch freundlich, ruhig, besonnen und zuvorkommend. Er brauchte ihre zuverlässigen Dienste und ihre Informationen. Er lebte von ihr, und sie lebte von ihm, das war eine klare Abmachung.

Einmal jedoch wurde er richtig wütend. Sie konnte sich nicht erinnern, ihn je in so einer Verfassung erlebt zu haben. Das war an einem heißen, schwülen Sommertag in ihrem Apartment in New York. Die Klimaanlage lief auf Hochtouren. Adonis war gerade für ein paar Tage unterwegs.

»Ich habe lange genug zugeschaut. Das reicht jetzt, Virginia! Nur weil ich gesagt habe, du sollst dich bei den New Yorkern ein wenig umsehen, heißt das noch lange nicht, dass du mit denen gleich ins Bett musst«, schrie Coiner sie an.

»So lerne ich Männer eben am besten kennen. Du selbst hast mir aufgetragen, mich um Joe Adonis intensiv zu kümmern.«

»Ich habe gesagt, du sollst mit ihm arbeiten, nicht mit ihm schlafen.«

»Wo ist da der Unterschied?«, fragte sie unschuldig. »Aber keine Angst, auch er ist nur ein kurzer Aufenthalt während einer langen Schlafzimmersafari.«

Coiner wischte sich den Schweiß von der Stirn und zog die *New York Times* hervor: »Du treibst es zu weit, Virginia. Das kann gefährlich für uns werden. Die Behörden schlafen nicht. Die Zeitungen schreiben schon über dich.« Er knallte die Zeitung, die er auf einer bestimmten Seite aufgeschlagen hatte, auf den Tisch. Sie las: »Virginia Hill, die Cinderella des Syndikats. Eine, die mit jedem Gangster ins Bett steigt.« Sie blickte zu Coiner und meinte unschuldig: »Na, mit jedem nun auch wieder nicht.«

Coiner ging wie eine aufgescheuchte Ente hin und her: »Sie nennen das *Climbing the Hill.*« Virginia musste lachen, sie fand diese Formulierung äußerst originell und las weiter: »Sie hat ein gutes Gedächtnis und eine beträchtliche Begabung für Diplomatie unter der Bettdecke.« Sie blickte stolz auf. Sie, das arme, ungebildete Mädchen aus einem Drecksnest in Alabama, hatte in eine politische Domäne Eingang gefunden, die an sich nur begüterten, ehrwürdigen Männern vorbehalten war: die Diplomatie.

Coiner kam zum eigentlichen Grund seines Besuches. »Also, was hast du über Joe Adonis herausgefunden?«

»Ein interessanter Mann, nicht besonders schön, einfach gestrickt, aber originell. Etwas dumpfbackig in seinen Ansichten. Wenn es um Geld geht, ist ihm jedes Mittel recht. Er geht über Leichen.«

»Das ist uns bekannt. Der würde sogar seine Mutter um einen Dollar verraten.«

»Ein Ehrenmann wie du und ich«, sagte sie und begann, die Nägel ihrer feingliedrigen und gut gepflegten Finger zu lackieren.

Coiner wurde ungeduldig. »Um das herauszufinden, habe ich dir nicht regelmäßig einen Haufen Geld nach New York geschickt. Also!«

Virginia war sich ihrer momentanen Wichtigkeit durchaus bewusst und genoss es, Coiner hinzuhalten. Sie fuhr gewissenhaft mit der Pflege ihrer Fingernägel fort und sagte fast beiläufig: »Es geht um dies und um das, um Pferdewetten, um Beteiligungen am Glücksspiel und an der Prostitution an der Ostküste. Sie wollen sich diesen Markt streng geregelt mit euch teilen. Und die Polizei soll weiter im Glauben bleiben, ihr seid verfeindet. Das lenkt ab.«

»Teilen in ihrem Sinn, damit wir draufzahlen. Das kennen wir schon«, sagte Coiner. »Und sonst?«

Virginia hatte ihre Fingernägel beinahe fertig lackiert und blies nun umständlich darauf herum, um den Lack zu trocknen. »In erster Linie geht es um den Rauschgifthandel.« Coiner hörte interessiert zu. »Die New Yorker haben bisher das Rauschgift von Kolumbien über Kuba nach Florida transportiert. Das wird immer schwieriger, da die Behörden schlauer geworden sind.« Coiner nickte, er wusste davon, das war kein großes Geheimnis. Kuba war größtenteils in den Händen der amerikanischen Mafia, die Regierung wurde von der *Cosa Nostra* bezahlt und am Leben erhalten. Regierungen waren jedoch allgemein unzuverlässig, da konnte sich über kurz oder lang schnell etwas ändern. Der Weg der Drogen von Kuba nach Miami, mit dem Schiff oder mit dem Flugzeug, erwies sich zunehmend als gefährlich, denn die Grenzen wurden immer undurchlässiger, besonders in den Häfen Floridas, aber auch in Georgia. Die Gewinnspanne im Handel mit Kokain und Heroin lag bei über 1.000 Prozent. Der Profit minimierte sich jedoch zusehends, einerseits durch die vermehrten Zugriffe der Behörden, andererseits durch die gestiegenen Bestechungsgelder in einer immer länger werdenden Lieferkette.

Nachdem Virginia noch ein paarmal intensiv auf ihre Fingernägel geblasen hatte, sagte sie, ohne aufzuschauen: »Deshalb sind sie nun drauf aus, das Rauschgift über Mexiko nach Kalifornien zu bringen und von dort aus in alle Ecken des Landes. Sie sind gerade dabei, einen brauchbaren Plan zu entwickeln und Kontakte zu knüpfen.« Coiner kratzte sich mit seinen massiven Fingern am Kinn, seufzte kurz und meinte nachdenklich: »Die Kolonisation des Westens ist auch in unserem Interesse. Was die New Yorker können, können wir schon lang. Du gehst nach Hollywood. Sag Joe Adonis, dass du Filmschauspielerin werden willst. Er wird nichts dagegen haben, wenn du solang aus seiner Nähe verschwindest, bis sich der Rummel um deine Person in den Zeitungen wieder gelegt hat. Denn er hasst Publicity. Das ist schlecht fürs Geschäft. So wie Gefühle.«

Virginia freute sich über diesen neuen Auftrag, mit Adonis war ihr ohnehin schon langweilig geworden. Er kam über seine üblichen fast schon routinemäßigen Ansichten, er sei der schönste von allen und deshalb auch der intelligenteste, wichtigste und beste, nicht weit hinaus. Als Liebhaber war er sowieso die Routine in Person. Und wenn er Publicity hasste, dann war vermehrte Publicity ein sicherer Weg, um ihn von ihr fernzuhalten. Dafür würde sie sorgen. Diplomatisch.

6

Virginia hatte auf ihrer Reise in die Rocky Mountains nicht viel Gepäck dabei, zwei mittelgroße Koffer, die auf der Gepäckablage über ihr verstaut waren. In dem einen befand sich das Übliche: Unterwäsche, Kleider, Kosmetikartikel und Schmuck. Sie hatte vor, sich gleich nach ihrer Ankunft in Sun Valley alles zu kaufen, was ihr für den Aufenthalt nötig erschien. Dafür und auch für anderes würde sie den zweiten Koffer brauchen, der bis obenhin mit Dollarscheinen gefüllt war. Sie verdiente Bargeld und gab Bargeld aus, Schecks und Banküberweisungen waren nicht ihre Sache, ganz im Sinne der großen Familie. In ihrer Handtasche, in der sie schon alles Mögliche illegal quer durch die Vereinigten Staaten und darüber hinaus transportiert hatte, befand sich neben einer Geldbörse für das Kleingeld, einigen Bündeln mit Hundertdollarscheinen, Schlüsseln, Artikeln für den täglichen Gebrauch, einer Schachtel mit Schlaftabletten auch ihr Tagebuch, in braunes Leder gebunden und mit einer Schnur umfangen, in das sie schon bald, nachdem sie Nat Coiner kennengelernt hatte, begann, Eintragungen zu machen. Sie notierte alles, was ihr wichtig war, jede geschäftliche Transaktion, die sie für Coiner und seine Freunde durchgeführt hatte, jeden Schmuggel, den Wert der Ware, jeden Geldtransfer und die Höhe der Geldsummen, alle Namen von Kunden, von Auftraggebern, von Gangstern und Verbindungsleuten zur Unterwelt, mit denen sie zu tun hatte. Auch die Summen der Bestechungsgelder und die Namen der Begünstigten wie Polizeibeamte, Anwälte, Richter und Politiker hatte sie in diesem Buch eingetragen.

Sogar angeordnete und durchgeführte Morde, von denen sie Kenntnis hatte, waren fein säuberlich nach den Namen der Opfer, der Täter sowie der Auftraggeber aufgelistet. Sie sah dieses Buch als ihre Lebensversicherung.

Virginia Hill war gerade 22, als sie von Nat Coiner nach Los Angeles geschickt wurde, um von dort aus die nötigen Kontakte nach Mexiko zu knüpfen. Ihr jüngerer Bruder Chick, der unbedingt von zu Hause wegwollte, was Virginia sehr gut verstand, fuhr sie in einem gelben Cadillac nach Kalifornien. Ihr Kontaktmann in Los Angeles war Juan Romero, ein ehemaliger erfolgloser Tänzer, der sich zu einem Publicity-Agenten von Coiner und seinen Freunden wandelte, dabei vermögend wurde und bei allen gesellschaftlichen Events in Los Angeles und Umgebung anzutreffen war. Er hatte die Aufgabe, sich um Virginia zu kümmern und sie in die feine Gesellschaft Hollywoods einzuführen. Er schickte sie zu Howard Greer, dem bedeutenden Modeschöpfer und Kostümbildner für Filmproduktionen, der schon Modelle für Greta Garbo, Rita Hayworth und andere Stars entworfen hatte, zu den bekanntesten Fotografen Hollywoods und mietete für sie *Falcon Lair*, ein 400 Quadratmeter großes Anwesen in den Hügeln von Bel Air in der Nähe von Beverly Hills, einem Nobelvorort von Los Angeles. Der berühmte Stummfilmstar Rudolph Valentino ließ es 1925 im spanischen Kolonialstil erbauen. Als er ein Jahr später hoch verschuldet starb, wurde es versteigert. Nun würde Virginia Hill in den nächsten Jahren hier Hof halten wie eine Fürstin, Feste feiern wie eine Millionärin und einflussreiche Menschen kennenlernen. Romero sagte ihr: »Du sollst das viele Geld, das Coiner dir schickt, vernünftig einsetzen.« Sie verkehrte mit den Größen aus der Film- und Showbranche und hatte Affären mit Schauspielern wie Errol Flynn und Stan Laurel. Aber auch Familienmitglieder der Rothschilds gehörten zu ihren engeren Bekannten. Von ihren extravaganten, ausgelassenen Partys, wofür Unsummen Geld zur Verfügung standen, redete bald die High Society von ganz Kalifornien. In den Hinterzimmern von mexikanischen Bars und Restaurants in Hollywood traf sie sich mit Mexikanern, um über Geschäfte zu sprechen und diese in die Wege zu leiten.

Virginia verbrachte immer wieder Zeit in Mexiko, lernte Spanisch und liebte es, in Gesellschaft von Männern Tequila zu trinken und Rumba zu tanzen. Ihr Bekanntenkreis umfasste bald hohe Offiziere der mexikanischen Armee, Diplomaten, Polizeipräsidenten und Politiker wie den mächtigen Bruder des amtierenden Präsidenten Manuel Ávila Camacho. Sie alle wurden von Virginia gezielt eingesetzt, damit sie ihren Auftrag erfüllen und das viele Geld, das sie dafür bekam, rechtfertigen konnte. Sie stand nun schon fünf Jahre in Coiners Diensten und hatte in ihrem kurzen Leben so viel erlebt wie selten eine Frau ihres Alters. Bei ihren Reisen nach Mexiko hatte sie stets große Summen Bargeld im Gepäck, Zahlungen an die Mittelsmänner von Verarbeitern und Zulieferern der Drogen, Bestechungsgelder an die Vertreter von Behörden. Auf der Rückreise nach Kalifornien waren ihre Kosmetikkoffer und Hutschachteln voll mit Drogen aus den mexikanischen und kolumbianischen Anbaugebieten. Zu Hutschachteln hatte sie eine besondere, fast schon emotionale Beziehung: »Wichtig ist nicht das, was drin ist, sondern das, was die Leute darin vermuten. Und in einer Hutschachtel vermutet man Hüte, was sonst?« Wie schon damals an der Ostküste war sie als schöne, begehrenswerte Frau mit freundlichem, humorvollem Auftreten den Grenzorganen nicht verdächtig, ein

Unschuldslamm, das man vor herumstreunenden, zu allem fähigen Wölfen beschützen musste. Dort und da vorab gezielt eingesetzte Zahlungen halfen dabei.

Wenn sie nach New York zu Joe Adonis flog, spielte sie weiterhin die kostspielige Geliebte und gab vor, ihre Karriere als Filmschauspielerin in Hollywood intensiv voranzutreiben. Über Juan Romero bekam sie tatsächlich einmal ein Angebot für eine Rolle in einem Film, in dem sie sich selbst als Gast auf einer Party spielen sollte. Als sie jedoch hörte, dass sie schon um 6 Uhr früh im Filmstudio sein müsse, zerriss sie den Vertrag und erklärte leicht beleidigt: »Tut mir leid, aber um diese Zeit gehe ich gewöhnlich ins Bett.«

Als Joe Adonis nach längerer Zeit sie wieder einmal in Hollywood aufsuchte, war er entsetzt über den Luxus, den sie angehäuft hatte. Zu ihrem Personal gehörten ein italienischer Koch, eine chinesische Sekretärin, eine spanische Masseurin und ein schwarzer Chauffeur mit einem weißen Cadillac. Adonis meinte, sie solle sich einschränken, denn diese auffällige, übertriebene, protzige Zurschaustellung von Reichtum erzeuge nur Neid, unerwünschtes Aufsehen und eine für ihn und seine Geschäfte ungünstige Publicity. Immerhin sei sie seine Geliebte, die gute Bekannte seiner Freunde und gehöre sozusagen zur Familie. Da bedürfe es unauffälliger Bescheidenheit. Virginia gelobte Besserung. Am Tag darauf engagierte sie zusätzlich einen englischen Tennislehrer. Adonis, der noch immer an einem Erfolg versprechenden Plan arbeitete, über die mexikanische Grenze problemlos Rauschgift in die USA zu schleusen, war nach Kalifornien gekommen, um einen zuverlässigen Mann für diese Aufgabe zu finden. Dass es eine Frau sein könnte, daran dachte er nicht.

Der Speisewagen war gut gefüllt. Sie setzte sich auf einen Platz an dem ihr angebotenen Tisch und kam mit ihrem Tischnachbarn, einem Geschäftsmann aus Denver, ins Gespräch. »Sie sind also der Grund für die sinnlose Warterei in Cheyenne. Wegen Ihrem lächerlichen Zug aus Denver!« Der Herr aus Denver machte ein verdutztes Gesicht. Der Kellner brachte das Essen, Steaks mit Kartoffeln und grünen Bohnen, und sagte zu ihr: »Die Verspätung wurde inzwischen aufgeholt, wir sind genau in der Zeit.«

»Na also«, meinte der Mann aus Denver, »Ihre Aufregung war völlig umsonst.« Sie aßen und blickten stumm auf ihre Teller. Am Nebentisch spielte ein etwa fünfjähriges Mädchen mit einem Teddybären. Virginia sagte zu ihrem Tischnachbarn: »Es ist so schön, wenn die Kinder Spielzeug haben. Spielzeug ist eine sinnvolle Investition in das spätere Leben. Da lernt man schon früh, mit dem Leben umzugehen. Denn irgendwie ist ja alles nur ein Spiel.« Der Mann aus Denver fühlte sich genötigt, der Gesprächigkeit dieser Frau ebenbürtig zu sein und sagte: »Wissen Sie eigentlich, woher der Name des Teddybären stammt?« Virginia wusste es nicht. »Von unserem ehemaligen Präsidenten Theodore Roosevelt, der mit dem Spitznamen Teddy.«

»Der sagt mir gar nichts. Ich kenne nur Franklin Delano Roosevelt, unseren letzten Präsidenten«, sagte Virginia. »Der vor dem jetzigen.« Franklin D. Roosevelt war der bisher einzige Präsident der USA, der drei Amtsperioden absolvieren durfte. Während seiner gesamten Amtszeit versuchte er, das organisierte Verbrechen im Land zu bekämpfen, was ihm nicht gelang. An diesem Scheitern war auch Virginia Hill beteiligt, was sie nun fast ein wenig stolz machte.

»Die zwei Roosevelts«, fuhr der Mann aus Denver fort, »haben den gleichen Familiennamen, sind wohl auch weitläufig miteinander verwandt. Aber Theodore war schon viel früher Präsident, so Anfang des Jahrhunderts. Und jetzt passen Sie auf! Theodore Roosevelt war einmal auf Bärenjagd in Mississippi. Grizzlybären. Der Präsidentenbesuch muss sich jedoch unter den dortigen Bären herumgesprochen haben, denn die Treiber fanden nur einen kleinen Bären, der seine Mutter verloren hatte. Er wurde gefangen, an einen Baum gebunden, zum Abschuss für den Präsidenten. Als Theodore Roosevelt den kleinen Bären sah, weigerte er sich, ihn zu erschießen.«

»Und deshalb werden die kleinen Plüschbären *Teddy* genannt?«, unterbrach ihn Virginia aufgeregt. »Genau! Denn das ist nur würdig eines Präsidenten, der sich so edelmütig verhalten hat«, freute sich der Mann aus Denver und widmete sich weiter seinem Essen, während das Mädchen am Nebentisch ruhig mit dem Teddybären spielte. Die Nachspeise wurde serviert, Virginia bestellte noch ein Glas Rotwein.

Teddybär! Wie gern hätte Virginia als Kind einen Teddybären gehabt. Da fiel ihr jene Wohltätigkeitsveranstaltung in Acapulco ein, vor zehn Jahren, im Sommer 1940. Der Saal im *Grand Hotel* war bis zum letzten Platz gefüllt mit Leuten aus der feinen Gesellschaft Mexikos und Kaliforniens, mit Politikern, Millionären, Wirtschaftsbossen, aber auch mit Leuten, die ihren Reichtum nur vorspielten und von einem Kredit zum nächsten lebten. Rosalinda, eine Tänzerin, Sängerin und Schauspielerin, die oftmals auch in Illustrierten abgebildet war und einigermaßen gut reden konnte, führte durch den Abend. Virginia kannte sie und wusste, dass sie diesen Auftritt nur bekommen hatte, weil sie die Geliebte des Hoteldirektors war. Begleitet von

Applaus, ging sie auf die Bühne, bewegte sich zum Mikrofon, begrüßte die Anwesenden, gab einige Anekdoten über jüngste gesellschaftliche Ereignisse von sich, die sie vorher auswendig gelernt hatte, und kam nun zur Hauptsache des Abends, zur Wohltätigkeit.

»Ladies and Gentlemen! Señoras y Señores! Begrüßen Sie mit mir den mexikanischen Konsul in den Vereinigten Staaten von Amerika, Señor Hernando Figueras y Gonzales de Alto Castillo und seine Frau Daisy!«

Während wieder Applaus losbrach, diesmal hefiger als zuvor, betrat ein kleiner dicklicher, schnurrbärtiger Mann mit dunklem geöltem Haar, das ihm über die Stirn fast bis zu den Augenbrauen wuchs, die Bühne. Die vielen Orden auf seiner Brust sollten ihn groß und wichtig erscheinen lassen, bewirkten aber das Gegenteil, er machte einen fast lächerlichen Eindruck mit diesen hin und her baumelnden Metalldingern. Hinter ihm stapfte eine dünne blonde Dame in einem weiß-gelb glitzernden Kleid, seine Ehefrau, die ihren Mann um mindestens einen Kopf überragte, was durch ihre überdimensionierte, hochtoupierte Frisur noch verstärkt wurde. Nachdem er Rosalinda mit einem Handkuss begrüßt hatte, stellte er sich vor das Mikrofon: »Ich bin sehr glücklich, heute Abend in Ihrer Mitte stehen zu dürfen.« Er wartete, dass Applaus einsetzte, es setzte aber keiner ein. »Ich und meine Frau Daisy«, er wies mit der Hand neben sich nach oben, wo er seine Frau vermutete, während er abwechselnd ins Publikum und auf das Mikrofon starrte, »wir wollen 100.000 Dollar für die *Weltkinderhilfe* spenden, als Waffe gegen die immer noch verbreitete Kinderarbeit und gegen die Ausbeutung von Kindern in unserem Land.« Nun brandete endlich der von ihm erwartete Applaus auf.

»Ich danke Ihnen im Namen der Menschlichkeit«, hauchte Rosalinda ins Mikrofon. Dann blickte sie zu Daisy, der Frau mit dem im Gegensatz zu ihrem Ehemann sehr einfachen Namen. Sie war die Tochter eines Rinderzüchters aus Houston in Texas und hatte ihren späteren Ehemann bei einer Veranstaltung zur Regelung des grenzüberschreitenden Viehtriebs in Laredo an der mexikanischen Grenze kennengelernt. Ihr Ehemann stammte aus einfachen Verhältnissen, arbeitete sich als treues und rücksichtsloses Mitglied der mexikanischen Regierungspartei über die Jahre nach oben und wurde schließlich mit dem Posten eines Konsuls belohnt. Er fügte die Familiennamen seiner Eltern und Großeltern zu einem zusammen und freute sich nun über einen Namen, der große Bedeutung verhieß.

Rosalinda wandte sich wieder dem Konsul zu, um die Frage zu stellen, die man ihr vor der Vorstellung aufgetragen hatte. »Señor Figueras y Gonzales de Alto Castillo, ich sehe an der Bluse Ihrer Frau ein auffälliges Schmuckstück. Was hat es damit für eine Bewandtnis?«

Der Konsul wurde sehr ernst: »In Europa herrscht Krieg. Da muss man Patriotismus zeigen, die Verbundenheit von Mexico mit den Vereinigten Staaten von Amerika. Dieses Schmuckstück, hergestellt in mühevoller Arbeit von den zarten Fingern kleiner mexikanischer Kinder, besteht aus weißen Diamanten, blauen Saphiren und roten Rubinen. Denn Weiß, Blau und Rot sind die Nationalfarben der Fahne der Vereinigten Staaten von Amerika.« Riesiger Applaus brandete auf, das Publikum schien begeistert von so einer originellen Idee. Der Konsul war sehr stolz.

Rosalinda klatschte auch, lächelte und sprach: »Nun aber komme ich zu einer Dame, die sich ebenfalls nicht davon abbringen ließ, ihr Herz für die Notleidenden zu öffnen.

Miss Virginia Hill!« Der Applaus kannte nun keine Grenzen mehr, Virginia Hill war in der Gesellschaft dieser reichen und vornehmen Leute im Publikum bekannt und beliebt. Besonders liebte man ihre natürliche, launige Art, mit der sie es schaffte, Menschen für sich zu gewinnen, für sich und ihre Sache, die nicht immer die Sache der anderen war. Bei diesen Menschen handelte es sich fast ausschließlich um Männer. Aber man liebte auch ihr Geld, das sie mit vollen Händen ausgab. Dafür schätzten sie auch die Frauen.

Sie kam nicht auf die Bühne wie vorhin der Konsul und seine Frau, stapfend und den Körper nach vorn schiebend, sie erschien, sie schwebte förmlich herein, in silbernen Schuhen, in einem bläulich schimmernden Kleid, die dunklen, leicht rötlichen Haare wehten im Wind. Die Techniker taten mit Scheinwerfern und Windmaschine das ihre, um den Auftritt einzigartig zu gestalten. Die Zuschauer sprangen von den Sitzen auf, erst die Männer, dann, etwas weniger motiviert, die Frauen. Virginia genoss ihren Auftritt und meinte in gespielter Bescheidenheit: »Da ich es nicht gewohnt bin, so sehr in der Öffentlichkeit zu stehen, werde ich mich kurz fassen. Ich habe bei meinen Freunden in den Vereinigten Staaten Geld gesammelt, womit wir ein Waisenhaus finanzieren können für die armen Kinder von Tijuana an der amerikanischen Grenze.« Der Applaus zog sich wie eine Welle durch den Saal. Sie wusste wie nur wenige Männer im Publikum, dass dieses Waisenhaus in Tijuana eine Tarnung war, und dass in seinem Keller Rohopium zu Heroin verarbeitet wurde. Doch verscheuchte sie diese Gedanken sofort wieder, denn Gedanken konnten gefährlich werden, weil man immer riskierte, das Gedachte auszuplaudern. Und sie wusste genau, was passieren würde, wenn ein Fisch sein Maul am falschen Ort aufmachte. Er landete am Angelhaken. Virginia wollte leben, lieben, Geld ausgeben. Sie wollte alles, aber nie wieder arm sein. Was hatte ein Mädchen wie sie für Möglichkeiten? Sie nutzte sie und würde sie weiter nutzen. Das war nur der gerechte Ausgleich für alles, was sie durchmachen musste, für den Dreck ihrer Kindheit, für die Schläge ihres versoffenen Vaters. Das war vergangen und zum Glück schon weit weg. Nun ging es nur darum, dass diese armen Kinder von Tijuana ein Dach über dem Kopf hatten.

Rosalinda riss Virginia aus ihren Gedanken: »Es ist so schön für die Kinder zu wissen, auch in den United States Freunde zu haben. Die Kinder von Tijuana möchten Ihnen und Ihren großzügigen Freunden ein Geschenk überreichen.« Auf dieses Stichwort kam ein Mann auf die Bühne, mit einem überaus großen Teddybären in den Händen. Er zwinkerte Virginia zu. Sie kannte ihn aus einer Bar in Monterrey. Er übergab ihr den Bären, verbeugte sich vornehm und ging wieder. Virginia war gerührt: »Genauso einen habe ich mir schon immer gewünscht. Als sechstes von zehn Kindern habe ich ja die Armut am eigenen Leib erfahren. Ich musste bis zu meinem zehnten Lebensjahr barfuß in die Schule gehen und hatte keine Spielsachen. Danke, danke euch allen!« Sie weinte fast, winkte ins Publikum, verabschiedete sich von Rosalinda, dem Konsul, der neben seiner Frau stand und schon seit einiger Zeit mit großen, rollenden Augen stur zu Virginia hinstarrte, drückte den Teddybären fest an sich und ging. Im Inneren des Bären war das Heroin eingenäht. Das Publikum jubelte, applaudierte und begab sich zu einem im Hintergrund des Saales angerichteten üppigen Buffet.

Da der Konsul nach der Veranstaltung noch Bedürfnisse nach weiterer Wohltätigkeit hatte, landete er mit Virginia in einem

Zimmer im obersten Stock des *Grand Hotels*, während seine Frau Daisy sich in der Halle fotografieren ließ, Interviews gab und von ihrem Leben an der Seite eines wichtigen Mannes erzählte. Am nächsten Tag durfte Virginia im Privatflugzeug des Konsuls mit ihm und seiner Frau nach Los Angeles fliegen. Der Teddybär war eng an ihrer Seite, Kontrollen gab es keine, da Diplomaten über einen Immunitätsstatus verfügen und nicht kontrolliert werden. Hernando war nicht der letzte Diplomat, den sich Virginia gefügig machte, dieser Teddybär war auch nicht der letzte, den sie von Mexiko in die USA brachte. Und keiner dieser Bären entwickelte sich zu einem, wie man heute sagt, Problembären.

Das Mädchen am Nebentisch hatte mit seiner Mutter den Speisewagen schon verlassen, doch den Teddybären auf dem Stuhl vergessen. Er lag einsam da, als wartete er darauf, dass ihn jemand abholte. Virginia war entsetzt über so viel Nachlässigkeit, auch wenn es sich nur um ein lebloses Spielzeug handelte. Doch dieser Bär hatte eine Seele, da war sie sich sicher. Der Mann aus Denver saß Virginia immer noch gegenüber, doch sah sie jetzt nur eine große Zeitung, hinter der sein Kopf versteckt war. Sie trank das Glas Rotwein aus, nahm ihre Handtasche von der Stuhllehne, verabschiedete sich von dem Mann aus Denver, der kurz hinter der Zeitung hervorgrunzte, ging in ihr Abteil zurück und setzte sich hin. Die beiden Koffer lagen friedlich über ihr, genauso wie vorhin. Der Schlafwagen-Steward kam in das Abteil. »Darf ich Ihnen noch eine Flasche Champagner bringen, Madam?« »Gern«, sagte sie und lächelte. Das war nun schon die dritte Flasche dieses Tages auf dieser Zugfahrt. Immerhin würde es noch etwa sechs Stunden bis zur Ankunft in Shoshone dauern.

7

Benjamin Siegel, genannt Bugsy, die Wanze, ein Spitzname, den er hasste, kam 1906 in Brooklyn als Sohn russisch-jüdischer Einwanderer zur Welt. Bereits als Kind war er Mitglied einer Diebsbande. Über seine Anfänge erzählte er: »Ich hatte zwei Beutel mit Kleingeld in einem Wechselbüro in Manhattan gestohlen und rannte davon. Der Kassier und andere Leute rannten hinter mir her, doch ihnen ging früher die Luft aus als mir. Wenn sie mich damals erwischt hätten, wer weiß, vielleicht wäre aus mir ein ehrlicher Mensch geworden.« Ben Siegel kannte Lucky Luciano seit seiner Jugend, einer seiner besten Freunde war Mejer Suchowljanski, ein aus Russland eingewanderter Jude, der seine beiden Namen zu Meyer Lansky amerikanisierte. Er wurde später zum Bankier des organisierten Verbrechens in den USA, die Presse bezeichnete ihn als das Finanzgenie der amerikanischen Unterwelt. Als die beiden Jugendlichen Benjamin und Meyer nach einem gescheiterten Einbruch gemeinsam vor Gericht standen, sagte der Richter zu ihnen: »You are a pair of bugs! Ihr seid ein Haufen Wanzen!« Meyer Lansky konnte seine Wanze geschickt abschütteln, an Benjamin Siegel blieb sie lebenslänglich kleben wie eine Klette, eine Zecke, die nicht genug bekommen konnte von seinem Blut. Die Wanze machte ihn bekannt und berühmt, aus Benjamin wurde Bugsy. Um seinen Eltern, die vom kriminellen Umfeld ihres Sohnes keine Ahnung hatten, denen Worte wie »Gangster« oder »Mafia« fremd waren, einen ehrlichen Lebenswandel vorzuspielen, wurde er Taxifahrer in Manhattan. Er liebte Theatermatineen am Broadway und alleinstehende reiche Damen, die er mit dem Taxi von ihrer Wohnung abholte und zum Theater fuhr. Während die Damen dann die Vorstellungen genossen, brach er in ihren Wohnungen ein, um ihren Schmuck zu stehlen. Meyer Lansky und er wurden ein erfolgreiches Gangsterpaar, Meyer, der Mann im Hintergrund, entwickelte die Pläne, Bugsy, den Meyer wegen seiner beinahe kitschig gut aussehenden äußeren Erscheinung immer beneidete und bewunderte, führte sie aus. Verbotenes Glücksspiel und Pferdewetten waren zunächst ihre bevorzugten Geschäftsfelder, bald kam die Erpressung von Schutzgeldern dazu. »Schutzgelder sind für uns nichts anderes als Steuern für eine Regierung«, rechtfertigte sich Meyer Lansky.

Bugsys kriminelle Aktionen entwickelten mehr und mehr eine fast schon routinemäßig abstoßende Brutalität, er hatte zunehmend Vergnügen dabei, Menschen zu quälen und sie zu ermorden. Seine Grausamkeit und sein rücksichtsloses Vorgehen machten ihn zu einem gefürchteten Verbrecher und gefragten Auftragskiller. Er steigerte sich oft in einen regelrechten Blutrausch und hatte die Angewohnheit, einem Toten so lange in den Bauch zu treten, bis die Gedärme hervorkamen und die Gase aus seinem Körper entwichen. Dann konnte man ihn problemlos im East River entsorgen, denn es würde ihn nicht mehr an die Oberfläche treiben. Das sparte den Beton an den Füßen. Bugsy wollte nur Verständnis für seine Arbeit und hasste es, wenn dieses fehlte.

Mit Meyer Lansky gründete er die jüdisch dominierte *Kosher Nostra* in Anspielung auf die italienische *Cosa Nostra*, später dann die *Murder Inc.*, eine Abkürzung für *Murder Incorporated*, ein für Morde zuständiges Unternehmen, das sich nachhaltig um Personen kümmerte, die die Arbeit der Organisation behinderten, sich an Abmachungen nicht hielten oder sich nicht bestechen ließen. Oft fand man diese Personen in den eigenen Reihen: Befehlsverweigerer, Verräter, Leute, die plötzlich einen Drang zu übertriebener Gesprächigkeit verspürten. Ein großer Teil der einträglichen Aufträge an die *Murder Inc.* kam von Lucianos *Cosa Nostra*. Bugsy war der Meinung, die Behörden sollten ihm dankbar sein, da es sich bei den Ermordeten hauptsächlich um Gangster handelte. »Wir bringen uns ja eh nur gegenseitig um«, meinte er dazu. Auf Deutsch übersetzt würde *Murder Inc.* etwa *Mord AG* heißen.

Bugsy war sehr auf sein Äußeres bedacht. Er pflegte seinen Körper, hatte Angst, dass sein Haar schütter werden könnte, und versuchte, es mit speziellen Mitteln zu stärken. Einen kahlen Schädel empfand er als brutal. Er war häufiger Kunde in Frisiersalons, duschte mehrmals am Tag, belegte sein Gesicht regelmäßig mit Gurkenscheiben und anderem wohltuenden Gemüse, um die Haut zu pflegen, hatte eine Abscheu vor jeder Art von Schmutz und Angst davor, ungepflegt oder sogar hässlich zu wirken.

1934 wurde das Land gemeinsam von der *Cosa Nostra* und der *Kosher Nostra* in Bezirke aufgeteilt. Meyer Lansky, Lucky Luciano und Frank Costello teilten sich den Osten der USA, New York und Miami als Einflusszonen ihrer kriminellen Geschäfte. Bugsy Siegel erhielt den Westen, also Kalifornien inklusive Nevada. Da sein skrupelloses, psychopathisches Vorgehen bei der Beseitigung von Menschen sogar den abgebrühten Mafiabossen schon widerwärtig war und immer mehr langwierige, überflüssige Probleme mit den Behörden nach sich zog, schickte man ihn weit weg an die Westküste, um im Osten in aller Ruhe ohne ihn weiter tätig sein zu können. Er ließ seine Frau

Esta mit den beiden Töchtern in New York zurück und versprach ihnen, sie nach Los Angeles zu holen, wenn er sich dort eingelebt hatte. In Los Angeles lernte er einflussreiche Leute kennen, unter anderen die Gräfin Dorothy Dendice Taylor Di Frasso, Tochter und reiche Erbin eines amerikanischen Lederfabrikanten, die den verarmten italienischen Grafen Carlo Di Frasso geheiratet hatte, um zu einem adeligen Titel zu kommen. Der Graf lebte in seiner Villa in der Nähe von Rom, die Gräfin in ihrem sehr geräumigen Haus, es hatte 30 Zimmer, in Beverly Hills. Sie war vernarrt in Bugsy, in seine blauen Augen und hingezogen zum Geruch des Verruchten und zum Geschmack des Verbrechens. Hochgestellte Damen liebten bisweilen das prickelnde Erschaudern vor den Abgründen des Lebens, von denen sie Gott sei Dank verschont blieben. Die Gräfin brachte Bugsy Manieren bei und machte ihn mit adeligem, ritterlichem Verhalten vertraut. Er war fasziniert, ohne genau zu verstehen, was das alles bedeutete, doch fühlte er etwas Erhabenes, beinahe etwas glanzvoll Überirdisches dabei und fügte sich. »Wenn du in der Zeit von König Artus gelebt hättest, wärst du an seiner Tafelrunde gesessen«, flüsterte sie ihm zu. »Dann müsste Benjamin Siegel mit seinen schönen blauen Augen jetzt nicht den Gangster spielen.« Sie lehrte ihn, sich in der feinen Gesellschaft zu benehmen, die älteren Damen vor den jüngeren zu grüßen und gepflegten Small Talk zu führen. Dafür empfahl sie ihm den Abschnitt »Prüfen Sie Ihren Wortschatz« aus einem Band des *Reader's Digest*, das schließlich sein Lieblingsbuch wurde. Neben dem *Alten Testament*, das ihn als Kind begleitet hatte, kannte er ohnehin kein anderes Buch. Die Gräfin trug ihm auf, stets auf die Aussprache zu achten und seine Sprache immer unter Kontrolle zu halten. Gute

Übungen seien Zungenbrecher. Bugsy trainierte unentwegt. Sogar während wichtiger Gespräche mit Kollegen kam ihm plötzlich ein Zungenbrecher in den Sinn, und er sagte völlig aus dem Zusammenhang gerissen mehrmals vor sich hin: »Brautkleid bleibt Brautkleid und Krautfleisch bleibt Krautfleisch.« Die Leute in seiner Umgebung hatten keine andere Wahl, als sich daran zu gewöhnen. Meyer Lansky, dem dieses Gehabe auf die Nerven ging, fragte ihn eines Tages: »Ist dieses Krautfleisch wenigstens koscher?«

Bugsy hatte es der Gräfin Di Frasso zu verdanken, in die Welt der Filmdiven und der Schauspielstars eingeführt zu werden. In ihrem Haus traf er unter anderen Jean Harlow, Marlene Dietrich, Fred Astaire, Clark Gable, Gary Cooper und den Filmproduzenten Jack Warner. Bugsy erkannte in den Filmstudios ein riesiges Potenzial für seine Machenschaften, eine sprudelnde Geldquelle, die es zu nutzen galt. Er investierte Schwarzgeld aus seinen Geschäften in die Produktion von Filmen, schaffte damit Abhängigkeiten und gewann an Einfluss. Die Filmproduzenten hatten plötzlich ungeheure Summen für ihre Filme zur Verfügung, konnten damit protzen und wurden immer mächtiger. Gemäß Al Capones bewährtem System der Geldwäsche stockte Bugsy die an den Kinokassen eingespielten Summen mit Schwarzgeld auf. Die gesamte Summe wurde als regulärer Gewinn verbucht und als reingewaschenes Geld aufgeteilt. Wenn die Presse nach den Angaben der Produktionsfirmen verkündete, dass ein Film bereits in den ersten Wochen fünf Millionen Dollar an den Kinokassen eingespielt hatte, so war vielleicht die Hälfte dieser Summe echt verdientes Geld durch die Kinobesucher, der Rest stammte aus den Schwarzgelddepots der Unterweltorganisationen. Es war fast unmöglich, den Wahrheitsgehalt von solchen Pressemeldungen zu überprüfen, die noch dazu diesem Film, der damit als erfolgreich galt, einen ungeheuren Popularitätsschub bescherten. Das investierte Geld floss gewaschen an die Mafia-Organisationen zurück, die am System Beteiligten wurden mit neuem Schwarzgeld entlohnt. Alle waren zufrieden, die Mafia, weil ihr Geld sauber war, die Produzenten, weil sie reich wurden und in weitere Filme investieren konnten, die Behörden, weil Teile der Gewinne ordnungsgemäß versteuert wurden. Vor allem aber Bugsy profitierte, der damit als unentbehrliche Persönlichkeit immer mehr Einfluss in Hollywood gewann. Er begann, Produzenten zu bestechen, um bei der Besetzung von Filmrollen mitreden zu können, Schauspieler zu bedrohen und zu erpressen, wenn sie eine Rolle bekommen wollten. Er gab sich als leidenschaftlicher Freund des Kinos und kaufte Kinosäle im ganzen Land. Kinobesitzer, die nicht an Bugsy verkaufen wollten, wurden rasch gefügig gemacht. Er drohte, die Kinos zu schließen, wenn die Produzenten nicht an ihn zahlten. Denn was nützte ein Film, wenn man ihn nirgendwo zeigen konnte? Die *Warner Brothers*, größter Filmproduzent der USA, zahlten prompt. Andere auch. So krönte sich Benjamin Siegel schließlich zum König der Korruption in Hollywood und ließ sich wie ein solcher feiern. Ein Fundament seines Erfolges waren dabei stets altbewährte Methoden, denen er vertraute, um seine Ideen durchzusetzen. Dabei handelte es sich vorrangig auch um jene brutalen Methoden, weswegen er aus New York weggeschickt worden war. Denn er war ja immer noch Mitglied der *Murder Inc.*, für die er arbeiten und von jedem Teil der Welt anreisen musste, sobald ihn ein Auftrag ereilte. Er überließ solche Aufträge ungern jemand anderem, er war Perfektionist und wollte sicher sein, dass alles gut funktionierte. Außerdem hatte er Freude am Töten.

Als er einmal mit der Gräfin Di Frasso auf Urlaub in einem Hotel an der französischen Riviera war, überbrachte ihm der Hoteldiener ein Telegramm. Bugsy packte sofort seine Koffer. »Es tut mir entsetzlich leid, meine liebe Gräfin, aber ich muss dringend nach Los Angeles.«

Die Gräfin war enttäuscht: »Aber Benjamin, wir wollten doch nach Italien. Und außerdem hast du mir versprochen, Mussolini zu ermorden.«

»Mussolini muss warten. Hitler und diesen dreckigen Goebbels werde ich dann auch gleich umbringen. Das geht in einem Aufwaschen«, sagte er, gab ihr einen Kuss und ließ sich zum nächsten Flughafen bringen. Die Gräfin las das von Bugsy auf dem Bett liegen gelassene Telegramm: »Harry will auspacken. Erledige du das!«

Am Abend des 22. November 1939, dem traditionellen *Thanksgiving Day* der USA, Tag des gefüllten und gebratenen Truthahns, wartete Bugsy gemeinsam mit Salvatore, den er für besondere Aufgaben aus Chicago nach Los Angeles geholt hatte, um ihn hier als schweigsamen und zuverlässigen Killer bei der *Murder Inc.* arbeiten zu lassen, am Rand einer Straße in Hollywood in einem schwarzen Ford auf Harry Greenberg, ein Mitglied der *Kosher Nostra*. Harry hatte vor, bei einem Gerichtsverfahren als Zeuge gegen die Organisation auszusagen, wenn er nicht teuer für sein Schweigen bezahlt werden würde. Bugsy leierte wie üblich nervös seine Zungenbrecher vor sich her, Salvatore, der seine Ruhe haben wollte, meinte dazu: »Man kann alle Gesetze brechen, nur nicht das Gesetz des Schweigens.« Dann kam Harry, genannt »Big Greenie«, um die Ecke und starb kurz darauf in einem Kugelhagel. Bugsy und Salvatore rasten mit dem Ford davon, stellten ihn in einer Seitengasse ab, versteckten die Maschinenpistolen im Keller eines Wohnblocks und gingen zu Fuß weiter, gemütlich wie zwei Kumpane, die gerade von der Kneipe nach Hause schlenderten.

Bugsy wurde nach einem Mord immer ein wenig sentimental und fühlte sich berufen, über die soeben begangene Tat nachzudenken, sich ihrer Notwendigkeit bewusst zu werden und sie gewissermaßen vor seinem Gewissen zu verantworten: »Ich habe noch nie einen Mann getötet, der es nicht verdient hätte. Außerdem war mir Greenie immer schon verdächtig. Sein Großonkel mütterlicherseits war Polizist.«

Salvatore meinte dazu trocken: »Von Polizisten gibt es zwei Gruppen. Diejenigen, die man bestechen kann, und diejenigen, die man beseitigen muss. Das heißt, alle, die noch leben, gehören zur ersten Gruppe.« Sie gingen weiter durch die Nacht.

»Eigentlich bringen wir sie alle nur um, damit sie nicht allein sterben müssen«, rechtfertigte Bugsy den Mord, der ihm nun wie eine gute Tat erschien.

»Sondern in bester Gesellschaft«, sagte Salvatore und lachte unterdrückt. »In unserer.« Sie verschwanden im Nebel, die Kirchenglocke schlug Mitternacht, die Truthähne dieses Tages waren schon verspeist, neue wurden herangezüchtet.

Bugsy hatte sich über die Jahre in Los Angeles gut eingelebt und etablierte sich zu einer bekannten Persönlichkeit, mehr gefürchtet als beliebt. In den Zeitungen sah man oft sein Foto, er umringt von den Stars des Showbusiness. Man suchte seine Nähe, die Nähe eines gut aussehenden, aufregend geheimnisvollen Gangsters. Seine Geschäfte machten große Gewinne, höchst einträglich nicht nur für ihn, sondern auch für seine Partner vom Syndikat in New York, die ihn nun damit beauftragten, den Drogenhandel von Mexiko in die USA auszubauen. Bugsy hatte zu diesem Zweck bereits eine, wie er es nannte, *Milchstraße* für den Transport von Rohopium eingerichtet. Sie führte von den mexikanischen Anbaugebieten nach Tijuana, wo das Opium zu Heroin und Kokain verarbeitet und dann über die kalifornische Grenze nach Los Angeles geschmuggelt wurde. Doch kümmerte sich Bugsy nicht allzu sehr um seine *Milchstraße*, er war zu sehr mit seinen Aktivitäten in Hollywood beschäftigt. Bugsy, der selbst niemals Drogen konsumierte, nicht rauchte und nur selten Alkohol trank, um seine knabenhafte Haut nicht zu schädigen, sah Drogen hauptsächlich als Mittel, um im Filmgeschäft beschäftigte Leute damit zu versorgen und sie abhängig von ihm zu machen. Seinen Partnern in New York genügte das jetzt nicht mehr, für sie sollte er groß ins Geschäft mit Drogen einsteigen und sie in großen Mengen von Mexiko zu den Kunden in den USA bringen.

Joe Adonis jedoch war skeptisch, für ihn war Bugsy Siegel unberechenbar geworden, einer, der sich nicht mehr an die ungeschriebenen Gesetze der Familie hielt, einer, der allein entschied. Das konnte gefährlich werden. So beauftragte er Virginia Hill, Bugsy nahe zu sein, um seine Tätigkeiten zu überwachen. »Du und Bugsy, ihr seid euch ähnlich wie zwei Erbsen in einer Hülse«, sagte er väterlich zu seiner Geliebten. »Ihr werdet euch gut verstehen. Ich mag euch beide gut leiden und würde mich freuen, wenn ihr Freundschaft schließt.« Das war zur Hälfte gelogen, denn er mochte Bugsy nicht.

Virginia lernte Benjamin Siegel, der ihr schon vorher bei gesellschaftlichen Anlässen flüchtig über den Weg gelaufen war, bei einer Party in Los Angeles kennen. Die Stimmung war getrübt, da nach dem Angriff der Japaner auf Pearl Harbor am 7. Dezember 1941 und dem Eintritt der USA in den Zweiten Weltkrieg es als unschicklich und unpatriotisch galt, Partys zu feiern. Virginia und ihre Freunde jedoch fanden es hingegen angebracht, ihren Patriotismus auf Partys zu zeigen.

»Wir müssen jetzt wie ein Mann zusammenstehen«, sagte ein Filmproduzent zu Virginia. »Es ist alles so entsetzlich«, sagte sie. Und mit dem Blick auf ein asiatisch aussehendes Mädchen, das Drinks servierte, meinte sie verstohlen: »Ich habe das Gefühl, schon überall Japaner zu sehen.« Der Filmproduzent lachte: »Die Schlitzaugen sind wenigstens leicht zu erkennen. Aber die Deutschen im Land kann man nur schwer von unseren Leuten unterscheiden.« Ein Immobilienspekulant mischte sich ein: »Die Gangster freut es. Das FBI hat immer weniger Zeit, sich mit amerikanischen Verbrechern zu befassen, denn sie müssen ausländische Spione jagen. Außerdem wird der Schwarzmarkt neu aufblühen, wie immer in Krisenzeiten.« Als wäre das Wort »Gangster« sein Stichwort gewesen, kam zufällig Benjamin Siegel dazu. »Amerika ist das größte Land der Welt. Wir werden in den Krieg ziehen und jeden von diesen verdammten Japanern eigenhändig umbringen.« Dass er selbst in den Krieg ziehen würde, war unwahrscheinlich, denn sein Vorstrafenregister machte ihn für den Militärdienst untauglich. Zumindest in Kalifornien.

Virginia drehte sich zu ihm um und lächelte: »Hallo, Bugsy!«

»Sag nie wieder Bugsy zu mir!«, gab er zurück. Dann sagte er nichts mehr. Er strahlte nur noch und starrte auf diese Frau, die es gerade noch gewagt hatte, ihn bei seinem verhassten Spitznamen zu nennen. Sie hatte ihren Alles-ist-möglich-Blick aufgesetzt und flüsterte ihm zu: »Unser gemeinsamer Freund Joe Adonis meint, wir beide sind uns ähnlich wie zwei Erbsen in einer Hülse.«

Bugsy nahm sie zur Seite und führte sie von den anderen weg: »Dann sollten wir diese Ähnlichkeit überprüfen.«

»Und wenn wir die Prüfung nicht bestehen?«, fragte ihn Virginia.

»Mit charmanter Zärtlichkeit wird uns beiden alles gelingen«, meinte Bugsy gespielt liebevoll und ließ das blaueste Blau seiner Augen zu ihr hinüberschimmern.

Virginia war hingerissen: »Du bist ja richtig romantisch. Nicht so grob wie die anderen, nicht so brutal.«

»Ich hasse es, wenn jemand keine Manieren hat.«

»Ich auch.«

»Und wenn jemand eine unflätige Sprache verwendet.«

»Verdammte Scheiße!«, freute sich Virginia. »Ich auch. Und ich verabscheue Gewalt.«

»Ich auch«, meinte Bugsy.

»So sind wir beide uns ähnlich …« Weiter kam sie nicht, denn Bugsy legte den Arm um sie und sagte: »Wie zwei blaue Bohnen in einer Revolvertrommel. Die nur darauf warten, abgefeuert zu werden.« Sie sahen einander in die Augen, ihre Welt war blau in blau.

Benjamin Siegel und Virginia Hill turtelten fortan in perfekt inszenierter Zweisamkeit durch die gesellschaftlichen Ereignisse von Hollywood, aufmerksam beobachtet und verfolgt von den Klatschreportern der Zeitungen. »Der bestaussehende Gangster Amerikas und die Königin der Unterwelt«, titelten sie. Nat Coiner sah es gern, dass sich

Virginia mit Bugsy einließ, denn so könnte sie versuchen, den Ausbau seiner *Milchstraße* zwischen Mexiko und Kalifornien zu verzögern oder gar zu behindern, damit in diesem lukrativen Geschäftsfeld die Chicagoer freie Hand hätten. Und er hatte seine Virginia richtig eingeschätzt. Bugsy kümmerte sich immer weniger um sein Geschäft, dafür umso mehr um seine Geliebte. Er schenkte ihr Blumen, er versank in romantischen Gefühlen, er kniete vor ihr nieder und schrieb ihr sogar Gedichte. Virginia war geschmeichelt und fühlte sich zum ersten Mal so behandelt, wie sie meinte, dass eine Frau zu behandeln sei. Auch sie war verliebt wie noch nie zuvor in ihrem Leben. Bugsy liebte alles an ihr, er liebte sogar die Art, wie sie sprach, ihre leicht schnarrende Stimme, die von anderen nicht immer besonders geschätzt wurde. Er war fasziniert von ihren Beinen, die ihn in ihrer schlanken, gleichmäßigen Form an die eines Flamingos erinnerten. Er nannte Virginia nur noch zärtlich »mein Flamingo«. Als sie Coiner am Telefon einmal davon erzählte, meinte dieser sachlich: »Flamingo ist gut. Flamingos singen nicht.« Sie nannte Bugsy »Baby Blue Eyes«, wieder ein Spitzname, der ihm nicht gefiel und den Virginia besonders dann gern benutzte, wenn sie nicht gut auf ihn zu sprechen war.

Virginia und Bugsy rührten sich oft zwei Wochen lang nicht aus dem Haus und zogen sich nur an, um einander danach wieder auszuziehen. »Ben war der sauberste, gepflegteste und adretteste Mann, den ich je gekannt habe«, erinnerte sie sich später. »Auch ich hatte mir immer geschmeichelt, als appetitlich zu gelten, doch im Vergleich zu ihm kam ich mir vor wie ein Schmierlappen.« Er überschüttete sie mit Geld und wollte nicht mehr, dass sie arbeitete. Denn nun war er ja da, um für sie zu sorgen. Virginia musste Ausreden erfinden, um ein paar Tage von Ben Siegel wegzukommen und weiterhin ihre Geschäfte für Coiner zu erledigen. Sie sagte, sie müsse ihre kranke Mutter besuchen, zu den Hochzeiten ihrer Geschwister reisen, zu den Taufen ihrer Nichten und Neffen. Aber auch Bugsy war oft unterwegs, außerdem flog er regelmäßig nach New York, um seiner Frau Esta und den Töchtern den braven Ehemann und rührenden Familienvater vorzuspielen. Wie die meisten Ehefrauen des Syndikats ahnte sie zwar etwas von den Machenschaften ihres Mannes, wollte aber nichts Genaues darüber wissen. Geschäfte eben wie bei den anderen Männern auch. Sie sah Ben als Familienvater, der wie andere Familienväter hart arbeiten und deswegen oft unterwegs sein musste, um seiner Familie einen angenehmen Lebensstandard zu bieten. Sie las keine Zeitungen, da Ben sie davon überzeugen konnte, dass alle Zeitungen sowieso nur logen. Die Affären ihres Ehemanns mit anderen Frauen wollte sie nicht wahrhaben, sie verschloss die Augen vor der Wahrheit und weinte. Auf diesem Parkett der dominanten Männlichkeit und der verlogenen Eitelkeiten hatte auch Esta nur den Platz der braven Hausfrau und Mutter, die ruhig zu Hause blieb. Den Platz der Weiblichkeit hatten andere. Bugsy versprach seiner Familie bei jedem Besuch aufs Neue, sie bald nach Los Angeles zu holen, aber irgendwann wollte Esta nicht mehr.

Nat Coiner schickte Virginia weiterhin Geld, das meist mit dem Railway Express aus Chicago in Schuhschachteln oder in Paketen, als Kosmetikartikel getarnt, ankam. Er war großzügig, Virginia war zuverlässig und mehrte weiterhin den Reichtum ihrer Auftraggeber und das Elend drogensüchtiger Amerikaner.

Als Joe Adonis mit Coiner telefonierte, war er wütend: »Ich hab dieser Schlampe gesagt, sie soll mit Bugsy Freundschaft schließen, aber nicht gleich für ihn die Beine breit machen. Und das auch noch in aller Öffentlichkeit!«

Coiner beruhigte ihn: »Reg dich nicht auf, Joe, ich kenne Virginia. Das gehört zur Arbeit. Und außerdem kommt sie sowieso immer wieder auf einen Abstecher nach New York. In aller Stille, ohne Öffentlichkeit.« Adonis grunzte und legte auf.

Jetzt war Bugsy tot und Virginia auf dem Weg zu einem Erholungsurlaub in den Rocky Mountains, zu dem ihr Nat Coiner geraten hatte.

»Ja!«, sagte sie, etwas lauter als sonst. Der Steward kam in ihr Abteil. »Es wäre wegen der zwei Flaschen Champagner, das wären dann 157 Dollar und 80 Cent.« Schon wieder diese blöde Angewohnheit mit dem »wäre« und dem »das wären dann«, dachte sie. Wie kann man nur so unsinnig daherreden. Einerlei! Was geht mich das an? Gar nichts! Soll er doch dabei bleiben. Wäre er mein Angestellter, hätte ich ihm das schon abgewöhnt.

Sie nahm zwei Hundertdollarscheine aus ihrer Handtasche und gab sie ihm. »Stimmt so!«

»Oh, vielen Dank, Madam. Rechnung brauchen wir keine, nehme ich an?«

»Richtig«, sagte sie lachend und dachte wiederum daran, dass ihn sein Kollege wohl vor der Dienstablöse in Bezug auf jene Dame in diesem Abteil genau eingewiesen hatte. »Wann sind wir denn endlich in Shoshone?«, fragte sie ungeduldig. Ihre Stimme klang wie das Scheppern einer Blechbüchse.

»In ungefähr einer Stunde. Garantiert ohne Verspätung!«, sagte er. »Ich gebe Ihnen dann rechtzeitig Bescheid. Unser

Aufenthalt in Shoshone dauert ungefähr 16 Minuten. Da wäre genug Zeit für uns, damit ich Ihnen beim Aussteigen behilflich wäre«, sagte er, verabschiedete sich und ging aus dem Abteil.

Virginias Südstaatenakzent aus Alabama war für die Leute aus der feinen Gesellschaft Hollywoods, dort, wo die Sprache als großartiges, edles Mittel in den Film- und Theaterdialogen präsent war, entsetzlich. Sie war eine schöne Frau, man sah sie gern, man sah sie gern an, man sah ihr gern nach. Wenn sie einen Raum betrat, hätte man an die Ankunft einer Königin denken können, ein Auftritt wie von einer unsichtbaren Kraft getragen. Auch wenn man sie nicht gleich sah, spürte man ihre Anwesenheit. Virginia verbreitete die Atmosphäre des Ungewöhnlichen, den Zauber des Geheimnisvollen. Doch wenn sie den Mund aufmachte, glaubte man, eine Marktschreierin auf einer Versteigerung zu hören. Ihre scharfen, hingeworfenen Sätze durchschnitten die Luft wie ein Fleischermesser. Die gefeierte Filmdiva Ava Gardner, die wie Virginia Hill aus den Südstaaten der USA, aus North Carolina, stammte, hatte einen ebensolchen Akzent, doch mit Sprechunterricht bekam sie allmählich einen schönen, angenehmen, für den Tonfilm tauglichen Tonfall. Als man dann auch noch ihren Babyspeck wegtrainierte und ihre Zähne gerade schliff, war sie für die große Karriere bereit, als sie einflussreiche Männer kennenlernte, war ihr diese gewiss. Auch Virginia dachte daran, etwas mit ihrer Stimme zu tun. Doch ihr Freund Juan Romero meinte: »Du hast alles, was du brauchst. Du machst Eindruck, du bewegst dich gut, du lernst andauernd neue und wichtige Menschen kennen. Und du hast Geld, viel Geld. Pfeif auf deine Stimme! Wer sie nicht hören mag, hat in deiner Gegenwart nichts verloren. Um den ist es nicht schade.«

Virginia hatte sowieso weder Zeit noch Lust, an ihrer Stimme zu arbeiten, die mit den Jahren eine eigentümliche, aber auch eigenartige Mischung aus Südstaaten-Dialekt und Chicagoer Gangsterslang angenommen hatte. Sollte ihr aber eines Tages langweilig werden mit all diesen Männern und ihren Eigenheiten, die sich immer nur um dasselbe drehten, und sollte sie dann den Drang verspüren, es aus reiner Abwechslung in Hollywood als Schauspielerin zu versuchen, so gab es immer noch die Besetzungscouch, auf der sie, wie auf jeder anderen Couch reicher und wichtiger Männer, Expertin war. Außerdem hatte sie ihre freundschaftlichen Kontakte zur Unterwelt. Das reichte aus, um es in Hollywood zu etwas zu bringen, auch wenn man unbegabt war. Große Stars wie Greta Garbo, die sogar einmal Bugsys Geliebte war und später als Marilyn Monroe der 30er-Jahre bezeichnet wurde, Thelma Todd und andere hatten ihre Verbindungen zur Mafia, nicht zu reden von Frank Sinatra, der Charles Lucky Luciano einmal ein goldenes Zigarettenetui schenkte, in dem eingraviert stand: »Meinem lieben Freund Charlie von Frank Sinatra.« Er war übrigens einmal mit Ava Gardner verheiratet.

8

Der Steward kam ohne Klopfen in Virginias Abteil. »Verzeihung, Madam«, sagte er aufgeregt. »Fast hätte ich es übersehen. Wir wären gleich in Shoshone. Bitte machen Sie sich bereit!« Virginia stand wortlos auf und hängte sich ihre Handtasche über die Schulter. Er nahm ihre zwei Koffer aus der Gepäcksablage und stellte sie auf den Boden. Als er beide nehmen wollte, um sie aus dem Abteil zu tragen, sagte Virginia: »Den da trage ich selbst.« Sie nahm einen der beiden Koffer an sich. Er hatte Gewicht, war aber nicht allzu schwer. Der Zug hielt an. Der Steward öffnete die Tür und stellte den anderen Koffer auf den Bahnsteig. Virginia stieg aus und sah noch ein letztes Mal zum freundlich winkenden Steward zurück. Auch sie winkte ihm zu, der Zug setzte seine Fahrt nach Westen fort. Ein stoppelbärtiger behäbiger Gepäckträger kam auf sie zu: »Sie wollen zum Bus nach Sun Valley?«, fragte er. »Sun Valley stimmt«, antwortete sie, »aber nicht zum Bus, sondern zu einem Taxi.« Der Träger stieß einen Pfiff aus, der wohl bedeuten sollte, dass ein Taxi für so eine weite Strecke teuer kommen würde. Er sah sich seine Kundin genauer an und pfiff noch einmal. Dann trug er den vom Steward am Bahnsteig abgestellten Koffer zu einem etwas abseits und einsam parkenden nicht mehr ganz neuen Chevrolet, in dem ein kahlköpfiger Mann saß und schlief. Er klopfte an die Windschutzscheibe. »He, Regi!«, rief er. Reginald, der Mann in dem Auto, riss die Augen auf, setzte sich eine Mütze auf die Glatze und stieg aus. »Kundschaft«, sagte der Träger. »Kundschaft nach Sun Valley.« Reginald war kein Taxifahrer, sondern ein Freund des

Trägers, der ihm immer wieder Leute brachte, die ein Taxi verlangten. Dass Reginalds Auto kein Taxi war, bemerkten sie meist erst später, was ihnen aber letztlich egal war, Hauptsache sie kamen zu einem angemessenen Preis an ihr Ziel. Virginia sagte: »100 Dollar bis Sun Valley!« Er nickte zufrieden, denn das war um einiges mehr als der Normaltarif, 100 Dollar waren immerhin die Hälfte des durchschnittlichen Monatslohns eines Arbeiters. Dann verstaute er die beiden Koffer im Kofferraum seines Chevrolets, öffnete die Tür zum hinteren Sitz und forderte Virginia mit einer Handbewegung auf einzusteigen. Sie gab dem Träger fünf Dollar und setzte sich in das Auto. Es fuhr los. Der Träger ging zurück zum Bahnhof, in der Hoffnung, bald wieder so zahlungskräftige Kunden zu finden. »Wie weit ist es bis Sun Valley?«, fragte Virginia den Fahrer. »Eineinhalb Stunden ungefähr, Madam. Wenn nichts dazwischen kommt.«

»Was soll schon dazwischenkommen?«, fragte sie.

Er verzog den Mund zu einem wissenden Grinsen. »Na was schon? Schneeverwehungen, Lawinen, eisglatte Fahrbahnen. Willkommen im Land der unbegrenzten Möglichkeiten, die in den Rocky Mountains noch unbegrenzter sind als sonst wo. Besonders im Winter.«

Nach den Olympischen Winterspielen 1932 in Lake Placid im Bundesstaat New York entdeckten die Amerikaner ihr Interesse am Skifahren. W. Averell Harriman, der Vorsitzende der *Union Pacific Railroad*, die den Eisenbahnverkehr an die Westküste betrieb, wollte nach dem Vorbild der Schweizer Orte Sankt Moritz und Davos auch in den USA einen vergleichbaren Wintersportort schaffen. Er überredete seinen Freund, den Österreicher Felix Graf von Schaffgotsch, einen begeisterten Skifahrer, in die USA zu kommen, um ihn bei seinen Plänen zu unterstützen und mögliche Gegenden für den Wintersport im Einzugsbereich der *Union Pacific Railroad* ausfindig zu machen. Nach längerer Suche kam Schaffgotsch schließlich nach Idaho und entdeckte ein schön gelegenes Tal in der Nähe des auf 1.800 Metern Seehöhe gelegenen verschlafenen Viehzüchterortes Ketchum, in dem es mit einem Verladebahnhof für Pferde und Rinder sogar einen Anschluss an das Eisenbahnnetz gab. Er war beeindruckt von den Bergen mit ihren für das Skifahren idealen baumlosen Hängen, vom vielen Schnee und von den 250 Sonnentagen im Jahr. Harriman kaufte das ganze Tal, ließ Skilifte aufstellen, Skipisten anlegen und Hotels errichten. Seine Bahningenieure bauten aus einer Anlage zum Beladen von Bananenfrachtern einen Sessellift, den ersten der Welt. Im Dezember 1936 wurde das neu gegründete und »Sun Valley« genannte Skigebiet eröffnet. Touristen aus San Francisco, Los Angeles, Seattle, aber auch von der Ostküste nützten nun die Eisenbahnverbindungen der *Union Pacific Railroad*, um in dieser Gegend ihren Urlaub zu verbringen. Sun Valley war bald ein beliebter Treffpunkt der High Society, der Hollywood Stars und des internationalen Jetsets. Man feierte Felix Schaffgotsch als den »Grafen von Sun Valley«. Er kehrte nach Österreich zurück, wurde zur deutschen Wehrmacht eingezogen und starb 1942 im Kampf um die Maikop-Ölfelder im Süden Russlands.

Der Chevrolet kam ohne Zwischenfälle und früher als gedacht in Sun Valley an. Virginia Hill mietete ein Apartment mit zwei Zimmern und einer großen Eckterrasse mit Blick auf die Berge in der *Sun Valley Lodge*, einem im rustikalen Stil erbauten, luxuriösen Hotel, dem besten im Ort.

Der Preis für die Suite betrug 1.000 Dollar die Woche. Wie lange sie bleiben würde, wusste sie noch nicht, mit dem Geld im Koffer könnte sie die Miete für mehr als ein ganzes Jahr zahlen. »In unserem Hotel hat schon Ernest Hemingway genächtigt und Romane geschrieben«, sagte ihr der alte freundliche Herr an der Rezeption, als er ihr die Schlüssel für ihr Apartment überreichte. Hemingway, dachte sie. Hemingway? Sagt mir was, aber was? Sie ging in ihr Apartment im oberen Stock, zog die Vorhänge zu, legte sich aufs Bett und schlief sofort ein. Neben dem Bett stand einer ihrer beiden Koffer. In der Lade des Nachtkästchens lag ihr Tagebuch, in das sie schon seit Tagen nichts mehr eingetragen hatte. Wenn Nat Coiner von diesem Buch gewusst hätte, hätte er es ihr sofort weggenommen, einerseits, um die Organisation vor der Veröffentlichung von Geheimnissen zu schützen, andererseits aber auch, um Virginia zu schützen. Wäre die Existenz des Tagebuchs innerhalb der Organisation bekannt geworden, hätte Virginia sicher Besuch von einem zuverlässigen Mitarbeiter der immer noch aktiven *Murder Inc.* bekommen.

Bugsy wollte etwas Eigenständiges schaffen, etwas ganz Großes, das auf ewig in Verbindung mit dem Namen Benjamin Siegel stehen sollte. Er wollte mit Respekt und Hochachtung behandelt werden. Er hatte einen Traum, den es zu verwirklichen galt.

In den USA war Glücksspiel grundsätzlich verboten, doch nicht im Bundesstaat Nevada. Aufgrund der im Jahr 1931 begonnenen Bauarbeiten am Hoover Damm, der den Colorado River zum Zweck der Wasserregulierung und Stromgewinnung aufstauen sollte, versuchte man, Anreize zu finden, um Arbeiter nach Nevada zu locken und gleichzeitig der Wirtschaft in dieser öden, verlassenen Region auf die Beine zu helfen. Als Maßnahme legalisierte man das Glücksspiel und die Prostitution. Die Maßnahme hatte Erfolg, die Arbeiter kamen, verdienten Geld und gaben es gleich wieder aus. Nach vier Jahren Bauzeit war der Hoover Damm fertig, Glücksspiel und Prostitution blieben in Nevada weiterhin legal. Das Bauwerk wurde der größte Damm der Welt, die verarbeitete Betonmasse würde ausreichen, um einen fünf Meter breiten Highway von New York bis San Francisco zu bauen.

Nevada gehörte innerhalb des Gangster-Syndikats in Bugsy Siegels Einflussbereich, so auch der unbedeutende Ort Las Vegas, eine Oase mitten in der unwirtlichen Wüste im Süden des Bundesstaates, eine staubige kleine Stadt der Cowboys, die ihre Pferde besser behandelten als ihre Frauen. Als er 1941 zum ersten Mal nach Las Vegas kam, gab es dort bereits zwei Spielhallen, das *El Rancho* und das *Frontier*. Bugsy wollte Teilhaber werden, seine Versuche schlugen aber fehl. Er sah sich um und kaufte einer Witwe in der Nähe billig ein paar Grundstücke ab, für einen guten Preis, wie sie fand. Nach dem Beispiel der Spielcasinos in Monte Carlo, in denen er sich mit der Gräfin Di Frasso aufgehalten hatte, wollte er hier eine Kombination aus Hotel, Veranstaltungssaal, erstklassigem Restaurant und Spielcasino erbauen lassen, das größte, luxuriöseste und eleganteste Casino der Welt.

Virginia war von Las Vegas nicht begeistert. »Ich hasse die Wüste! Es ist immer extrem heiß dort. Zu viel Sonnenschein lässt die Haut altern, das weißt du doch. Und überall stehen Kakteen herum! Wo ich doch auf Kakteen allergisch bin. Davon bekomme ich Heuschnupfen, das weißt du. Bleiben wir doch lieber im gemütlichen Hollywood. Sonne gibt es auch am Swimming Pool. Das reicht doch!« Doch Bugsy ließ nicht locker, er war ihr Geliebter, und Virginia folgte ihm. Nach einer halben Tagesreise mit dem Auto von Los Angeles in Richtung Osten hielt Bugsy irgendwo im Nirgendwo an.

»Bitte aussteigen, Madam!«, sagte er und hielt ihr die Tür von außen auf. Es stürmte. Virginia hatte sich ein Tuch um den Kopf gebunden und fürchtete um ihre Frisur. Ein Sandsturm verklebte ihr die Augen, die Sonnenbrille schützte sie nicht. Sandkörner durchdrangen ihr Kleid und setzten sich überall am Körper fest. Sie schaffte es kaum, aufrecht zu stehen. Bugsy nahm sie am Arm und deutete in die Richtung, aus der der Sturm kam. »Dort entsteht mein Lebenstraum. Ich baue das größte und extravaganteste Spielerparadies, das es je gab. Und mein Hotel werde ich nach dir nennen: *Flamingo*.« Virginia wäre fast gerührt gewesen, doch der Sturm ließ keine gerührten Gefühle zu. Sie setzten sich ins Auto.

»Du liebst mich doch, Flamingo?«, fragte er.

»Ja, Ben, ich liebe dich. Aber warum muss es ausgerechnet hier sein? Liebe ist in Hollywood viel schöner. Stürmisch sind wir beide auch.«

»Mit dir ist die Liebe überall schön. Sogar in der Wüste beim ärgsten Sturm. Unsere Liebe kann nichts umhauen. Ebenso wenig wie meinen Traum von einem Hotel in Las Vegas, von meinem, von unserem *Flamingo*.« Sie fuhren nach Hollywood zurück. Noch Tage später fand sie trotz mehrmaligem und ausgiebigem Duschen Sand in ihrem Haar und überall auf ihrem Körper. Widerlich! Sie rief Nat Coiner an.

»Was gibt's?«, fragte er wie immer, wenn er den Hörer abnahm, ganz gleich, wer anrief.

»Hier ist Virginia aus Los Angeles. Wie ist es in Chicago?«

»Windig«, sagte er nur, sonst nichts. In Chicago war es immer windig, aber immerhin nur selten stürmisch.

»Hör zu, Nat! Ben will in Las Vegas, Nevada, ein riesiges, feudales Spielcasino errichten. Er ist ganz besessen von seinem Plan, doch er braucht Geld. Er hat bereits grünes Licht von Meyer Lansky, der sich das alles durchgerechnet hat und den New Yorkern empfiehlt, in die Sache zu investieren. Doch wollen sie nur mitmachen, wenn sich auch Chicago an der Sache beteiligt.«

Coiner überlegte kurz. So ein großes legales Spielcasino würde Menschen von überall her anlocken und viel Geld bringen. Das wäre die ideale Möglichkeit, um im ganz großen Stil über die Einnahmen aus den Spieleinsätzen Schwarzgeld zu waschen und auf bewährtem legalem Weg in den Finanzkreislauf zu spülen. Je größer so etwas ablief, desto verwirrender wäre es für die Behörden, das alles zu durchschauen. Und außerdem würde Bugsy durch sein Vorhaben noch mehr vom Drogenhandel mit Mexiko abgelenkt sein. Virginia hätte freie Hand.

»Ich werde das in Chicago besprechen, kann mir aber gut vorstellen, dass sie als Investoren einsteigen. New York und Chicago ziehen an einem Strang in Nevada. Klingt doch gut, oder?«

»Ja, ja«, sagte Virginia. »Und vielleicht begraben dann diese eingebildeten Italiener endlich ihren alten blödsinnigen Familienstreit, der auch nach 100 Jahren immer noch nicht aus der Welt geschafft ist.«

»Möglich. Aber darum geht es hier nicht. Du hörst von mir.« Coiner legte auf.

Kurze Zeit später waren die Beteiligungen ausverhandelt, der Deal war perfekt. Bugsy veranschlagte die Baukosten mit eineinhalb Millionen Dollar. Man gründete die *Nevada Projects Corporation*, die Anteilsscheine wurden ausgegeben. Die Bosse aus New York und Chicago waren sich einig, jeweils Geldsummen in annähernd gleicher Höhe zu investieren. Virginia war fast ein wenig stolz auf sich, zu dieser Einigkeit beigetragen zu haben. Ein geringer Teil der Summe kam von Bugsy selbst. Im Sommer 1945 konnte der Bau des größten Spielerparadieses der Welt beginnen.

9

Als sie am nächsten Tag zum Frühstück ins Hotelrestaurant kam, hörte sie aus einer Ecke ein aufgeregtes Rufen: »Hi, Virginia! Hier bin ich! Hiiiier!« Betty Balcon, die ebenfalls im *Lodge* wohnte, saß an einem Tisch und winkte ihr zu. Das Wiedersehen war überaus herzlich. Die beiden etwa gleichaltrigen Freundinnen hatten Ende des letzten Jahres telefonisch vereinbart, sich in Sun Valley zu einem gemeinsamen Urlaub zu treffen. Virginia kannte Betty und ihren Ehemann, der billiges mexikanisches Rohöl in den USA zu teurem Motoröl und Schmiermittel für Maschinen verarbeiten ließ, aus ihrer Zeit in Mexico. Während er zwischen Texas und Mexiko hin und her pendelte, blieb Betty die meiste Zeit in Mexico City, wo sie sich in den besten Kreisen der Gesellschaft sehr wohlfühlte und von einer Party in die andere fiel. Die beiden Frauen wurden bald sehr enge Freundinnen, unterschiedlich in der Bewältigung ihres Alltags, aber verbunden in einem ausgelassenen Gefühl der Bewältigung ihrer Weiblichkeit.

»Ich habe dich gestern schon erwartet«, sagte die strohblonde, etwas üppige und pralle Lebensfreude ausstrahlende Amerikanerin, deren mit Sonnencreme frisch eingeschmiertes Gesicht auffallend glänzte. Denn sie plante, gleich nach dem Frühstück nach draußen zu gehen und dort einige Zeit zu bleiben.

»Gestern war ich zu müde, um noch irgendwas zu tun. Die Fahrt von Chicago hierher, vorher noch die ganzen Partys, Neujahr, du weißt schon.« Virginias Frühstück wurde serviert, Spiegeleier mit Toasts waren dabei. Sie war glücklich.

»Was sagst du zu dieser guten Luft hier?«, schwärmte Betty. »Einfach herrlich! In Mexico City stinkt es immer mehr. Du weißt schon, die Abgase der Autos, die sich vermehren wie die Mücken.«

»Gäbe es keine Autos, würde dein Mann kein Geld verdienen.«

»Und ich hätte keins zum Ausgeben«, lachte Betty. »Um dafür zu sorgen, dass wir etwas zum Ausgeben haben, sind Männer gewöhnlich da.« Virginia fiel ein nicht ganz sauberer Vergleich von Männern und Tankstellen ein, Schläuche, aus denen Benzin in die Einfüllstutzen von frisch lackierten Autos floss. Sie grinste und tunkte ein Stück Toast in das Gelbe vom Spiegelei, das sich sogleich auf dem Teller ausbreitete. Sie wollte schon den Teller mit der Zunge abschlecken, nahm aber sogleich davon Abstand. Sie bewegte sich in diesem Hotel schließlich in der besten Gesellschaft der Vereinigten Staaten von Amerika und wollte nicht gleich am ersten Tag den Ruf einer Frau haben, der es an Manieren fehlte. Betty hätte ihr beim Abschlecken mit aufgeregtem Vergnügen zugesehen, doch es waren noch andere Gäste anwesend, die immer wieder zu den beiden Freundinnen hinübersahen, als wären sie etwas Besonderes.

»Aber ich sage dir, immer nur frische Luft kann auf Dauer auch langweilig sein. Hast du schon eine Ahnung, was wir hier machen?«, fragte die Gattin des Schmiermittelkönigs mit dem geölten Gesicht.

»Erholung in jeder Hinsicht«, gab Virginia zurück. Betty seufzte zustimmend: »Erholung ist schon mal ganz gut.« Da meinte sie wohl auch Erholung von ihrem anstrengenden, dauernd nervösen und nur über das Auf und Ab seiner Firma jammernden Ehemann, dachte Virginia. Sie atmete tief durch. Wirklich eine gute Luft, sogar hier im Inneren des Hotels. Sie fühlte sich bestens, fand weit weg von ihrer gewohnten Welt eine himmlische Ruhe in einer schönen Gegend, hatte gerade einmal nichts Geschäftliches zu erledigen, keine Partys zu organisieren und vor allem keine lästigen Männer in der Nähe, um die sie sich kümmern musste. Sie konnte gemütlich in den Tag hinein leben, brauchte an gar nichts zu denken als an sich. Sie sah gerahmte Fotos an der Wand neben ihr, auf denen Männer mit Skiern verschneite Hänge hinunter sausten. Der Schnee staubte durch die Luft. Es sah nach Frische und Freiheit aus. »Wir könnten Skifahren gehen«, sagte sie zu Betty und nippte an ihrem Kaffee, der entfernt nach Mexiko schmeckte. »Das macht man hier. Das gehört hier einfach dazu. Und wir wollen doch auch dazugehören.« Betty war von dieser Idee sofort begeistert, meinte aber, dass sie das Skifahren nicht könne.

»Ich doch auch nicht«, lachte Virginia. »Aber so schwer kann das nicht sein für zwei so begabte Mädchen wie wir es sind. Wir probieren es einfach. Es schaut lustig aus. Wozu gibt es Skikurse?«

Betty rieb ihre breiten Handflächen aneinander. »Großartig! Ich gebe an der Rezeption gleich Bescheid, dass man sich darum kümmert. Für morgen!«

»Nein, Betty, für übermorgen. Morgen habe ich keine Zeit. Schau mich an! Ich hab doch nichts anzuziehen. Ich muss dringend einkaufen gehen. Und außerdem brauchen wir ja auch noch alles Mögliche für dieses Skifahren.« Als Betty einräumte, dass man sich so eine Ausrüstung sicher ausleihen könne, meinte Virginia mit einem Blick auf die Fotos an der Wand: »Diese Bretter vielleicht und diese komischen Stöcke mit den seltsamen Suppentellern dran. Aber doch niemals die Schuhe! Glaubst du wirklich, ich werde in ausgeliehenen Schuhen herumlaufen, in denen womöglich der Fußpilz eines Südstaatlers wuchert? In denen noch der schmierige Schweiß von einem Cowboy klebt, womöglich von einem aus Denver?« Betty musste lauthals über diese Anspielung lachen, denn ihr Mann stammte aus Denver und war auch noch stolz darauf. Sie selbst kam aus Arizona, ihre Vorfahren waren Viehzüchter, also Cowboys. »Ich will entsprechend elegant aussehen, wenn ich meinem Skilehrer gegenübertrete. Nein, nein! Morgen machen wir Shopping.«

»Und heute?«, fragte Betty.

»Heute schlaf ich mich aus.«

Benjamin Siegel war ein guter Gangster, aber ein schlechter Geschäftsmann und ein noch schlechterer Bauherr. Er ließ von überall her Handwerker anreisen, die man ihm empfohlen hatte, zahlte große Summen an die Männer, die diese Maurer, Tischler, Schlosser und Elektriker vermittelten, ohne dass die Handwerker selbst gut dabei verdienten und somit bei der geringsten Kritik an ihrer Arbeit wieder abreisten. Er ließ die modernsten Bagger auffahren, Mauern errichten, zweimal so dick wie nötig, denn er wollte ein Gebäude für die Ewigkeit schaffen, das länger Bestand haben würde als der massivste Wolkenkratzer von New York. Außerdem mussten diese Mauern die Gewalt von Sandstürmen aushalten. Er hatte Respekt vor Sandstürmen, seit einer von ihnen damals seiner Virginia so zugesetzt hatte, dass sie drauf und dran war, nie wieder nach Las Vegas zu kommen. Bugsy musste alle Register seiner Überredungskunst aufbieten, seinen blauäugigen Charme, dazu noch Mengen an Champagner und Blumensträußen, gar nicht zu reden von den langen romantischen Abenden bei Kerzenlicht, um sie doch noch umzustimmen.

Er ordnete teure Holzvertäfelungen für die Wände der Hotellobby an, doch als sie fertig waren, entschied er sich für Wandverkleidungen aus Gips und ließ das Holz wieder wegreißen. Die bestellten Vorhänge gefielen ihm nicht mehr, die teuren Glaskonstruktionen an der Decke des Casinos waren ihm zu üppig, es wurden schlankere gebaut, die alten landeten auf der Müllhalde. All das kostete Unsummen, die es aufzutreiben galt. Je weiter der Bau fortschritt, desto mehr war Bugsy dabei, den Blick für die Realität zu verlieren. Um sich dessen nicht bewusst zu werden, wurde er noch eigensinniger, als er es schon war, gab seltsame Anweisungen, die ohne Nachfrage ausgeführt werden mussten. Er war der Boss des Unternehmens und wurde dessen kopfloser Diktator, der jeden niederbrüllte, der ihm widersprach. »Wenn es nach mir ginge, dann wärst du schon längst nicht mehr am Leben!«, schrie er einen Baumeister an, der es wagte, ihm zu verbieten, eine tragende Säule in der Hotelhalle, die ihn an dieser Stelle störte, zu entfernen und an einer anderen Stelle wieder aufzustellen. Er tat es doch. Die Decke der Halle krachte in sich zusammen, der Baumeister wurde gefeuert. Ein am Projekt beteiligter und mit Ben befreundeter Architekt machte einmal den Fehler, Ben aus Versehen »Bugsy« zu nennen. »Sag nie wieder Bugsy zu mir!«, schrie er ihn an, packte ihn und warf ihn eigenhändig zur Tür hinaus. Gekränkte Eitelkeit konnte ihm übermenschliche Kräfte verleihen. In dieser Zeit wuchs auch sein ohnehin schon übertriebener Hang zur Körperpflege, er saß oft den ganzen Nachmittag beim Friseur oder lag stundenlang auf einer Couch, um die auf seinem Gesicht sorgfältig platzierte Maske aus einem Gemisch von Joghurt und Gemüsescheiben langsam einwirken zu lassen.

Ständig waren eifrige Berater um ihn, die ihm alles Mögliche einredeten und ihm Geld aus der Tasche zogen für Ratschläge, die sich als völlig absurd, überzogen und unnütz herausstellten. Aber da Bugsy selbst immer absurdere und unrealistischere Ansichten hatte, glaubte er diesen Schmeißfliegen, die ihn umschwirrten und immer seiner Meinung waren, egal wie blödsinnig diese war. Sie gaukelten ihm glaubhaft vor, großen Respekt vor ihm und seinen Ansichten zu haben, bewunderten seine Frisur und seine gesunde Gesichtsfarbe, doch letztlich hatten sie nur Respekt vor seinem Geld, das sie bald respektlos einkassierten, mehr und immer mehr, denn die Geldquellen schienen unerschöpflich zu sein.

In der Nachkriegszeit war das Baumaterial knapp, der Schwarzmarkt blühte. Um an Holz, an Stahl, Beton und andere Rohstoffe zu kommen, engagierte Bugsy geschickte

Einkäufer, die ebenso geschickt in die eigene Tasche wirtschafteten. Sie verkauften ihm Materialien, die am nächsten Tag auf wundersame Weise verschwanden und am übernächsten Tag wieder an Bugsys Firma verkauft wurden. So entstand ein Kreislauf des verschwindenden Geldes, ein Strudel, der die investierten Dollar und auch Benjamin Siegel immer weiter in eine Tiefe zog, deren Ende absehbar war.

Bugsy war aber immerhin soweit bei Verstand, um Scheinfirmen zu gründen, auf deren Konten von der Bausumme regelmäßig Geldbeträge überwiesen wurden. Von jedem Dollar, den Bugsy an ein Bauunternehmen, an einen Mittelsmann, an eine Agentur zahlte, kam ein Teil über diese Firmen an ihn zurück. Das war damals so üblich und ist es auch heute noch. So sammelte sich abseits der Baustelle Geld an, das in Sicherheit gebracht werden musste. Er beauftragte Virginia Hill, dafür zu sorgen, dass dieses Geld auf einem anonymen Nummernkonto in der Schweiz landete. Er wusste, dass er sich auf sie verlassen konnte. Dass Virginia jedoch einen großen Teil dieses Geldes auf einem anderen, nur ihr bekannten persönlichen Schweizer Konto sicher deponierte, wusste er nicht. Sie flog mehrmals nach Paris, um Wein und Champagner für das *Flamingo* einzukaufen. Ihre Handtasche und ihre Kosmetikkoffer waren voll mit Dollarscheinen. In Paris hatte die Schweizer Bank ihres Vertrauens eine unscheinbare Zweigstelle.

Bugsys Geldgeber hatten keine andere Möglichkeit, als an den Erfolg seines Projektes zu glauben. Sie zahlten immer größere Summen im Glauben an eine nie versiegende Goldgrube, die das *Flamingo* und dieses ganze Las Vegas eines Tages für sie sein würde. Aussteigen war keine Alternative, dazu war schon zu viel Geld geflossen. Die veranschlagten eineinhalb Millionen waren bald überschritten, die Kosten multiplizierten sich.

Dennoch schritt der Bau des *Flamingo* voran, Bugsy dachte schon an die Eröffnung. Er hatte über dem Eingang des Hotels eine Penthouse-Wohnung mit Gartenterrasse und Swimming-Pool für sich und Virginia bauen lassen mit dem Vorteil, dass er vom Fenster aus den Eingang beobachten konnte und somit immer genau sah, wer das Hotel betrat und wer es verließ. Da er sich an einem unter der Decke eingezogenen Querbalken einmal den Schädel anstieß, ließ er diesen Balken sofort entfernen, wofür er 20.000 Dollar hinblätterte. Die eigentliche Entfernung des Balkens kostete nur einen Bruchteil davon. In einem Kleiderschrank hatte er die Tür zu einem Geheimgang nach außen anlegen lassen, der über eine Leiter nach unten führte, als Fluchtweg für alle Fälle, obwohl er davon überzeugt war, dass ihm nichts passieren könne. »Niemand wird Benjamin Siegel umbringen, denn auf dieser Erde habe ich keine Feinde«, sagte er zu einem Reporter. Auch wenn weite Teile des *Flamingo* noch Baustelle waren, so war doch Bugsys Penthouse bereits fertig und luxuriös eingerichtet.

»Happy Birthday, Flamingo«, hauchte er Virginia zu. Es war der 26. August 1946, Virginias 30. Geburtstag. Er kniete nieder, sagte ein selbst verfasstes Gedicht auf und überreichte ihr einen Strauß mit 30 roten Rosen: »30 Jahre jung. Und fünf Jahre davon gehören mir.« Virginia war gerührt. Sie liebte Romantik. Er blickte zu ihr hinauf. Dann legte er sich auf den Boden und kroch zwischen ihre Beine. »Hör auf, Ben, das kitzelt«, sagte sie und kicherte. Bugsy bemerkte amüsiert: »Hast du etwa kein Höschen an?«

»Wozu auch? Du ziehst es mir ja sowieso gleich wieder aus.«

»Aber«, sagte er, »stell dir vor, du stolperst, fällst hin, und jemand sieht, was nur mir gehört.« Er küsste sich an ihren Beinen hoch bis zu den Hüften. Dann stand er auf. »Sag mir, was du dir zum Geburtstag wünschst. Perlen? Juwelen? Nerzmäntel?« Virginia lächelte großzügig abweisend. Von dem Zeug hatte sie sich in all den Jahren genug erarbeitet. Bugsy setzte seine blauen Augen ein, in die man eintauchen konnte wie in einen klaren, tiefen See: »Soll ich jemanden für dich umbringen?«

»Lass dich endlich scheiden!«, gab ihm Virginia forsch zur Antwort.

»Sobald die Sache hier in Las Vegas durch ist, mache ich es. Das verspreche ich dir.« Sie glaubte ihm. Als sie am nächsten Tag mit Nat Coiner telefonierte und ihm nebenbei glücklich mitteilte, dass Ben ihr versprochen hatte, sich scheiden zu lassen, meinte er nüchtern: »Und du glaubst dem Versprechen eines Gangsters? Blauäugiges Baby! Übrigens, Frank Costello und ich kommen in ein paar Tagen nach Las Vegas. Wir müssen mit Ben reden. Es gibt einiges, was uns nicht passt.«

Drei Tage später empfing Benjamin Siegel in seinem Penthouse die Vertreter seiner wichtigsten Geldgeber, Nat Coiner vom Chicago-Syndikat, den die Fischetti-Brüder entsandt hatten, und Frank Costello, der an Stelle des erkrankten Meyer Lansky aus New York eingeflogen war. Man mutmaßte, dass Meyer Lansky als Bugsys Jugendfreund von sich aus auf die Reise nach Las Vegas verzichtet hatte, da er befürchtete, Bugsy gegenüber weich zu werden, sollte es hart auf hart kommen.

Bugsy berichtete vom enormen Baufortschritt seines Hotels. Nat Coiner meinte drauf nur, dass außer dieser sauteuren Wohnung hier für Ben und seine Mätressen an diesem *Flamingo* noch gar nichts richtig fertig aussehen würde. Doch Bugsy ließ sich nicht beirren und schwärmte von der Eröffnung der Hotelanlage, die er für Ende des Jahres plante. Die Vorbereitungen liefen bereits auf Hochtouren. Die Presse war informiert und würde großartig berichten. Er hatte die Reporter über die Jahre mit Geschenken so überhäuft, dass er auch nun mit ihnen rechnen konnte. Hollywood-Stars wie Clark Gable und Gary Cooper hatten ihr Kommen zugesichert, die Gäste sollten ihnen zusehen können, wie sie im Casino großzügig Geld verspielten, das ihnen Bugsy vorher zugesteckt hatte. Und vor allem: Frank Sinatra würde singen.

Frank Costello kam zur Sache, zum Grund seines Besuches: »Ben, du hast uns damals das Las Vegas Projekt schmackhaft gemacht. Gut. Du hast es mit eineinhalb Millionen veranschlagt. Gut. Wir haben das Geld besorgt. Gut. Aber nun sind es bereits sechs Millionen. Nicht gut!«

»Aber Frankie«, sagte Bugsy beschwichtigend, »Las Vegas ist anders. Die Baukosten haben sich vervielfacht. Da kann ich gar nichts dafür. Ich musste starke Mauern gegen Sandstürme bauen, Schutzmaßnahmen gegen Erdbeben einplanen. Dazu kommen noch die gestiegenen Personalkosten. Und die Inflation! Alles wird teurer. Gerade jetzt in der Nachkriegszeit!«

Während Coiner im Kopf durchrechnete, dass das alles nicht so hohe Summen verschlingen und irgendwas bei dieser Rechnung nicht stimmen konnte, fuhr Costello fort: »Ben, dieses *Flamingo* ist, wie dein ganzes Las Vegas, ein Finanzloch ohne Boden. Gar nicht gut! Und du wirfst unser sauer verdientes Geld fröhlich da hinein. Überhaupt nicht gut!« Costello war zwar wütend, doch seine von Natur aus heisere Stimme blieb sachlich kühl. Er trank ein weiteres Glas Whisky: »Ben! Wenn wir nach der Eröffnung des *Flamingo* nicht sofort Gewinne machen, dann gute Nacht. Denn jede Geschichte hat drei Seiten: deine, die Wahrheit und unsere.«

Bugsy redete und redete, als redete er um sein Leben. Coiner sagte nichts, denn Costello hatte bereits alles ausgesprochen. Besser hätte er es selbst auch nicht sagen können. Das liebte er an Costello, der sagte immer alles geradeheraus, ohne Umschweife und ohne viele Schnörkel. Wahrscheinlich lag das auch daran, dass Costello seit seiner Stimmbandverletzung nicht gern und schon gar nicht viel redete, da ihm längeres Sprechen Schmerzen bereitete, also sagte er immer nur das Notwendigste, aber auch stets das Wesentlichste. Klar, deutlich und in aller Kürze. Das reichte meistens völlig. Das Gegenüber verstand und schwieg. So auch Bugsy.

Am 26. Dezember 1946 wurde das *Flamingo* eröffnet, das heißt, der Teil des Gebäudes, der bis dahin fertiggestellt worden war. Von der Presse wurde es mit seinen 105 Zimmern, von denen sich viele noch im Bau befanden, kurzer Hand zum luxuriösesten Hotel der Welt ernannt. Im großen Veranstaltungssaal fand die Eröffnungsfeier statt. Bugsy hatte für diesen Anlass echte Flamingos aus Florida einfliegen lassen, die nun verlassen am Hotelpool herumstanden und ihn beschmutzten. Doch alles schien sich gegen Benjamin Siegel und sein Lebenswerk verschworen zu haben, sogar die Natur. Heftige Regenfälle verwandelten die Straßen und den extra angelegten Flugplatz in eine Schlammwüste. Sandstürme hüllten die Gegend in eine staubige Wolke, die Flugzeuge aus Los Angeles konnten nicht landen. Von der *Union Pacific Railway* mietete man kurzfristig einen Sonderzug mit 14 Waggons, um die Gäste aus Los Angeles nach Las Vegas zu bringen. Das Dach des *Flamingo* erwies sich als undicht, der Strom im Hotel fiel immer wieder aus, nach und nach kamen die Baumängel in dem hastig errichteten Gebäude zum Vorschein. Es war, als würde sich an Ben das Pech des Misserfolgs festsetzen und nicht mehr von ihm abgehen.

Groß angekündigte Stars wie Spencer Tracy, Clark Gable und Gary Cooper sagten kurzfristig ab, da sie plötzlich und zufällig an diesem Tag für andere Events engagiert waren, denen sie sich verpflichtet fühlten. Frank Sinatra sang nicht. Der Zeitungsverleger und Medienunternehmer William Randolph Hearst, einer der reichsten Männer der Welt, war von Bugsys Idee eines Spielerparadieses, das Leuten das Geld aus der Tasche zog, nicht begeistert und riet den Stars der Showbranche davon ab, im *Flamingo* aufzutreten, wenn sie weiterhin ihre Namen in seinen Zeitungen lesen wollten. Er war der Meinung, dass man für sein Geld Zeitungen, Radioapparate und Fernsehgeräte kaufen sollte und nicht Jetons in einem Spielsalon. Es gab Gerüchte, dass die Mafia-Organisationen von Chicago und New York in Streit geraten waren über die Höhe des Geldes, das Bugsy ihnen schuldete, und über die Chancen, dieses Geld wieder zurückzubekommen. Wenn Bugsy mit seinem Projekt scheiterte, könnten sie das *Flamingo* übernehmen, das in Aussicht gestellte Geschäft ohne ihn abwickeln und die Gewinne ohne seine Beteiligung einstreichen. Also sabotierten sie die Eröffnung.

Die Eröffnungsfeier, die schließlich Kosten von einer halben Million Dollar verschlang, ging ohne Glanz über die Bühne, der Komiker Jimmy Durante versuchte, die Gäste mit seinen Geschichten und seinem Klavierspiel zu unterhalten. Ein junges Mädchen trat auf und verzückte das Publikum mit unschuldigem Charme. Virginia trug ein von ihrem Schneider Howard Greer entworfenes flammenförmiges Kleid in den Farben Rot, Pink und Orange, den Farben der aus Florida eingeflogenen Flamingos, die den beschmutzten Pool verlassen hatten und neugierig durch die Hotelanlage spazierten. Zwei Tage nach der Eröffnung reisten die letzten verbliebenen Gäste ab. Benjamin Siegel, der elegante Gangster und Gentleman mit den gewinnenden blauen Augen, war zum ersten Mal in seinem Leben ein Verlierer. Ein Verlierer zu sein, war nicht schlimm, aber dieses Gefühl auszustrahlen, bedeutete die Richtung eines Weges, auf dem ihn keiner mehr begleiten wollte. In dieser Zeit begann Virginia mehr zu trinken als früher.

10

Das Verhältnis zwischen Virginia und Ben war nicht immer so harmonisch, wie es nach außen hin aussah. Sie waren in großen Gefühlen miteinander verbunden, in Liebe, aber auch in Wut, Hass und Eifersucht, wie zwei Menschen, die weder miteinander noch ohne einander leben konnten. Je mehr sich Ben in sein *Flamingo*-Projekt verstrickte, desto mehr entfernte sich Virginia von ihm, desto eifersüchtiger wurde sie auf dieses Las Vegas, aber auch auf Frauen, die in Bens Nähe waren.

Marie McDonald, genannt »The Body«, wollte eigentlich Filmschauspielerin in Hollywood werden, doch ihr größtes Talent bestand darin, in aufregender Weise einen Badeanzug auszufüllen. Da es keine Filme gab, in denen Badeanzüge eine große Rolle spielten, sah es mit ihren Chancen im Filmgeschäft mager aus. Sie wurde von den Filmbossen zwar als »The Body« oft gern privat beansprucht, aber ebenso oft auch wieder fallen gelassen. Die vollmundigen Versprechungen, sie in Filmen einzusetzen, erwiesen sich schließlich als leer. Aber Marie McDonald gab nicht auf und war auf vielen gesellschaftlichen Events präsent. Man sah es gern, wenn sie ihre langen Beine, wohl die längsten Frauenbeine Hollywoods, ihren vollkommen runden Hintern und den nicht zu kleinen, aber auch nicht zu großen Busen zur Schau stellte. Bugsy fand diese Blondine mit dem halblangen vollen Haar ideal für sein *Flamingo* und engagierte sie, im Hotel einfach nur Gast zu sein, auffällig gekleidet und vielleicht sogar manchmal im Badeanzug bei den verbliebenen Flamingos am Pool in Erscheinung zu treten, als Blickfang und Objekt der unstillbaren Begierde für die hauptsächlich männlichen Gäste. Marie McDonald erfüllte tapfer und zuverlässig Bugsys offizielle Erwartungen, doch auch seine privaten Erwartungen enttäuschte sie nicht.

Virginia kam unerwartet nach Las Vegas, ging in Bugsys Penthouse, legte ihre Handtasche, in der sich einige Bündel Hundertdollarscheine als beruhigendes Kleingeld befanden, auf einen Stuhl und bemerkte, dass sich im Bett etwas bewegte. »Ben«, sagte sie. »Ich bin's, Virginia.« Im Bett wurde es ruhig. »So komm doch raus, Ben! Oder soll ich mich gleich zu dir legen?« Sie näherte sich dem Bett, schob die Decke zurück und sah eine Frau im silbrig-seidenen Negligé, Marie McDonald, über deren Funktion im Hotel sie nichts wusste, weil es sie nicht interessierte, welche Weiber hier als Dekoration herumliefen. Für sie war dieses ganze Las Vegas sowieso nur ein Aufenthaltsort für Schnorrer, Vagabunden und Huren, kurz, für dahergelaufenes Gesindel aller Art, mit dem sie nichts zu tun haben wollte.

»Was machen denn Sie hier?«, schrie Virginia.

»Nichts Besonderes«, antwortete »The Body« schüchtern und zog die Bettdecke bis zur Nase hoch. »Ben hat mir versprochen, Filmschauspielerin zu werden. Ich bin es auch gewohnt, früh aufzustehen.«

Virginia packte sie an den Haaren und zog sie aus dem Bett. »Du Hure! Du Luder! Du dreckige, dahergelaufene Schlampe!« Sie begann, mit den Fäusten auf sie einzuschlagen. Marie lief schreiend durch das Zimmer. Bugsy kam herein, stellte sich schützend vor sie und hatte eine geifernde, wild auf ihn einprügelnde, mit unerbittlichem Südstaaten-Temperament ausgestattete Virginia vor sich.

Sie fluchte. »Hurenbock! Schlampenhengst! Verfickter Mösentaucher!« Ben war erstaunt, welcher Wortschatz in ihr steckte, während sich ihre Lautstärke noch steigerte: »Wie ich dich kenne, hast du sicher auch mit der da geschlafen?« Marie gelang es nun, ein paar auf dem Boden liegende Kleider zu packen und aus dem Zimmer zu verschwinden. Sie lief einer Affäre davon, um in den Armen einer nächsten zu landen und ihr Leben schließlich mit einer Überdosis Schlaftabletten frühzeitig zu beenden.

»Da kennst du mich aber schlecht«, sagte Bugsy breitmaulig lächelnd. »Du bist nur eifersüchtig.«

»Und was macht sie dann in deinem Bett?« Virginia schrie weiter und trommelte mit den Fäusten auf ihn ein.

»Hör auf!«, schrie er. »Das arme Mädchen ist krank und muss im Bett bleiben, um sich auszukurieren.«

»Das kannst du deiner verdammten jüdischen Großmutter erzählen, du Scheißkerl, du beschissener!«

Bugsy packte sie an den Armen: »Und was hast du letzte Woche in New York gemacht? Mit Joe Adonis?« Er schlug ihr ins Gesicht. »Geschäfte!«, stammelte sie. Er gab ihr noch eine Ohrfeige. »Geschäfte, soso. Im Bett! Während ich hier in Las Vegas das Fundament errichte für euer größtes Geschäft aller Zeiten, vögelt ihr euch quer durch die Vereinigten Staaten von Amerika!« Virginia war es gelungen, sich von Bugsy zu lösen und griff nach seinen Schlaftabletten im Nachtkästchen. Sie steckte sich schnell eine nach der anderen in den Mund und schluckte sie hinunter.

»So! Jetzt habe ich alle deine Schlaftabletten geschluckt!« Bugsy wollte nach ihr greifen, sie nahm seinen Revolver, der sich ebenfalls im Nachtkästchen befand, und bedrohte ihn damit. »Bleib stehen!«, schrie sie. »In die Ecke! Knie nieder! Und mach deine verdammten blauen Augen zu! Alle Leute sollen wissen, dass ich mir deinetwegen das Leben genommen habe.« Bugsy, der ihre Unberechenbarkeit gut kannte, folgte ihr aufs Wort, kniete nieder und wartete ab. Sie griff nach der Flasche Whisky, die neben dem Bett stand und nahm einen großen Schluck. Dann noch einen. »Du bist an allem schuld! Nur du!«, stammelte sie. Dann wankte sie und sank zu Boden. Der Revolver fiel ihr aus der Hand. Die Schlaftabletten begannen zu wirken. Bugsy nahm den Telefonhörer, wählte eine Nummer und sagte. »Doktor Blank! Hier Ben Siegel. Bitte kommen Sie schnell!« Dann kniete er sich neben die am Boden liegenden Virginia hin. »Bleib bei mir, Flamingo! Ich liebe dich.« Er stotterte kleinlaut und fühlte sich plötzlich sehr einsam in seinem zu groß geratenen Penthouse.

Virginia erwachte im Krankenhaus von Las Vegas. Doktor Blank stand neben ihr am Bett. Es war nicht das erste Mal, dass er zu Siegel gerufen wurde, um seine Geliebte zu versorgen, weil es zwischen ihr und Bugsy Auseinandersetzungen gegeben hatte. Er hatte ihr schon mehrmals Blut aus dem Gesicht gewischt, das von Bugsys Wut und Wahnsinn zeugte. »Wird schon wieder. Sie haben die Widerstandskraft einer Stute aus Alabama.« Virginia lächelte wie ein Kind. »Aber eines muss ich Ihnen sagen. Wenn Sie und Ben weiterhin zusammen bleiben, wird einer den anderen eines Tages umbringen. Und ich will dann nicht den Überlebenden versorgen müssen.« Damit verabschiedete er sich.

Bugsy kam an ihr Bett. Er hatte Blumen mitgebracht, war gerührt, sie wiederzuhaben, weinte, schluchzte und versprach, sie nie wieder zu schlagen. Sie umarmten sich fest und schwiegen lange. Bugsy wollte aufheiternd sein, versuchen, eine lebensgefährliche Situation mit Kleinigkeiten abzuschwächen. Er sagte, dass er beeindruckt war von ihrer Aktion mit den Schlaftabletten und dem Revolver in ihrer Hand. So viel Mut, Hut ab! Er war auch erstaunt über die vielen Flüche, die sie ihm entgegengeschleudert hatte, und erinnerte sich Wort für Wort daran. »Wie ist es nur möglich, dass so viele hässliche Wörter aus einem so süßen Mund kommen können?« Er wusste nicht, dass sie diese Wörter schon als Kind in ihrem Elternhaus und in ihrer Nachbarschaft gehört hatte. Sie verstand zwar damals nicht den genauen Sinn, doch sehr wohl die dahinter liegende Brutalität der Gefühle. »Und jetzt lass uns feiern, Flamingo«, sagte er. »Unser Leben soll sein ein einziges Fest. So lange man feiert, lebt man.« In einem Film hätte nun gewaltige, dramatische Musik eingesetzt, von einem großen Orchester präzise einfühlsam gespielt.

Es wurde immer schlimmer. Ben und Virginia stritten sich nun wegen jeder Kleinigkeit. Er wurde immer nervöser, immer aufbrausender und immer unbeherrschter, je mehr sein großer Traum von einem riesigen Spielerparadies zerbröckelte. Man sah ihm an, dass er seine Probleme nicht mehr in den Griff bekam. Das konnten auch seine blauen Augen nicht mehr verbergen. Jede Kleinigkeit brachte ihn zur Weißglut. Er klammerte sich an einen letzten Rest von Ordnung in seinem Leben. Wenn beim Essen das Besteck nicht genau angeordnet an seinem Platz lag, wischte er mit einer Handbewegung das ganze Geschirr vom Tisch. Wenn der Wein nicht die von ihm erwartete Temperatur hatte, schüttete er ihn dem Kellner ins Gesicht. Er versuchte, sich durch das Hersagen von Zungenbrechern zu beruhigen. »Zwanzig Zwerge zeigen Handstand, zehn im Wandschrank, zehn am Sandstrand.« Virginia konnte das nicht mehr hören. »Zwanzig Wanzen tanzen Walzer …« Weiter kam sie nicht. Bugsy, die Wanze, packte sie an den Haaren: »Halt dein Maul oder ich werfe dich in die Müllverbrennungsanlage!« Sein Versprechen, sie nie wieder zu schlagen, war gebrochen. Hatte ihm früher Virginia eine Eifersuchtsszene nach der anderen geliefert, war es nun er, der immer eifersüchtiger wurde. »Es macht dir anscheinend Spaß, mit allen ins Bett zu steigen, nur mit mir nicht!«, fantasierte er. Virginia war froh, von Las Vegas wegzukommen, weit weg, bis nach Europa, wo sie wieder einmal Geld, das für den Bau des *Flamingo* bestimmt war, auf ihrem Bankkonto sicherstellte. Anfangs tat sie es für Ben und für sich, für eine gemeinsame Liebe, für eine gemeinsame Zukunft, weg von diesen Gangstern, Halsabschneidern und Falschspielern, weg von diesem Amerika, wo man mit Genuss den einen gegen den anderen ausspielte, wo einer dem anderen alles wegnahm, in der Tradition der Gründer dieser Nation, die von Anfang an alles daran setzten, um den Indianern das Land zu stehlen. Doch nun bereicherte sich Virginia immer mehr nur für sich selbst. Der Mensch ist manchmal so arm, dass er nur mit seinem Leben bezahlen kann. Das wollte sie mit allen Mitteln verhindern. Sie wollte immer alles bezahlen können, was sie sich wünschte, sie wollte leben und selbst entscheiden, an welchem Ort und mit wem sie dieses Leben teilte.

11

Lucky Luciano, der Boss aller Bosse, der »capo di tutti capi«, ein Titel, den er sich mit Al Capone zu teilen hatte, wurde im Juli 1936 zu 30 bis 50 Jahren Gefängnis verurteilt, doch bereits nach zehn Jahren Haft entlassen und unter der Bedingung, die USA nie wieder zu betreten, nach Italien ausgewiesen. Im Zweiten Weltkrieg hatten die Alliierten den geheimen Plan, im von der deutschen Wehrmacht besetzten Sizilien zu landen, auf das Festland überzusetzen und weiter nach Norden vorzudringen, um Italien von den

Nazis und vom faschistischen Regime Benito Mussolinis zu befreien. Da entdeckten Frank Costello und Joe Adonis ihre patriotische Verbundenheit mit den USA und machten dem amerikanischen Militär einen weitreichenden Vorschlag. Lucky Luciano, der als sizilianischer Boss der Mafia auf der Insel immer noch großen Einfluss hatte, würde dafür sorgen, dass die alliierten Streitmächte ungehindert landen konnten und von der Bevölkerung bestens unterstützt wurden. Die Armeeführung war einverstanden, Lucky Luciano bekam im Gefängnis fortan beste Behandlung und ein Büro mit Mitarbeitern, von denen seine Befehle weitergegeben wurden, die bis zu den Mafia-Größen in Sizilien gelangten. Sabotageakte und Störaktionen in den Häfen erleichterten den alliierten Schiffen die Landung, den Flugzeugen wurden nachts durch Feuer die idealen Absprungpositionen für die Fallschirmspringer angezeigt, die Soldaten konnten ohne größeren Widerstand Sizilien einnehmen und auf das italienische Festland übersetzen. Vom faschistischen Regime in Sizilien inhaftierte Mafiosi wurden von den Amerikanern umgehend befreit, viele wurden daraufhin Bürgermeister, zahlreiche davon in der Provinz Palermo. Als Belohnung für seine Dienste kam Lucky Luciano im Februar 1946 aus dem Gefängnis frei. Mit dem Schiff gelangte er nach Neapel.

Für Ende Dezember 1946 berief Lucky Luciano eine einwöchige Gipfelkonferenz der amerikanischen *Cosa Nostra* auf Kuba ein, die im *Hotel Nacional de Cuba* in Havanna stattfand. Aus mehreren Bundesstaten der USA reisten hochrangige Familienmitglieder an. Joe Adonis, Frank Costello und Meyer Lansky kamen aus New York, die Brüder Charlie und Rocco Fischetti aus Chicago, Lucky Luciano flog von Rom nach Havanna. Benjamin Siegel war zu dieser Konferenz nicht eingeladen. Als Vertreter der Westküste kam Jack Dragna, der wie Lucky Luciano aus der Gegend von Corleone in Sizilien stammte. Er wurde schon einige Jahre vor Bugsys Eintreffen in Kalifornien nach Los Angeles geschickt, um dort die Pferdewetten gewinnbringend zu regulieren und das illegale Glücksspiel zu organisieren. Nachdem sich Virginia immer mehr von Bugsy vereinnahmen ließ, bekam Dragna die zusätzliche Aufgabe, über Bugsy und Virginia regelmäßig nach New York Bericht zu erstatten, die beiden zu überwachen und zu handeln, wenn etwas nicht so lief, wie es die New Yorker wünschten. Doch erfüllte er seine Aufgabe nicht zur allerbesten Zufriedenheit, denn Bugsy handelte immer eigenmächtiger und immer undurchsichtiger. Dragna versuchte, auf Bugsy einzuwirken, aber Bugsy, der sich als König von Las Vegas und überhaupt der ganzen Westküste fühlte und dafür von allen, auch von Dragna, die entsprechende Anerkennung verlangte, ging auf keine Kompromisse ein und ließ sich nicht von seinem Weg abbringen. Er wurde zum Problem.

Ein Thema der Konferenz war die Erweiterung des Einflusses der *Cosa Nostra* auf den weltweiten Drogenhandel, ein anderes die Einigung mit der kubanischen Regierung über eine Absicherung der Beteiligung am Glücksspiel auf Kuba. Havanna musste mit seinen gewinnbringenden Casinos als Vergnügungsmetropole für Touristen aus den USA noch mehr in den Einflussbereich der *Cosa Nostra* kommen. Damit verbunden wäre auch eine tatkräftige Unterstützung der Wiedereinsetzung des ehemaligen Präsidenten Fulgencio Batista, eines Freundes von Meyer Lansky. Aber noch ein weiterer wichtiger Punkt stand auf der Tagesordnung: Benjamin Siegel.

»Meine lieben Mitbrüder!«, begann Joe Adonis seine Rede. »Die Eröffnung des *Flamingo* war ein Desaster. Unser Bugsy ist unberechenbar geworden, wie eine Kanone, die sich unbefestigt an Bord eines Schiffes herumbewegt, jederzeit losgehen und den Untergang des Schiffes herbeiführen kann, unseres Schiffes, meine lieben Mitbrüder. Viel zu lang schon dreht er sein eigenes Ding als Ein-Mann-Betrieb, rücksichtslos und ohne Familiensinn. In Las Vegas setzt er viel Geld in den Sand, unser Geld, meine lieben Mitbrüder. Zwei Millionen sauer verdienter Dollar sind überhaupt verschwunden. Und wenn Geld verschwindet, dann verschwindet es meistens in die Schweiz. Bugsy wird mit seiner Geliebten dem Geld nachreisen wollen. Das werden wir zu verhindern wissen. Dann übernehmen wir das *Flamingo* und machen aus Las Vegas unsere persönliche Goldgrube. Ohne diese Wanze, meine lieben Mitbrüder, denn dieser Angeber ist nicht nur ein schlechter Geschäftsmann, sondern auch ein lausiger Dieb.«

Meyer Lansky fügte hinzu: »Ein Dieb? Also nichts anderes als ein gerissener Gangster.« Die Anwesenden lachten.

»Aber ein Dieb, der seine eigene Familie bestiehlt«, meinte Adonis böse grinsend. »Und wer weiß, was diesem arroganten, aufgeblasenen Schmalspurganoven noch alles einfällt. Das können wir nicht länger einfach so hinnehmen. Wir machen uns ja lächerlich!« Die Anwesenden applaudierten.

Man einigte sich mit großer Mehrheit darauf, Bugsy Siegel zu beseitigen. Er war ein zu großes Risiko für die Organisation geworden. Sein Jugendfreund Meyer Lansky versuchte noch, die Bosse zu überreden, die Sache doch noch einmal zu überdenken, doch die Entscheidung war gefallen. Lucky Luciano betraute Jack Dragna damit, dafür zu sorgen, dass Bugsy endgültig aus der Welt geschafft wurde. Er war in Los Angeles zu Hause, befand sich also vor Ort, außerdem hatte er dadurch die Möglichkeit, seine offensichtlich begangenen Versäumnisse in Bezug auf Bugsys Betreuung wieder gutzumachen. Dragna hasste Bugsy, nicht nur wegen dessen unwiderstehlicher Wirkung auf Frauen, wovon Dragna nur träumen konnte.

Am Abend, nachdem Bugsys Tod beschlossen worden war, gab Frank Sinatra, der entgegen seiner Zusage bei der Eröffnung des *Flamingo* nicht gesungen hatte, im großen Saal des *Hotel Nacional de Cuba* ein öffentlich zugängliches Konzert. Das Konzert diente als Vorwand für die Konferenz, offiziell hieß es, man wolle in Havanna mit Freunden zusammenkommen und sich gut unterhalten. Frank Sinatra war nicht nur der künstlerische Star des Treffens, er soll auch als Geldbote gedient haben und mit zwei Millionen Dollar in einem Aktenkoffer aus den USA nach Havanna gereist sein. Der Koffer soll für Luciano bestimmt gewesen sein, der, anders als von Sinatra angegeben, aus derselben sizilianischen Gemeinde stammte wie Sinatras Vater.

Das *Flamingo* kam aus den roten Zahlen nicht heraus, das Defizit stieg. In den ersten zwei Wochen lag es bei 300.000 Dollar. Es verbreitete sich das Gerücht, dass im Casino falsch gespielt würde, der Ausgang der Spiele vorprogrammiert wäre, dass Gangster ihre Hand im Spiel hätten, dass die Angestellten Waffen unter ihren weißen Jacken trügen und nicht zögern würden, diese bei Bedarf auch anzuwenden. Die Einnahmen gingen eher in ihre eigenen Taschen als in die Kasse des Hotels. Ben Siegel betrog seine Geldgeber, das Personal des *Flamingo* betrog Ben, dem als zentrale Figur in diesem Spiel die Schuld am Versagen des ganzen Systems angelastet wurde. Die Konsequenzen sollte Benjamin Siegel bald in ihrer ganzen Wucht spüren.

Die Gäste des *Flamingo* waren verunsichert, blieben weg oder vergnügten sich in Etablissements der Konkurrenz. Virginia ertränkte ihren Kummer mit Ben im Whisky. Sie wollte mit Las Vegas nichts mehr zu tun haben, war verärgert und todunglücklich darüber, dass ihr schöner Spitzname mit Ben Siegels Pleiteprojekt in Verbindung stand. Wenn sie jemand »Flamingo« nannte, bekam sie einen Wutanfall und schrie in Anlehnung an Bens Ausspruch bezüglich Bugsy: »Sag nie wieder Flamingo zu mir!«

Virginia versuchte ein letztes Mal, ihren Ben, ihren »Baby Blue Eyes« zu überreden, aus seinem Lebensprojekt auszusteigen. »Du machst deine Freunde reich, und dir selbst bleibt kein Cent in der Tasche. Ich habe genug Geld. Wir könnten uns ein schönes Leben machen. Aber nicht hier. Lass uns verschwinden! Nach Europa.«

Ben lächelte nur müde und schien nicht zu verstehen, was sie meinte. »Europa«, sagte er in sich versunken, »da wohnt doch irgendwo meine liebe Gräfin.« Virginia hielt kurz die Luft an, fühlte eifersüchtige Wut gegen diese Dorothy Dendice Taylor Di Frasso, seine liebe Gräfin, wie er sie nannte, aufsteigen, und sah gleichzeitig einen unglücklichen Ben vor sich, ein Häufchen Elend, gegen das sich die Welt verschworen hatte. Da wusste sie, dass sie nichts mehr für ihn tun konnte. Sie verließ ihn, wahrscheinlich sogar schweren Herzens, fuhr nach Los Angeles und mietete über ihren Freund Juan Romero ein Haus am North Linden Drive in Beverly Hills.

Nat Coiner rief Virginia an: »Welche Informationen hast du über Ben Siegels Finanzen?«, brüllte er. »Die Chicagoer wollen wissen, wo ihr Geld hingekommen ist. So ein blödes Hotel kann doch nicht so viel fressen.«

»Ben hat den Überblick über die Finanzen verloren«, sagte Virginia. »Das kann schon mal passieren. Da steckt keine böse Absicht dahinter. Das wird sich alles im Guten regeln lassen.«

»Regeln lässt sich so etwas immer. Aber nicht im Guten.«

»Was regst du dich überhaupt so auf? Es handelt sich doch nur um lächerliche Summen. Ihr habt alle genug Geld. Dafür habe ich jahrelang gesorgt.«

»Zwei Millionen, die nirgendwo aufscheinen, nennst du lächerlich? Da kann nicht mal mehr ich lachen.«

Sie spürte, dass etwas Unheilvolles in der Luft lag, und plauderte wie immer drauflos, so als könnte sie es dadurch abwenden. »Wer hat denn im Schweiße ihres Angesichts die Drogen über die Grenze gebracht? Wer musste vor den Behörden zittern? Wer musste sich denn korrupten Politikern und Diplomaten hingeben? Ich! Und für wen das alles? Nur für euch!«

»Aber du hast immer viel dafür bekommen.«

»Alles außer Liebe.«

»Liebe, Virginia, Liebe? Wer braucht denn so was?«, sagte Coiner und legte auf.

Meyer Lansky war Benjamin Siegels einziger Freund, denn in der Jugend geschlossene Freundschaften halten oft ein Leben lang. Ben konnte sich mit seinem Geld alles kaufen, sogar Liebe, aber niemals Freundschaft. Meyer Lansky, der bis zuletzt zu Bugsy gehalten und ihn immer noch irgendwie ganz gern hatte, konnte durchsetzen, ihm noch eine Chance zu geben. Er, Joe Adonis und Jack Dragna trafen sich mit Ben Siegel in Los Angeles, um zu klären, wo das investierte Geld für das *Flamingo* hingekommen war. Die Buchhalter der Organisation, unter ihnen auch Nat Coiner, hatten bei ihren Überprüfungen und Berechnungen festgestellt, dass die überhöhten Baukosten unter Einbeziehung aller Extras und Eventualitäten nicht mehr als vier Millionen Dollar ausgemacht haben konnten. Die Gesamtsumme betrug jedoch sechs Millionen. Wo war die Differenz? Bugsy konnte darauf keine befriedigende Antwort geben, er starrte nur blödsinnig vor sich hin, lachte und sagte seine unsinnigen Zungenbrecher, die allen auf die Nerven gingen. Es schien, als hätte er den Verstand verloren. Man besprach die Angelegenheit ohne Bugsy weiter. Wie weit Virginia bei den fehlenden zwei Millionen ihre Hand im Spiel hatte, war Anlass zu mehreren Spekulationen. Dragna meinte, man sollte doch gleich reinen Tisch machen und beide beseitigen. Doch Joe Adonis, Virginias früherer Liebhaber, setzte sich vehement für sie ein und meinte, sie wäre solcher Verbrechen gegen die eigenen Leute gar nicht fähig und hätte, wenn überhaupt, nur im Auftrag von Bugsy gehandelt. Er dachte wohl auch daran, nach Bugsys Verschwinden wieder mit ihr zusammen sein zu können und erinnerte sich gern an gemeinsame Momente, die er vor ihr und nach ihr in dieser Intensität noch nie erlebt hatte. »Wenn diese Frau unter deiner Haut ist, dann ist es wie ein Krebs. Unheilbar!«, sagte er einmal zu Meyer Lansky. Der Gedanke an Virginia verschloss ihm noch heute die Augen vor der Realität, gewissermaßen missachtete er durch sein Verhalten ein Grundprinzip der süditalienischen Mafia: »Lieg niemals unter einer Frau!« Das war Virginias Rettung.

Am 8. Juni 1947 bekam Virginia einen Telefonanruf von Nat Coiner: »Pack deine Koffer und flieg nach Paris! Sag Ben, dass du Wein und Champagner für das *Flamingo* einkaufen musst.« Sie wollte etwas sagen, aber Coiner unterbrach sie: »Keine Fragen, Baby! Flieg einfach! Sofort! Es ist zu deinem Besten. Vertrau mir!«

Sie vertraute ihm, fuhr aber noch einmal nach Las Vegas, um sich von Ben zu verabschieden. Sie hatte Tränen in den Augen. »Wenn du dieses gottverdammte Nest einmal satt hast, dieses ganze Gesindel nicht mehr sehen willst, dann fahr nach Beverly Hills und entspanne dich am North Linden Drive. Alles Gute, Ben!« Sie gab ihm die Schlüssel zu ihrem Haus, küsste ihn, stieg ins Auto, gab Gas und raste aus seinem Leben.

Einige Tage danach flog sie von Chicago nach Paris. Bugsy nahm sich ihren Rat zu Herzen und ließ sich von seinem Chauffeur Chic, Virginias jüngerem Bruder, den sie einmal aus dem langweiligen Alabama in das pulsierende Los Angeles geholt hatte, mit dem Cadillac von Las Vegas nach Beverly Hills in das Haus von Chics Schwester fahren.

Am Nachmittag des 20. Juni 1947 war Bugsy beim Friseur, danach im Kosmetikstudio, um seine Gesichtshaut mit Cremes und Gemüsescheibenauflagen zu pflegen. Am Abend traf er sich mit Chick und dessen Braut Jerri, die einmal für Marie McDonald als Sekretärin gearbeitet hatte, in *Jack's Restaurant*. Um 21 Uhr verließ er mit den beiden das Lokal und fuhr nach Hause. Am Ausgang gab man ihm noch die Ausgabe der morgigen *Los Angeles Times* in die Hand und wünschte ihm einen schönen Abend. Oben auf der ersten Seite ließ der Chef des Restaurants aufdrucken: »Gute Nacht! Schlafen Sie gut! Mit Komplimenten von *Jack's*!« Zur selben Zeit lenkte ein von Dragna angeheuerter Mann, ein ehemaliger Mitarbeiter der *Murder Inc.*, sein

Auto nach Beverly Hills, parkte den Wagen unauffällig in der Nähe von Virginias Haus am North Linden Drive und wartete. Um 22.45 Uhr saß Bugsy Siegel im Wohnzimmer auf dem Sofa und las die Titelseite der *Los Angeles Times*. Er sagte zu Chick: »Virginia ist ganz durcheinander. Sie ist nervös und böse auf mich. Aber wir werden uns versöhnen. Es wird alles wieder so, wie es einmal war.«

»Ja, Ben, alles wird wieder gut«, sagte Chick und ging zu Jerri in einen der oberen Räume. Ben gähnte. Vom Garten des Hauses wurden durch die große Glasscheibe des Wohnzimmerfensters aus einem *Winchester*-Standardgewehr der US-Army neun Schüsse auf Benjamin Siegel abgefeuert, fünf Schüsse gingen daneben. Der erste Schuss riss ihm das linke Auge heraus. Man fand es später auf dem Fliesenboden. Auch ein weiterer Schuss traf sein Gesicht, zwei Schüsse trafen seine Brust. Die *Los Angeles Times* fiel zu Boden, auf den Spruch »Schlafen Sie gut!« tropfte Blut. Der 41-jährige Benjamin Siegel, die Wanze aus Brooklyn, war sofort tot. Chick sagte später aus, dass sich die Schüsse wie das Knallen von Feuerwerkskörpern angehört hatten. Um 23 Uhr bekam Jack Dragna einen Telefonanruf, drei Minuten später klingelte das Telefon bei Joe Adonis in New York. Nachdem er aufgelegt hatte, sagte er lächelnd zu den anwesenden Kumpanen: »Das Insekt wurde getötet.«

Kurze Zeit später betraten drei Herren das *Flamingo* und erklärten der ahnungslosen Belegschaft, dass sie im Auftrag von Meyer Lansky ab sofort das Management des Hotels übernehmen würden. Am nächsten Tag traf Nat Coiner aus dem windigen Chicago im gerade von einem Sandsturm geplagten Las Vegas ein, überprüfte die Bücher und brachte Ordnung in die Finanzen. Der Anwalt der *Nevada Project*

Corporation, Eigentümerfirma des Hotels, erklärte: »Im *Flamingo* wird das Leben weiterhin so normal ablaufen wie bisher. Der Tod von Benjamin Siegel hat keine Auswirkungen auf die Zukunft des Hotels.«

Das *Flamingo* wurde fertiggestellt und von 105 auf 200 Gästezimmer erweitert. Bis Ende des Jahres erzielte es einen Gewinn von vier Millionen Dollar. In Las Vegas entstand tatsächlich das größte Spielerparadies der Welt, die beteiligte *Cosa Nostra* verbucht seither Einnahmen in abenteuerlicher Höhe. Der Leichnam Benjamin Siegels lag einige Tage aufgebahrt im Leichenschauhaus der Polizei von Beverly Hills, an seiner rechten großen Zehe war ein Schild angebracht: »Benjamin Seigel«. Ein falsch geschriebener Name hing an einer Zehe des Gründers von Las Vegas. Der Mord an ihm wurde nie aufgeklärt.

12

Die Nachmittagssonne schien auf die Terrasse des *Sun Valley Lodge Hotels*. Mrs. Cooper, die Gattin des berühmten Filmschauspielers, der gerade irgendwo unterwegs war, um einen Film zu drehen, lag in einem Liegestuhl. Eine Pelzjacke und eine auf ihrem Schoß liegende Wolldecke schützten sie vor der Kälte des Januars. Sie hätte gern ein wenig gedöst, wenn der Herr im Liegestuhl links von ihr nicht dauernd auf sie eingeredet hätte.

»Was für einen Film dreht Ihr Mann denn gerade?«, fragte Mr. Starsky, der mit der Herstellung von Feuerlöschern reich geworden war. Er begann in San Francisco als Vertreter für Feuerlöscher, ging von Haus zu Haus, von Wohnung zu Wohnung, von Tür zu Tür, um den Leuten die Wichtigkeit und Notwendigkeit seiner Geräte einzureden. Auf den Wegen von einem Haus zum anderen hatte er Zeit, um über eine Verbesserung der Geräte nachzudenken. Im einzigen Raum seiner Wohnung, zwischen Bett und Waschbecken, bastelte er so lange herum, bis er ein Ding entwickelte, das einfacher in der Anwendung, besser in der Wirkung und günstiger im Verkaufspreis war. Seine Hartnäckigkeit brachte ihn in Verbindung mit Geldgebern, die an ihn und an die Zukunft seiner Geräte glaubten, sodass er sie zuerst in bescheidenen, dann in immer größeren Mengen herstellen konnte. Schließlich beherrschten seine Feuerlöscher den Markt, die Konkurrenz ging in die Knie. Er hatte das Patentrecht behalten und machte viel Geld damit. Wo es galt, einen kleinen Brand zu löschen, ein mickriges Feuer in den Griff zu bekommen, waren seine Löschgeräte im Einsatz, sofern sie greifbar waren. Und dass sie immer greifbarer wurden, dafür sorgten Starsky und seine Mitarbeiter. Niemand mehr musste von Tür zu Tür gehen, um den Leuten etwas einzureden, die Leute kamen in seine Geschäftslokale, um das zu kaufen, was sie nicht mehr missen wollten.

»Ich weiß es nicht«, antwortete die stets auf Distanz bedachte Mrs. Cooper. »Irgendeinen Wildwestfilm, in dem er erschossen wird. Er wird ja meistens erschossen, der Arme.«

»Also, am liebsten mag ich ja, wenn es in einem Film wo brennt. Sie wissen ja, Feuer ist meine Leidenschaft, Feuer zu löschen meine Bestimmung. Wissen Sie vielleicht, ob es in diesem Film, den Ihr Mann gerade dreht, der Film also, in dem er erschossen wird, einen ordentlichen Brand gibt?«

Dieser Mr. Starsky ging ihr auf die Nerven. Sie wollte nur ihre Ruhe haben und die Sonnenstrahlen genießen. Weiter nichts. Und nun war sie mit den Vorzügen von Bränden konfrontiert. Doch Mrs. Cooper war bewusst höflich: »Ich glaube, in dem Film geht es um einen Sonnenbrand.«

Mr. Starsky verstand die Aufforderung, sie in Ruhe zu lassen, nicht. Er lachte: »Da mache ich mir bei Ihrem Mann keine Sorgen. Hat er doch schon die Sonne Spaniens überstanden, so wird ihm auch das nichts ausmachen.« Dann begann er, von ihrem Ehemann in der Rolle des Robert Jordan im Film *Wem die Stunde schlägt*, der im Spanischen Bürgerkrieg spielt, zu schwärmen. »Ernest Hemingway hat den Roman, der später zum Film geworden ist, ja hier in Sun Valley vollendet. Da oben in der Suite 206.« Er deutete zu einem leeren Balkon der *Sun Valley Lodge* hinauf.

»Ja, ja, ja, Mr. Starsky, das weiß jeder hier«, sagte Mrs. Cooper genervt und gelangweilt. »Aber wissen Sie auch, dass Hemingway die Figur des Robert Jordan in seinem Roman meinem Mann quasi auf den Leib geschrieben hat? Für eine spätere Verfilmung.« Sie lächelte.

»Das wusste ich nicht. Ist ja der Wahnsinn! Typisch Ernest«, bemerkte Mr. Starsky. »Übrigens könnte die Figur des Guerillakämpfers Pablo an mich erinnern. Denn im Film wird dieser Pablo von einem russischen Schauspieler gespielt. Und ich bin ja doch auch russischer Abstammung.«

Das war wohl etwas weit her geholt, dachte Mrs. Cooper und sagte nur: »In dem Film werden einige Guerillakämpfer von Russen gespielt.« Endlich hatte sie erreicht, dass ihr Nachbar kurz Ruhe gab, denn er dachte nun angestrengt über die einzelnen Schauspieler in dem Film nach und zählte sie lautlos an seinen Fingern ab.

Jetzt mischte sich auch noch der rechts neben ihr im Liegestuhl liegende Mr. Kennedy ein:

»Wissen Sie, ob Mr. Hemingway in nächster Zeit nach Sun Valley kommt?«

»Sie meinen Ernest?«, bemerkte Mr. Starsky stolz und ließ die russischen Schauspieler durch seine Finger rinnen. »Ich habe ihn vor ein paar Tagen auf Kuba angerufen ...«

»Ach?«, spottete Mrs. Cooper. »Gibt es auf Kuba keine Feuerlöscher?«

Mr. Starsky verstand die Anspielung, war eingeschnappt und verhielt sich von nun an ruhig. Das heißt, er sagte nichts mehr, schlief ein und schnarchte in einer Lautstärke, die man alles andere als ruhig nennen konnte.

Auch Mr. Kennedy schwieg. Er war schon viele Jahre Gast in Sun Valley und ganz im Gegenteil zu Mr. Starsky ein feiner, gebildeter, zurückhaltender Mann von der Ostküste. Er baute sein Vermögen in der Zeit der Prohibition durch Alkoholschmuggel auf und gründete in Kanada, wo die Erzeugung von Alkohol legal war, eine Schnapsfabrik. Seine Lagerhallen waren voll mit selbst gebranntem Bourbon und aus Schottland importiertem Whisky, den er zur Verwendung für religiöse und medizinisch-therapeutische Zwecke offiziell in die USA einführen durfte. Als man nach der Prohibition vieles nachzuholen hatte und deshalb besonders große Mengen an Alkohol verlangte, machte er ein zweites Mal ein Vermögen, denn seine Lagerhallen waren wieder voll, und er konnte prompt liefern. Er selbst war überzeugter Antialkoholiker.

Virginia und Betty kamen vom Shopping ins Hotel zurück und deponierten die eingekauften Kleider, Hosen, Jacken,

Schuhe, Hüte, Handschuhe und Mützen in ihren Zimmern. Sie mussten in der doch entlegenen Gegend weit mit dem Taxi herumfahren, um das zu finden, was sie brauchten. Viel war es nicht. Danach trafen sie sich auf der Terrasse des Hotels, wo Mrs. Cooper zwischen einem eingeschnappten Feuerlöscher und einer abstinenten Schnapsflasche endlich etwas dösen konnte. Sie gingen an dem seltsamen Trio vorbei, als Mr. Starsky zufällig kurz die Augen öffnete und in die Sonne blinzelte. »Wow!« gab er von sich, begleitet von einem dünnen Pfiff, streckte sein Doppelkinn nach oben und sah den beiden Damen mit einfältigen Blicken nach. Virginia und Betty ließen sich zwei Liegestühle bringen, stellten sie in der Nähe auf und legten sich hinein. »Was haben wir denn da?« Starsky streckte seine Arme aus, rieb die Handflächen aneinander, verschränkte die Finger ineinander, ließ dabei die Knöchel krachen und sah verzückt zu den zwei Liegestühlen hinüber. Mrs. Cooper wachte auf.

»Das blaue Kleid steht dir ganz hervorragend«, sagte Betty.

»Danke. Die orangefarbene Jacke passt zu deiner Haarfarbe wie ein Sonnenuntergang zu einem Kornfeld in Südkalifornien.« Betty war geschmeichelt. »Aber in der braunen Hose sehe ich aus wie ein alter Sack aus Washington«, beschwerte sich Virginia und dachte dabei an einige Politiker der Hauptstadt.

»Auf der Skipiste ist es völlig egal, wie man aussieht. Da geht es nur um die richtigen Bewegungen.«

Virginia ließ ihren Busen aus der Tiefe des Liegestuhls in rhythmischen Bewegungen heraus kreisen.

»Ich meine natürlich die Beine«, sagte Betty. Virginia hob ihre Beine und strampelte wie ein auf dem Rücken liegender Käfer auf und ab. Die Freundinnen lachten.

Mrs. Cooper blickte zu Mr. Starsky, der fasziniert auf Virginias Beine starrte, und wandte sich an Mr. Kennedy: »Seit wann darf sich denn die Mafia in unserem schönen Sun Valley vergnügen?«

Mr. Kennedy fragte: »Wen meinen Sie damit?«

»Ja, kennen Sie denn dieses Weibsstück da drüben nicht? Die war doch in allen Zeitungen. Das ist eine ganz ordinäre Gangsterbraut, eine Madame Pompadour der Unterwelt.«

Während Mr. Starsky Virginia noch faszinierter anstarrte als zuvor, fragte Mr. Kennedy: »Die Blonde oder die Dunkle?«

»Na die da!«, sagte Mrs. Cooper so laut, dass Virginia aufmerksam wurde. Mrs. Cooper kam nun richtig in Fahrt: »Die geht doch mit allen Gangstern Amerikas ins Bett! Wissen Sie das denn nicht, Mr. Kennedy?«

»Also in diesem Fall«, sagte Mr. Starsky leise zu sich selbst, »wäre ich auch ganz gern ein kleiner Ganove.«

Mr. Kennedy dachte nach. »Jetzt erinnere ich mich. Die war doch einmal die Geliebte von diesem Bugsy Siegel.«

»Ja genau. Und getrieben hat sie es mit dem, sage ich Ihnen, hemmungslos getrieben, dass die Wände gewackelt haben. Bei Gott! Dabei war er glücklich verheiratet. Aber dieses Luder ist ja unberechenbar und unersättlich, sage ich Ihnen. Die halbe Unterwelt lag auf der schon drauf.«

»Woher wissen Sie denn das?«

»Aus den Zeitungen«, stellte Mrs. Cooper klar. Sie hatte oft viel Zeit, um Zeitungen zu lesen.

Mr. Starsky fuhr sich mit der Zunge über die Oberlippe. »Unersättlich« klang hervorragend. Er musste diese Frau näher kennenlernen.

»Hat man diesen Bugsy nicht ermordet?«, fragte Mr. Kennedy.

»Richtig! Neun Schüsse, von denen vier danebengingen. Ich habe alles genau studiert, bin quasi eine Spezialistin auf diesem Gebiet, sage ich Ihnen. Und wahrscheinlich steckt die da dahinter.« Sie warf einen abschätzigen Blick in Richtung Virginia. »Reine Eifersucht! Und wir müssen uns nun ansehen, wie sich dieses Lumpengesindel bei uns in aller Gemütlichkeit breitmacht. Gott steh uns bei! Meinen Sie nicht auch, Mr. Kennedy?«

»Ganz Ihrer Meinung, Mrs. Cooper. Damen mit einem derartigen Ruf haben auf unserer Hotelterrasse nichts verloren.«

Virginia hatte einen Teil des Gesprächs mit angehört, stand auf, stellte sich vor Mrs. Cooper und Mr. Kennedy in die Sonne, sodass ihr Schatten auf die im Liegestuhl Liegenden fiel.

»So, so! Die Damen und Herren der sogenannten feinen Gesellschaft meinen, dass ihr Ruf besser ist als meiner? Und sie erlauben sich, mich ein Lumpengesindel zu nennen?« Virginias Stimme klang noch schnarrender und schriller als sonst. Sie bebte vor Aufregung und wandte sich an Mr. Kennedy: »Wo ihr doch selber die größten Lumpen seid! Früher wart ihr hundsgemeine Diebe, und heute habt ihr eine offizielle Lizenz zum Stehlen. Es ist alles nur eine Frage der Zeit.«

Mr. Kennedy sprang auf: »Das ist ja unerhört! Das muss ich mir als ehrbarer Bürger der Vereinigten Staaten von Amerika nicht bieten lassen.« Und zur Verdeutlichung seiner Aussage fügte er hinzu: »Nicht bieten lassen von so einer wie Sie eine sind!«

»Was bin ich denn für eine?«, wollte Virginia wissen und grinste ihn an. Da mischte sich Mr. Starsky ein: »Aber meine Herrschaften, wie sind doch hier auf Urlaub. Ich schlage vor, wir besprechen das alles gemütlich heute Abend bei einer Flasche Wein an der Hotelbar.«

»Ohne mich!« Mr. Kennedy verließ angewidert die Terrasse. Mrs. Cooper verabschiedete sich in gewohnter Höflichkeit und ging leise vor sich hin redend hinter ihm her.

»Hotelbar? Aber gern«, sagte Virginia zu Mr. Starsky. »Ich habe heute Abend ohnehin noch nichts vor.« Betty, die sich im Liegestuhl aufgerichtet hatte, war wieder einmal schwer begeistert von ihrer Freundin. Sie liebte ihre Schlagfertigkeit und wäre selbst auch gern ein wenig so wie sie. Aber ihre Erziehung, ihre Ehe und ihr behütetes Leben machten aus ihr eine ganz andere.

Clinton Anderson, der Polizeichef von Beverly Hills, wusste bereits am Tag nach Benjamin Siegels Ermordung über das Motiv Bescheid. »Es geht um Geld, um sehr viel Geld. Doch glaube ich nicht, dass das irgendetwas mit Siegels Beteiligung am Las Vegas Projekt zu tun hat.«

Drei Tage später teilte er mit: »Benjamin Siegel wurde ermordet, weil er die Mafia in Chicago erpressen wollte. Ich befürchte einen Bandenkrieg.« Und wieder zwei Tage danach: »Ein mexikanischer Drogenring steckt dahinter. Wir müssen auf das Schlimmste gefasst sein.« Schließlich kam er zu dem Schluss: »Es war Mord aus Eifersucht. Seine Geliebte Virginia Hill ist tatverdächtig. Die Tat wurde in ihrem Haus verübt.«

Doch Virginia Hill hatte ein hieb- und stichfestes Alibi. Sie war zum Zeitpunkt der Ermordung bereits seit einigen Tagen in Paris und wohnte im *Westminster Hotel* in der Rue de la Paix. Wie so oft in ihrem Leben war sie auch nun zur richtigen Zeit am richtigen Ort. In der Hotellobby fiel ihr Blick auf die dort liegenden ausländischen Zeitungen.

Auf der Titelseite des *Herald Tribune* war ein Bild des auf dem Sofa liegenden blutüberströmten Benjamin Siegel zu sehen. Zitternd nahm sie die Zeitung in die Hand, las und erbleichte. Ben. Erschossen. Da wurde ihr klar, wie sehr sie Ben geliebt hatte. Er war die große Liebe ihres Lebens. Die einzige große Liebe. Bisher.

Die Reporter fanden bald heraus, wo sich Virginia Hill, die Geliebte des Ermordeten, aufhielt. Unzählige Telefonanrufe im Hotel waren die Folge, die Eingangstür wurde von Fotografen belagert. Die Zeitungen waren voll mit abenteuerlichen Geschichten über Bens und Virginias gemeinsames Liebesleben, pikante Details wurden nicht ausgelassen, noch pikantere Details hemmungslos dazu erfunden. Sie wurde interviewt und erzählte in ihrer bewährten Art belangloses Zeug, ohne etwas Wesentliches auszuplaudern. Außerdem war sie eine erfahrene Lügnerin und brillante Schauspielerin. Sie konnte jederzeit spontan ihre Tränen fließen lassen.

»Ben hat mich nie geliebt. Die einzige Liebe in seinem Leben war dieses gottverdammte *Flamingo* in Las Vegas. Ich habe ihn nur kurz gekannt, eher flüchtig, und schon lang vor seinem Tod verlassen.«

Auf die immer wiederkehrende Frage: »Was wissen Sie über die Ermordung von Bugsy Siegel?«, antwortete sie wütend und knapp: »Ich kenne keinen Bugsy.«

Sie wusste alles über die Transfers des *Flamingo*-Geldes, befürchtete, dass auch andere davon wussten und hatte große Angst davor, wegen ihres Wissens von der *Cosa Nostra* verfolgt zu werden. Sie wollte Klarheit und rief Joe Adonis an, doch der war nicht erreichbar. Sie rief Nat Coiner an, doch auch er ging nicht ans Telefon. Sie probierte es noch ein paarmal. Dann nahm sie alle Schaftabletten, die sich in der Packung befanden und schluckte sie hinunter. In dem

Moment klingelte das Telefon. Es war Coiner. Sie sagte ihm, dass sie sterben würde, und fiel in Ohnmacht. Coiner verständigte die Rezeption des Hotels, Virginia wurde ins Krankenhaus gebracht, man pumpte ihr den Magen aus. Sie hatte Glück.

Einen weiteren Selbstmordversuch unternahm sie kurz darauf in Monte Carlo, wohin sie französische Freunde mitgenommen hatten, damit sie auf andere Gedanken käme. Doch die Casinos dort verursachten nur üble Erinnerungen an ihre Zeit in Las Vegas. Nach einer durchzechten und durchspielten Nacht nahm sie erneut eine Überdosis Schlaftabletten. Das Zimmermädchen des Hotels brachte das Frühstück zufällig etwas früher als sonst und fand die leblos erscheinende Virginia Hill. Im Spital pumpte man ihr wieder rechtzeitig den Magen aus. Sie hatte abermals Glück. Eine Schlagzeile lautete: »Königin des Syndikats in letzter Minute gerettet.« Nat Coiner riet ihr, nach Amerika zurückzukommen. Er befürchtete, dass ihre Selbstmordversuche in Europa Routine werden und eines Tages Erfolg haben könnten. Er hatte einiges mit ihr zu klären und würde sie und ihre Dienste weiterhin brauchen. Vielleicht aber hatte er sie einfach nur gern und machte sich Sorgen.

Virginia hob 50.000 Dollar von ihrem Konto bei der Pariser Filiale ihrer Schweizer Bank ab und wollte das Geld in die USA mitnehmen, doch bei der Einreise nach Frankreich hatte sie angegeben, 10.000 Dollar mitzuführen. Diese Summe war in ihrem Reisepass vermerkt. Solche Vermerke waren damals für Touristen gesetzlich vorgegeben. Würde sie nun bei der Ausreise 50.000 angeben, hätte das Verdacht erregt. Man hätte sie gefragt, woher das Geld stamme. Also griff sie auf einen Trick zurück, den sie von Adonis gelernt hatte. Sie gab auf der amerikanischen Botschaft in Paris an, ihren Pass verloren zu haben und bekam einen neuen. Darin stand natürlich kein Vermerk über ins Land gebrachte Geldbeträge. Sie behauptete, 60.000 Dollar eingeführt, 10.000 davon ausgegeben zu haben und nun mit dem Rest nach Hause reisen zu wollen. So konnte sie das Geld legal in die USA bringen.

Anfang August 1947 traf sie in den USA ein. Aber wohin sie auch kam – New York, Chicago, Los Angeles, Florida oder zu ihrer Familie in Alabama – überall warteten Journalisten und Fotografen auf sie, machten Fotos, stellten Fragen und hielten ihr Mikrofone hin: »Leckt mich doch alle am Arsch! Und diese Mikrofone könnt ihr euch dort auch gleich hinstecken!« Das Meiste, was sie sagte, konnte im Radio nicht gesendet werden, man wollte es den braven Bürgerinnen und Bürgern der USA nicht zumuten. Sie war nie mehr allein, Tag und Nacht verfolgt von Reportern, die stets wussten, wo sie sich gerade aufhielt, so als würde jemand diese Reporter über geheime Kanäle informieren. Sie vermutete, dass ihre Freunde von der *Cosa Nostra* dahinter steckten, um die Aufmerksamkeit von sich abzulenken und Virginia als Sündenbock in den Mittelpunkt des allgemeinen Interesses an den Hintergründen von Bens Ermordung zu stellen. Die Zeitungen druckten die tollsten Geschichten über sie, Unwahrheiten, zusammengereimtes Zeug, Verdächtigungen und Beschuldigungen, in die Sache verwickelt zu sein. Sie wurde immer bekannter, aber auch immer nervöser, ungeduldiger und depressiver. Ihr Alkoholkonsum stieg von Tag zu Tag, von Nacht zu Nacht. Rotwein. Bourbon. Ein weiterer Selbstmordversuch mit Schlaftabletten folgte. Wieder konnte sie gerettet werden. Nat Coiner ängstigte sich immer mehr um sie, aber etwas anderes machte ihm fast noch mehr Sorgen. Er traf sie in einem Hotel in Chicago.

»Ich habe gehört, du führst ein geheimes Tagebuch, in dem du alle unsere Geschäfte von Anfang an aufgelistet hast. Also, sei klug und gib es mir. Ich als dein Freund bewahre es auf und sage den anderen, du hättest es vernichtet. So ist es am besten. Für alle, auch für dich.«

Virginia lachte an seinem Gesicht vorbei. »So ein Scheiß! Es gibt kein Tagebuch!«

»Aber anscheinend hast du das selbst behauptet«, sagte Coiner.

»Noch einmal«, verteidigte sich Virginia, »es gibt kein Tagebuch! Jeder, der etwas anderes behauptet, der lügt. Und wenn ich selbst mal in einer schwachen Stunde von einem Tagebuch fantasiert haben soll, dann war es ein Witz. Eine Angeberei, ein Dahinreden unter Freunden, sonst nichts. Du weißt ja, besonders wenn ich getrunken habe, rede ich oft irgendetwas daher.«

Nat Coiner wusste, dass Virginia nur selten die Wahrheit sagte, doch er wollte ihr diesmal glauben. »Wenn du Hilfe brauchst, Virginia, dann lass es mich wissen. Wenn du mich aber zum Narren hältst, dann kann und werde ich nichts mehr für dich tun. Habe ich mich klar ausgedrückt? Und noch was: Trink nicht so viel!«

Doch dieses Tagebuch existierte. Die letzte Eintragung lag schon ein halbes Jahr zurück. Es ging um eine Zahlung über 3.000 Dollar von einem zweitklassigen Hollywoodstar an Ben Siegel, die Hälfte des Honorars, das er für seinen Auftritt im *Flamingo* bekommen hatte. Ohne Beteiligung hätte Ben niemandem erlaubt, im *Flamingo* aufzutreten. Nat Coiner machte Virginia den Vorschlag, für einige Zeit nach Mexiko zu reisen. Dort sei sie vor Journalisten geschützt, bis Gras über die Sache mit Bugsy gewachsen war. Er dachte auch an ihr Überleben, denn in Los Angeles hatte nun Jack Dragna die absolute Macht. Man bezeichnete ihn schon als den »Al Capone des Westens«. Er würde nicht zögern, nach Bugsy auch Virginia beseitigen zu lassen, wenn es ihm gerade in seinen kalifornischen Kram passen sollte. Denn vielleicht wusste sie mehr, als sie vor den Journalisten zugab, vielleicht würde sie auch eines Tages Dinge ausplaudern, die der ganzen Organisation schaden könnten. Dragna war als vorsichtig bekannt.

Coiner spekulierte außerdem damit, die Drogengeschäfte zwischen Kalifornien und Mexiko nach dem ganzen Trubel wieder in Gang zu bringen. Jetzt, da Bugsy tot war, hätte Virginia noch mehr Möglichkeiten und könnte sogar die von ihm ins Leben gerufene *Milchstraße* für sich und ihre Freunde in Chicago nützen. Sie wäre dann die unangefochtene Nummer eins im Drogengeschäft, die Königin des Kokains. Sie kam wie alle Gangster aus der Unterschicht der Gesellschaft und tat nichts anderes, als die sogenannte Oberschicht mit Drogen zu beliefern. Coiner bezeichnete das als Ausgleich der sozialen Ungerechtigkeiten. Das gefiel ihr.

Anfang März 1948 packte Virginia Hill viel Geld in einen Koffer und fuhr mit ihrem Cadillac von Chicago nach Mexiko. Irgendwo in Texas nahm sie zwei Autostopper mit, die sie durch ständige Gespräche über Gott und die Welt daran hindern sollten, am Steuer einzuschlafen. An der Grenze ließ sie die beiden aussteigen und engagierte einen Polizisten als Chauffeur, der sie bis nach Mexico City fuhr. Mexiko war schon seit ihrem ersten Aufenthalt ihr gelobtes Land. Sie liebte die Mexikaner und ihre Mentalität, den Tag langsam anzugehen, Stress zu vermeiden und vieles auf morgen zu verschieben. Nun wollte sie feiern und die Ereignisse der letzten Zeit vergessen. In einem noblen Vorort mietete sie ein Apartment über zwei Stockwerke, feierte dort eine Party nach der anderen, ließ sich von der High Society der Stadt hofieren, denn sie hatte viel Geld, um es mit anderen auszugeben. Dass Geld hereinkam, dafür sorgte Nat Coiner, der ihr angespartes Geld verwaltete und vermehrte. Er schickte ihr regelmäßig Briefumschläge und auch Schuhkartons mit Dollarscheinen. Virginia verstand ihr Geschäft, sie schmuggelte nicht nur Drogen nach Kalifornien, sondern auch gestohlene Juwelen und Gold. Bei ihren exklusiven Partys knüpfte sie wertvolle Kontakte, nahm alte Verbindungen wieder auf, lernte wichtige Persönlichkeiten kennen, Männer, die sie soweit gewinnen konnte, ihr geschäftlich wie persönlich zur Seite zu stehen, Politiker, Diplomaten, Angehörige der Armee, Freunde des mexikanischen Präsidenten. Sie alle liebten ihre ehrlich gespielte Begeisterung für richtige, wichtige Männer und ihre natürliche Direktheit. Man bewunderte eine Frau, die den Eindruck erweckte, sich nichts gefallen zu lassen, sich mit reichen Männern, ohne lang herumzureden, einzulassen und keine verlockende Gelegenheit auszulassen. Sie liebte das Leben, schien der Traurigkeit davonzufliegen, machte die Nacht zum Tag und vermittelte das Gefühl, den Sonnenaufgang abbestellt zu haben. Gern begleitete man sie auf diesem irren, waghalsigen Weg auf dem schmalen Grat des Glücks. Nur nicht lange nachdenken über quälende Sorgen des Daseins, über die verdammten Bisse des Schicksals, über Schläge, die die Vergangenheit ausgeteilt hatte. Nur leben, lieben und weiter leben, heute, wann sonst, denn morgen könnte es schon vorbei sein. Sie teilte ihr Leben mit den anderen, die erstaunt darüber waren, wie gut es war, so ein Leben kennenzulernen, wild, verrückt und einzigartig. Virginia war wie immer auffällig in ihrem Auftreten bei den nächtlichen Partys, aber unauffällig im täglichen Austausch von Drogen gegen Geld. Der Schnee der *Milchstraße* zerschmolz in ihren Händen nicht. Ben Siegel war out, Virginia Hill war in.

Bei einer ihrer Partys bemerkte sie, wie eine etwas üppige, unbedarfte, strohblonde Frau von einem eher schmächtigen Mann auf einer Couch bedrängt wurde. Das war an sich nichts Außergewöhnliches, doch in diesem Fall hatte sie den Eindruck, dass die Frau nichts von diesem Mann wissen wollte. »Vergiss deinen Ehemann«, sagte der Mann auf der Couch, »der ist weit weg, dafür bin ich da, hier und jetzt. Du bist die Frau, die ich heute Nacht brauche. Und ich sehe dir an, du brauchst auch mich. Du wirst es nicht bereuen. Ich kenne einen Raum, da sind wir ungestört.«

»Hören Sie auf!«, wehrte sich die Blonde wehleidig lächelnd. Sie war zum ersten Mal auf einer von Virginias Partys und wollte nicht unhöflich sein. »Sie sind ja betrunken!« Sie stieß ihn kurz weg, doch er ließ nicht locker und schüttelte sie mit beiden Händen, sodass ihre Wangen und ihre Lippen wackelten wie ein Pudding in einer Rührschüssel. »Ich zeige dir etwas, das du noch nie erlebt hast und nie wieder vergessen wirst.«

Virginia beobachtete die Szene erst von etwas weiter weg, dann kam sie näher. Mit einem um Hilfe bettelnden Gesichtsausdruck sah die Blonde zu ihr hoch.

»Was willst du denn dieser charmanten Dame zeigen?«, fragte Virginia den lästigen Mann auf der Couch. »Die weich gekochte Maccheroni in deiner Hose? Raus aus der

Wohnung! Bei mir ist alles al dente!« Dann packte sie den völlig verdutzten, stotternden Kerl, zerrte ihn, furchteinflößende Flüche ausstoßend, durch das Apartment und warf ihn vor die Tür. Die Gäste amüsierten sich blendend dabei, manche applaudierten anerkennend.

Die blonde Frau sprang auf, sah mit offenem Mund und mit großen Augen zu und hüpfte vor Freude wie ein kleines, schnurspringendes Mädchen. »Danke! Das mit der Maccheroni hat ziemlich gewirkt.« Sie kicherte. »Ich bin Betty. Betty Balcon«, sagte sie kleinlaut.

»Bei Nudeln kenn ich mich aus«, sagte Virginia, »und bei italienischen ganz besonders.«

Manchmal genügen ein paar Worte, ein paar Blicke, und zwei Menschen finden eine Verbundenheit zueinander. So war es auch bei Betty und Virginia. Diese zwei Frauen, die eine blond, die andere dunkel, die eine vom Leben beschenkt, die andere vom Leben geformt, die eine gutgläubig und ehrlich, die andere verschlagen und verlogen, ergänzten einander auf wundersame Weise. Sie wurden bald Freundinnen, die viel miteinander zu lachen hatten und vieles miteinander teilten, auch Männer. Nur Bettys Ehemann teilten sie nicht, denn der gehörte seiner Ehefrau ganz allein. Er, der ein Leben lang den schwarzen Saft Erdöl zu Motoröl und Schmierstoffen verarbeiten ließ, hatte für dunkelhaarige Frauen keinen Blick, für ihn existierten nur blonde Frauen, die so hell strahlten wie ein Kornfeld im Sommer. Betty war für ihn die Königin aller Kornfelder und aller Sommer. Virginia kannte bisher Freundschaft zu Frauen nicht wirklich, auch für Männer war sie nur Partnerin oder Geliebte. Sie gewann erstmals in ihrem Leben eine Gefährtin, der sie vieles anvertrauen konnte, auch die Geschichte ihres harten, bunten und ausgelassenen Lebens, sofern diese Geschichte das Private und nicht das Geschäftliche betraf. Das nämlich vertraute sie höchstens ihrem Tagebuch an.

Sie merkte bald, dass Bettys Ehemann durchaus nützlich sein konnte. Mr. Balcon ließ Erdöl in Fässern auf Lastwagen von Mexiko nach Texas transportieren, um es in einer Raffinerie in El Paso zu verarbeiten. Virginia erinnerte sich an ihren Vater, der in der Zeit der Prohibition die Flaschen seines billigen, minderwertigen, illegal gekauften Whiskys im Wasser einer bis oben gefüllten Regentonne versenkte, um sie vor den Behörden zu verstecken. An den Flaschen hatte er kleine Schnüre angebracht, an denen er sie später wieder herausziehen konnte. Das brachte Virginia auf die Idee, in diese für El Paso bestimmten Erdölfässer Gummischläuche zu stecken, die mit Kokain und Heroin gefüllt waren und sie so in die Vereinigten Staaten zu schmuggeln. Niemand würde in Ölfässern nach etwas suchen. Mr. Balcon zahlte seine Arbeiter schlecht, so fand sich bald jemand, der die Sache übernahm und auch dafür sorgte, dass man nach der Grenze die Schläuche wieder aus den Fässern entfernte und deren Inhalt nach Los Angeles brachte, um reichen Amerikanern das Geld aus der Tasche zu ziehen und deren Leben nachhaltig zu ruinieren.

Nach eineinhalb erfolgreichen Jahren kehrte Virginia im Juni 1949 in die USA zurück und mietete sich im *Sheraton Hotel* in Chicago ein. Das Hotel, wo sie alte Freunde wie Nat Coiner, Charlie Fischetti und Joe Adonis traf, wurde in den nächsten sechs Monaten das Hauptquartier ihrer Betätigung als Handlungsreisende zwischen den Städten. Coiner hatte ihr versichert, dass sich niemand mehr für Benjamin Siegel und die Umstände seiner Ermordung interessieren würde. Da hatte er sich aber grundlegend getäuscht, denn nun wurde Virginia nicht nur von Journalisten belagert, auch das FBI interessierte sich brennend für sie und für das, was sie zu sagen hatte. Bei der Aufklärung des Mordes an Benjamin Siegel tappte man immer noch im Dunkeln. Clinton Anderson, der Polizeichef von Beverly Hills, hatte zwar weitere Motive zur Tat auf Lager, doch glaubte bald niemand mehr an seine sachdienlichen Hinweise. »Es war der Kampf zwischen zwei Rivalen der Unterwelt.« Virginia Hill stand im Brennpunkt der Ermittlungen, außerdem erfüllte sie die Sehnsucht der Presse nach einer schillernden, geheimnisvollen Figur, in einer Zeit, wo es an schillernden Figuren und Geschichten zu fehlen schien. Die Leitung des Hotels, in dem sie wohnte, bat sie dringend auszuziehen, da die Hotelhalle dauernd mit den vielen Menschen, die zu ihr vordringen wollten, besetzt war, sodass sich die anderen Gäste im Hotel nicht mehr frei bewegen konnten. Sie zogen um in ein anderes Hotel, wo sie Ruhe hatten, ohne Rummel und ohne diese Virginia Hill, dieses Ganovenflittchen, diese sogenannte »Königin der Unterwelt«, die im Gegensatz zu ehrbaren, einfachen, ehrlich Steuer zahlenden Bürgern des Landes die Aufmerksamkeit der Öffentlichkeit auf sich zog.

»Nat«, sagte Virginia zu Coiner, »ich will fort von hier. Irgendwohin, wo mich keiner kennt. Hier gehe ich noch vor die Hunde, vor alle diese verdammten räudigen Hunde, die Tag und Nacht etwas von mir verlangen, was ich nicht bereit bin, ihnen zu geben.«

Nat sagte: »Wie wär's mit Sun Valley, Virginia? Eine herrliche Gegend in den Rocky Mountains! Ich war geschäftlich mal dort. Da kannst du im Schnee herum wandern, Schneemänner bauen und wenn du willst, sogar Ski fahren.«

Virginia rief ihre Freundin Betty in Mexico City an. Die überlegte nicht lange und wollte unbedingt mitkommen.

Als Virginia Hill und Betty Balcon am Abend die Bar des *Sun Valley Lodge* betraten, wurden sie schon von Mr. Starsky erwartet. Er stand da wie ein Feuerlöscher, mit rotem Gesicht und stets zum Einsatz bereit. Er hatte sich einen grün-gelb karierten Anzug angezogen und trug dazu eine geblümte Krawatte. Er sah aus wie ein Papagei. Die Blicke der Herren in der Bar richteten sich sofort auf die beiden eben eingetretenen Damen in ihren teuren Kleidern und blutrot geschminkten Lippen.

Eine Frau, die schon mehrere von ihrem Mann finanzierte Schönheitsoperationen hinter sich hatte und auch so aussah, sagte aufgeregt, fast beleidigt zu ihrem Mann: »Das Kleid, das die da trägt«, damit meinte sie Virginia, »das haben wir doch gerade noch im Schaufenster von dieser Boutique gesehen. Du wolltest es mir kaufen, aber nun ist es zu spät. Das kommt davon, weil du bei wichtigen Dingen immer und überall nur hinterher hinkst.« Ihr Mann hörte nur bedingt hin, zu sehr war er von Virginias auffälliger Ausstrahlung fasziniert. Der Barkeeper wusste bereits, dass Virginia sehr großzügig mit dem Trinkgeld war, ließ alle anderen Gäste stehen und wandte sich ihr zu. »Bourbon«, sagte Virginia. »Eine Flasche. Und zwei Gläser, für meine Freundin und mich.« Betty kam sehr bald mit einem Mann aus Miami ins Gespräch, der ihr die Vorzüge des Skifahrens lang und breit schilderte und davon schwärmte, wie schön es sei, auf Brettern einen Hang hinunterzusausen. Betty hörte fasziniert zu und freute sich innerlich schon auf morgen. Dabei trank sie unentwegt Bourbon, sodass sie irgendwann fast vom Hocker gekippt wäre, wenn sie der

Barkeeper nicht aufgefangen hätte. Sie konnte nicht mehr stehen und lallte nur noch vor sich hin. Der Barkeeper trug sie schließlich in ihr Zimmer und legte sie väterlich ins Bett wie ein kleines Kind. Sie schlief sofort ein.

Die Band spielte immer wieder Lieder aus dem Film *Sun Valley Serenade*, eine winterliche Liebesgeschichte mit schönen Naturaufnahmen und beindruckenden Skiabfahrten. Der Erfolg des Films war hauptsächlich der Musik von Glenn Miller und seinem Orchester zu verdanken. Mr. Starsky forderte Virginia zum Tanz auf. Die beiden tanzten sehr lang und sehr eng, sie redeten wenig und tranken viel. Virginia war das viele Trinken gewöhnt, er weniger. Als die Band wiederum das Lied *Chattanooga Choo Choo* spielte, wurde Mr. Starsky plötzlich gesprächig: »Du sollst der Kessel der Lokomotive dieser Chattanooga-Eisenbahn aus Tennessee sein und ich dein rauchender Schlot.« So viel Poesie hatte Virginia gar nicht von ihm erwartet. Sie war beinahe hingerissen und hatte nichts dagegen, ihn noch näher kennenzulernen. So landeten sie in Virginias Suite. Er war sehr charmant und überaus bemüht, doch sein Feuerlöscher war nicht imstande, Virginias Brand zu löschen. Sie dachte an das Rütteln des Zuges, mit dem sie hierhergekommen war, und an die Verspätung, die er letztlich doch wieder aufgeholt hatte. Mr. Starskys Verspätung war in dieser Nacht nicht mehr aufzuholen. Was vom Feuer der Nacht übrig blieb, wurde zu Asche.

Am nächsten Tag bekam Mr. Starsky einen Telefonanruf. Es war sehr dringend. Daraufhin brach er seinen Urlaub sofort ab und kehrte nach San Francisco zurück. Seine Feuerlöscher waren mit flüssigem Tetrachlorkohlenstoff gefüllt, der beim Bespritzen der Feuerstelle verdampfte und eine Gaswolke erzeugte, die den Sauerstoff verdrängte und somit das Feuer löschte. Nun aber stellte sich heraus, dass dieser Tetrachlorkohlenstoff schädigende Auswirkungen auf das Nervensystem des Menschen und seine inneren Organe hatte. Starskys Feuerlöscher wurden verboten, kurze Zeit später war seine Firma ruiniert. Er kam nie wieder nach Sun Valley.

Betty und Virginia blieben bis zum Nachmittag des nächsten Tages im Bett, den Beginn ihres Skikurses hatten sie verschlafen und verschoben ihn auf einen anderen Tag. Da der für sie vorgesehene Skilehrer dann aber schon eingeteilt war, bekamen sie einen anderen zugewiesen.

ZWEITER TEIL

1

»Hello! Ich bin der Hans, euer Skilehrer«, sagte ein gutaussehender, schlanker, groß gewachsener, dunkelhaariger, sonnengebräunter Typ im sportlichen Wollpullover zu Linda, Greg, Betty und Virginia, die voll Erwartung mit Skiern und Stöcken vor ihm standen. Es war kalt an diesem Morgen.

»Hans, du hast aber einen lustigen Akzent? Woher kommst du?«, fragte ihn Linda aus Interesse, aber auch, um sich in Szene zu setzen.

»Austria«, antwortete Hans stolz und lächelte freundlich.

»Australia!« Linda kannte sich aus.

»Nix da. Keine Kängurus! Austria. Europa. Salzburg.«

»Ah, Salesbury«, sagte Greg, der einzige Mann in der Gruppe, der sich hier von Anhieb an sehr wohlzufühlen schien.

»Knapp daneben. Also dann, los geht's!« Hans begann, die Funktion der Skier, der Skibindung und der Stöcke zu erklären. Danach führte er seine Gruppe zu einem kleinen Hügel. Es war nicht einfach, sich mit den ungewohnten Brettern an den Füßen zu bewegen. Am Fuß des Hügels ordnete Hans Übungen an, um sich aufzuwärmen und sich langsam an die Ausrüstung zu gewöhnen. Auf und nieder, in die Knie gehen und wieder strecken, so wollte es der Skilehrer, der die Bewegungen elegant vorzeigte. Virginia fand sofort Gefallen an diesen Übungen, nach einigen Tagen des Ausruhens war sie richtig gierig danach, nicht mehr nur faul herumzuliegen, sondern sich intensiv zu bewegen. Sie spürte plötzlich Teile ihres Körpers, von denen sie bisher gar nicht wusste, dass es sie gab. Anfangs lachte sie noch, wenn Hans etwas sagte, da sie sein Englisch leicht befremdete, aber auch amüsierte. »Die Stöcke nach hinten strecken, in die Knie gehen und wieder aufrichten. Sehr gut.«

»Hans, mir tun die Knie weh«, klagte Betty.

Hans ging zu ihr hin, klopfte ihr freundlich auf die Oberschenkel und meinte beruhigend: »Das ist am Anfang immer so bei euch Skihaserln. Das gibt sich schon mit der Zeit.«

Skihaserl war ein Begriff, den Virginia noch nie gehört hatte. Kein Wunder, sie hatte sich ja bisher in einer von Skihaserln befreiten Welt herumgetrieben. Tiere gab es viele in ihrem von Männern bevölkerten Umfeld, Schweine, Ratten, Kröten, Böcke, sogar Bären, genauer gesagt Teddybären, aber keine Hasen. Und natürlich gab es Wanzen. Sie selbst wurde gern als Katze bezeichnet, »Tabby, die Tigerkatze« war einer ihrer Spitznamen, ihre Krallen waren berühmt und gefürchtet. Hase gefiel ihr gut, passte auch gut in diese Gegend, wo es sicherlich Schneehasen gab. In ihrem dicken Pullover, in ihrer Wollmütze und in ihren warmen Fäustlingen fühlte sie sich wohlig, flauschig und weich, eingehüllt wie in ein feines Hasenfell. Sie war gern bereit, die Rolle eines Hasen auf Brettern zu spielen, wenn das hier so gewünscht wurde.

Linda, Greg, Betty und Virginia stapften mit Hans den kleinen Hügel hinauf, einen Ski neben den anderen setzend, und versuchten hinunterzufahren. Linda war die Erste. Sie schrie: »Hans, wo ist die Bremse!« Dann fiel sie hin. Alle bis auf Virginia landeten nach und nach im weichen, pulvrigen Schnee und sahen aus wie Weihnachtsmänner, die vom Rentierschlitten gefallen waren. Virginia war angenehm überrascht von ihrem Gleichgewichtsgefühl, ein wenig stolz darauf und führte es auf das nächtelange Rumba-Tanzen in mexikanischen Bars zurück. Hans half jedem Einzelnen bereitwillig, schnell wieder auf die Beine zu kommen. Betty stellte sich sehr ungeschickt an, sodass Hans bei ihr länger brauchte als bei den anderen. Mit Greg war er am schnellsten fertig, stellte Virginia fest. Vielleicht lag das daran, dass er kein Skihaserl war. Denn sie hatte schnell bemerkt, dass dieser Begriff nur für die Damen galt, für Männer gab es anscheinend nichts Entsprechendes.

Hans Hauser wurde am 3. Oktober 1911 in Salzburg, Österreich, geboren. Seine Eltern stammten aus dem Zillertal in Tirol und kauften den Gasthof *Zistelalm* auf dem Gaisberg in der Nähe von Salzburg. Nachdem der Vater von Hans aus dem Ersten Weltkrieg nicht mehr zurückkehrte, musste die Mutter den auf 1.000 Metern Seehöhe gelegenen Gasthof mit dem angeschlossenen landwirtschaftlichen Betrieb allein führen. Mit seinem um ein Jahr jüngeren Bruder Max fuhr Hans im Winter mit den Skiern vom Gaisberg hinunter zur Schule. Dabei handelte es sich um selbstgehobelte, an den Spitzen gebogene Bretter aus Esche oder Buche. Hans Hauser entwickelte sich zu einem großen Skirennläufer und wurde drei Mal österreichischer Meister in der Dreierkombination, die aus Abfahrtslauf, Skispringen und Langlauf bestand. 1932 gewann er bei der Weltmeisterschaft in Cortina d'Ampezzo die Bronzemedaille im Slalom und die Silbermedaille in der alpinen Kombination. Von der Teilnahme an den vier Jahre später stattfindenden Olympischen Winterspielen in Garmisch-Partenkirchen wurde er ausgeschlossen, da er aufgrund seiner in der Zwischenzeit aufgenommenen Tätigkeit als Skilehrer für das Olympische Komitee zu den Profisportlern zählte.

Felix Graf von Schaffgotsch holte Hans Hauser und seinen Bruder Max in das aus Österreichern bestehende Team der Skischule seines 1936 gegründeten Wintersportgebiets Sun Valley. Einige Jahre später kam der ebenfalls aus Salzburg stammende Otto Lang dazu, der schließlich in den USA eine Karriere als Filmregisseur machte, Spielfilme produzierte und neben Filmen über den Skilauf auch die beliebte Fernsehserie *Daktari* drehte.

Bei Ausbruch des Zweiten Weltkriegs kehrte Max Hauser nach Salzburg zurück, während sein Bruder Hans in den USA blieb. Nach Eintritt der USA in den Krieg wurde er vom FBI verhaftet und als feindlicher Ausländer mit anderen Österreichern unter dem unbegründeten und aus der Luft gegriffenen Verdacht, für die Nazis zu spionieren, in einem Lager in Texas interniert. In einem Brief an einen Freund schrieb er: »Wir haben ein relativ angenehmes Leben hier im Lager, langweilig zwar, doch das Essen ist ausgezeichnet.« Nach seiner Entlassung bei Kriegsende sollte er aus den USA ausgewiesen werden. Er bekämpfte den Ausweisungsbescheid, wollte in den USA bleiben, nahm einige Jobs in Spokane im Bundesstaat Washington an und kam schließlich wieder als Skilehrer nach Sun Valley, wo er glücklich seinen Beruf ausüben konnte und auch Prominente wie Ernest Hemingway und dessen Frau unterrichtete. Hans kümmerte sich nicht mehr um seinen Ausweisungsbescheid, auch bei den Behörden schien er in Vergessenheit geraten zu sein. Doch aus der Welt geschafft war er nicht.

»Schneepflug, in die Knie gehen, Stemmschwung, Bogen. Und jetzt kommt der Hüftknick.« Die Skischüler versuchten, die Hüften so zu drehen, um einen eleganten Bogen zu machen, wie sie es vorgezeigt bekommen hatten. Virginia liebte den Hüftknick, der sie an vieles erinnerte, das nichts mit dem Skifahren zu tun hatte.

»Und immer den Talski belasten, niemals den Bergski.« Linda stellte von allen immer die meisten Fragen: »Hans, ist dieser Talski nun der linke Ski oder der rechte?«

»Kommt drauf an, wo das Tal liegt und wo der Berg.« Hans war sehr geduldig.

»Aber hier sind doch überall Berge! Und ich sehe weit und breit kein Tal«, regte sich Linda auf, die sich unter einem Tal einen engen Einschnitt im Gebirge vorstellte, den sie in dieser weitläufigen Landschaft nicht sah. Greg kümmerte sich stets liebevoll um Linda und erklärte ihr bildlich und in einfachen Worten das Geheimnis von Talski und Bergski, das jeder außer ihr schon verstanden hatte. Nun endlich auch Linda. Sie freute sich sehr und war von Greg sehr angetan.

»Streck die Arme nicht vom Körper weg! Kommst ja daher wie ein Christkindl.« Betty fuhr auch nach drei Tagen noch sehr steif die Hänge hinunter. Wenigstens hatte sie schon begriffen, die Stöcke nach hinten zu richten und nicht mehr mit den Spitzen nach vorn, so als wolle sie sich damit vor etwas schützen.

»Und beide Knie anwinkeln, nicht nur eins!« Hans wiederholte das immer wieder.

Nach dem fünften Tag des Skikurses waren viele Fragen ausgeräumt, vieles lief schon ganz automatisch, Linda, Greg, Betty und Virginia fielen nicht mehr so oft in den Schnee wie am Anfang, bewegten sich auf den zwei Brettern ganz gut und hatten keine Angst mehr, einen Hang hinunterzufahren, weil sie auch gelernt hatten, jederzeit mit einem Schwung zum Hang abzubremsen.

Der Skikurs für Anfänger ging zu Ende. Wer wollte, konnte in einen Kurs für Fortgeschrittene umsteigen und mit der Technik des Fersenschubs die Kunst des Wedelns erlernen. Linda hatte genug vom Skifahren, Betty musste in ein paar Tagen nach Mexico City zurück, Greg beabsichtigte, das Skifahren auf eigene Faust zu perfektionieren und Virginia wollte sich erst einmal gründlich ausschlafen und ihre strapazierten Knie schonen. Der Fersenschub musste warten.

Sie lud ihre Mitschüler, einige Gäste im Hotel, die sie und Betty schon näher kennengelernt hatten, und auch Hans Hauser am Abend zu einer kleinen Party in ihre Suite ein. Man feierte die Kunst des Skifahrens, stieß auf das Wohl des Skilehrers an, warf mit Fachvokabular um sich, positionierte auf dem Teppich die Beine und lachte über Talski und Bergski, die hier auf dem ebenen Zimmerboden keinen Sinn ergaben. Virginia führte einen improvisierten Tanz vor, den sie »Hüftknick« nannte. Es wurde viel gelacht und getrunken. Hans erzählte Geschichten aus seinem Skilehrerleben, von talentierten und von völlig unbegabten Schülerinnen und Schülern. »Ihr seid sowieso meine allerbesten. Auf euer Wohl!« Man prostete sich zu, freute sich über das Kompliment und dachte gleichzeitig daran, dass Hans das wohl zu allen sagte. Das war sozusagen im Kurspreis inbegriffen.

»Können in diesem Austria alle so gut Ski fahren wie du?«, fragte ihn Virginia.

Hans antwortete stolz: »Wir werden schon mit den Brettern an den Füßen geboren.«

Virginia stellte sich so eine Geburt bildlich vor und

musste lachen: »Sag einmal, Hans, sind die anderen Skilehrer eigentlich auch so lustig wie du?«

»Eh klar«, antwortete er, »sonst dürften wir Österreicher in Amerika niemals Skilehrer werden. Weil die Grantler lassen wir daheim.«

Virginia bekam große Augen: »Grant? Du kennst Cary Grant?«

»Nein, Virginia, ein Grant ist bei uns so was wie eine mürrische, eine miese Stimmung. Und diejenigen, die dauernd einen Grant haben, nennen wir Grantler.«

Virginia dachte daran, dass das Leben eigentlich viel zu kurz sei, um es sich mit diesem sogenannten Grant vermiesen zu lassen und sich mit solchen Grantlern abzugeben. Dabei fiel ihr die Zeit in Las Vegas ein, und sie dachte an die vielen unsympathischen Gestalten, die sich dort herumtrieben, typische Grantler, das wusste sie jetzt.

Betty kümmerte sich rührend um Hans, doch irgendwann streckte sie, vom Whisky benebelt, auf der Couch ihre Arme und Beine von sich, kümmerte sich um gar nichts mehr und schnarchte vor sich hin, erschöpft von den vielen Stunden im Schnee. Linda und Greg verabschiedeten sich dankend, um woanders ungestört ihre Zweisamkeit zu vertiefen. Hans, der im Gegensatz zu Virginia prinzipiell nicht viel Alkohol vertrug, hörte auf zu erzählen, sagte bald gar nichts mehr, saß in einer Ecke und war plötzlich verschwunden. Schließlich gingen auch die letzten Gäste und trugen Betty, die immer noch schnarchte, fürsorglich auf ihr Zimmer. Virginia duschte, zog sich ihr Negligé an, ging ins Schlafzimmer und sah, dass Hans nackt in ihrem Bett lag.

2

Am nächsten Tag schneite es so heftig, dass man das Gefühl hatte, es würde nie wieder aufhören. Wie sagte schon der Schlafwagen-Steward im Zug hierher? »Wenn es schneit, dann schneit es.« Das war eindeutig. Mit dem Neuschnee verblasste auch Virginias Erinnerung an Las Vegas und Los Angeles, so als könnte der Schnee Geschehnisse und Gedanken einfach zudecken, endgültig, weich und schön. Sie hatte ohnehin die große Gabe, Unangenehmes zu verdrängen, doch die großen Flocken, die nun lautlos auf den Boden schwebten, verstärkten diese Gabe ganz unauffällig und sehr zu ihrer Freude.

Virginia traf Hans zu Mittag in der Bar des Hotels.

»Ich gehe in mein Schlafzimmer, und du liegst nackt in meinem Bett. Was hast du dir eigentlich dabei gedacht?«

Wenn Hans jetzt rot geworden wäre, hätte man das in seinem sonnengebräunten Gesicht nicht gesehen. »Recht viel gedacht hab ich mir nicht dabei, weil ich war ja schon ein bisschen rauschig. Aber gefallen hast du mir.«

»Das hab ich gemerkt.«

»So sind wir Skilehrer aus Österreich. Grad heraus, nicht lang herum reden und schauen, was geht.«

»Da ist aber viel gegangen«, sagte Virginia anerkennend.

Hans dachte an die letzte Nacht und lächelte. Virginia sah ebenso tief in seine Augen zurück. »Bist du mir bös, weil ich mich so einfach in dein Bett gelegt habe?« Virginia führte ihren Zeigefinger an seine Lippen und bedeutete ihm, still zu ein. Er küsste ihn und sagte: »Wie kann ich das wieder gutmachen?«

»Indem wir das heute Nacht wiederholen. Das wäre doch ganz natürlich, oder?«

»Ja, ja, weil der Natur muss man unbedingt ihren Lauf lassen. Und wie sagen wir Skifahrer immer? Wenn's lauft, dann lauft's.«

In dieser Nacht und in den kommenden Nächten ließen Virginia und Hans der Natur weiterhin ihren Lauf und waren sehr glücklich mit dem, was sie ihnen zu bieten hatte. Virginia hatte das Gefühl, erstmals in ihrem Leben einen Mann getroffen zu haben, der sie auch als Mensch achtete und sie von ganzem Herzen liebte. Meistens lernte sie Männer kennen, um Geschäfte mit ihnen zu machen, Geschäfte, die sie abends bei einer Party anbahnte, nachts im Bett aushandelte und nach dem Frühstück umsetzte. Oft wurde sie von Männern auf andere Männer angesetzt, mit dem Auftrag, sich mit ihnen einzulassen, um für wiederum andere Männer Vorteile herauszuschlagen. Immerhin, sie verdiente sehr gut dabei. Die Liebe war jedoch stets Nebensache und ein Mittel, um den Zweck zu beschleunigen. Hans Hauser aber hatte sie sich selbst ausgesucht, da ging es nicht um Geld oder um irgendein Geschäft. Es mangelte ihr schon lange nicht mehr an Geld, auch nicht an Geldquellen, von denen sie annahm, dass sie nie versiegen würden. Doch nun merkte sie, was ihr bisher wirklich gefehlt hatte: das Gefühl, wenn einem so schön warm wird ums Herz, eine Sehnsucht, die sich wie von selbst auflöst, schwebend und weich, etwas ganz Großes, das man ganz privat in abgeschiedener Zweisamkeit genießen darf. Und das alles gab es plötzlich ganz umsonst, wie die dicken Schneeflocken, die sich noch immer lautlos auf die Landschaft legten.

Virginia hatte einen neuen Lebensinhalt, den es zu pflegen, zu verteidigen und auch zu formen galt: Hans. Es gefiel ihr nicht, wie er gekleidet war, sofern er nicht gerade als Skilehrer arbeitete. Sie kaufte ihm neue Hosen, Hemden und Jacken nach ihrem Geschmack und richtete ihn äußerlich so her, wie sie es für passend empfand. Es durfte keinesfalls billig aussehen. Ihm war es egal, was er anhatte und wie er in einer neuen Jacke, ob grün oder blau, aussah. Hauptsache, er konnte jede Nacht nackt bei ihr im Bett liegen. Sie war es gewohnt, Anordnungen zu erteilen, das sollte nun bei Hans nicht anders sein. Auch das war ihm egal.

Sie buchte alle seine Skikursstunden für sich allein und bezahlte dafür, ohne lang zu überlegen. Sie gab vor, das Skifahren noch besser lernen zu wollen, doch eigentlich dachte sie daran, dass Hans dann nicht mehr mit diesen, wie er es nannte, Skihaserln, herumflirten konnte. Aber Hans dachte ohnehin nicht mehr an andere Mädchen, denn auch für ihn zeigte sich seit jener ersten Nacht die Liebe als elementares Ereignis, das er vorher noch nie so erfahren hatte. Das Skifahren gab sie bald auf, sie hatte ja jetzt den Skilehrer nur für sich. Hans und Virginia wurden das schönste, auffälligste Liebespaar von Sun Valley, von romantischen, aber auch von eifersüchtigen und giftigen Blicken verfolgt. Stundenlang erzählte er ihr von seiner Kindheit und Jugend in Salzburg, vom Skifahren und von seinen Erfolgen als Skirennläufer. In seiner Welt ging es nicht um Geld, nicht um Luxus, nicht darum, Reichtum anzuhäufen, es ging vielmehr um Freundschaften, um kleine, bescheidene Dinge und Erlebnisse und um die große Freude, die man an ihnen hatte. Virginia hörte begeistert zu und stellte fest, dass das Leben sehr einfach sein könnte.

»Im Jahr 1933 bin ich sogar Weltmeister im Abfahrtslauf geworden. Der Start war oben am Glungezer, das ist ein

Berg bei Innsbruck. Wir haben Seehundfelle unten auf unsere Ski geschnallt und sind dann auf den Patscherkofel gestiegen. Von dort sind wir zum Glungezer hinübergegangen. Dann haben wir noch ausgiebig gejausnet, Wurst, Käse, Brot, die Reste in den Rucksack gepackt und sind gestartet. Einer nach dem anderen. Ich mit Startnummer 77. 14 Kilometer lang hinunter durch den Wald, durch den Schnee, sogar über Steine. Und wer war als Erster unten?«

»Mein Hans!«, freute sich Virginia.

»Genau, Ginny. Bestzeit! 18 Minuten und fünf Komma sechs Sekunden hat es gedauert. Eineinhalb Minuten Vorsprung auf den Zweiten.«

Dieser Abfahrtslauf wurde später auf Intervention der geschlagenen Favoriten aus der Schweiz nicht als Weltmeisterschaftsrennen anerkannt, weil der aufkommende Föhn der Strecke derart zugesetzt haben sollte, dass die Bedingungen angeblich nicht für alle gestarteten Abfahrtsläufer annähernd gleich waren.

Der Schneefall hatte aufgehört, die Sonne kam heraus, in der Landschaft glitzerten kleine silberne Sterne wie auf einem weißen Teppich. Auf der Terrasse des Hotels lagen Mrs. Cooper und Mr. Kennedy in den Liegestühlen, in dicke Decken gehüllt und hielten ihre mit Sonnenbrillen bedeckten und mit Sonnencreme eingeschmierten Gesichter in die winterliche Luft. Hans und Virginia kamen vorbei, ins Gespräch versunken, das heißt, Hans erzählte und Virginia hörte begeistert zu.

»Mit 22 bin ich österreichischer Meister in der Kombination geworden.«

»Kombination? Ist das eine Waffe?«

»Aber Ginny! Das ist Abfahrtslauf, Langlauf und Skispringen.« Er wunderte sich, dass man dabei an eine Waffe denken konnte, und erzählte weiter, während sie die Terrasse wieder verließen. Mrs. Cooper richtete ihren Oberkörper auf. »Seit wann verkehrt man denn mit dem Personal und angelt sich unsere Skilehrer?«

»Noch dazu so einen. Einen Österreicher«, meinte Mr. Kennedy.

»Einen Nazi!«, schimpfte Mrs. Cooper, und Mr. Kennedy fragte nach: »Interessant. Woher wissen Sie denn das?«

»Die da drüben sind doch alle Nazis. Das weiß jeder hier herüben.« Mr. Kennedy wusste das nicht, seine Gedanken kreisten nur darum, wie er noch mehr Whisky flächendeckend im ganzen Land verkaufen konnte, auch hier in Idaho. Ihm war es egal, ob man jemanden als Nazi, als Kommunisten oder als sonst etwas bezeichnete, Hauptsache, er soff seinen Whisky und bezahlte dafür.

Virginia verbreitete in ihrer Umgebung immer eine gewisse Hektik, eine Art von Rastlosigkeit, der man sich nur schwer entziehen konnte. Sie hetzte von einer Party zur nächsten, tauchte wie ein Wirbelsturm auf und ließ keine Möglichkeit aus, sich zu vergnügen und Kontakte zu knüpfen. »Hurricane« war schon in New York einer ihrer Spitznamen. Er passte perfekt. Bei jedem Menschen, den sie kennlernte, wägte sie erst einmal ab, in welcher Form ihr dieser Mensch nützlich sein könnte. Auf diese Weise hatte sie zunächst gelernt zu überleben und nach und nach ein Leben in Wohlstand aufzubauen. Sie verstrickte sich gern in einem Wirrwarr von oberflächlichen Geschichten, redete ständig und viel, um zu verbergen, dass sie etwas zu verbergen hatte. Sie kam selten zur Ruhe, und wenn, dann meist nur, um betrunken ins Bett zu fallen. Sie hasste die Stille und liebte den Trubel, in dessen Mittelpunkt sie den Ton angab wie ein elektrisierter Dirigent, umringt von laut gegeneinander spielenden Instrumenten, denen sie sich bereitwillig auslieferte. Und nun hörte sie geduldig einem Mann zu, der mit sanfter, erdiger Stimme bedächtig seine Geschichten erzählte, gerade heraus und ohne viel drum herumzureden. Manchmal sah sie ihn nur an, schwieg und wurde ruhig. In dieser Gelassenheit könnte es ewig für sie weitergehen, sie war einfach glücklich. Um das Glück noch nachhaltiger zu fassen, wollten Hans und Virginia heiraten. Virginia dachte wohl auch entfernt daran, dass die Heirat mit einem Europäer vielleicht einmal vorteilhaft für sie sein könnte. Hausers Freund und Skilehrerkollege Otto Lang riet Hans von der Hochzeit ab, er spürte, dass bei dieser Frau etwas nicht ganz sauber war. »Die hat was, das mir nicht gefällt.«

»Dir muss sie eh nicht gefallen«, sagte Hans. »Hauptsache, mir gefällt sie. Weil die hat was.« Und mit einem Lächeln fügte er hinzu: »Das passt schon.«

Hans und Virginia heirateten vor einem Friedensrichter in Elko, Nevada, zweieinhalb Monate nachdem sie einander kennengelernt hatten. Es war bereits Virginias dritte Hochzeit.

Als sie im Herbst 1938 bei ihrer Mutter in Alabama war, der sie regelmäßig Geld brachte, lernte sie Osgood, einen gut aussehenden 19-jährigen Footballspieler vom Team der University of Alabama, in einer Bar kennen. Seine im Holzhandel tätige Familie zählte zu den reichsten im Bundesstaat. Nachdem sie ihn im Auto meisterhaft verführt hatte, war Osgood so von ihr angetan, dass er auf diese Erlebnisse nicht mehr verzichten und Virginia nur für sich allein haben wollte.

»Ich will dich heiraten«, sagte er mit dem Blick eines Unschuldigen.

Als Ehefrau eines reichen Erben müsste sie nicht mehr die Gangsterbraut spielen und sich nicht mehr von den Bossen für gefährliche Geschäfte benutzen lassen. Dieser Gedanke gefiel ihr. Die Hochzeit ging am 13. Januar 1939 in einer Kirche in Birmingham, Alabama, über die Bühne. Seine Eltern waren vehement dagegen, machten aber oberflächlich gute Miene zum seltsamen Spiel. Virginia hatte Mädchen immer verachtet, die nur darauf aus waren, einen reichen Mann zu heiraten, um für ihr Leben ausgesorgt zu haben und dafür eine langweilige Ehe in Kauf nahmen. Nun war sie eine von ihnen. Doch Osgood hatte keine Gelegenheit, seiner Frau die mögliche Langeweile einer Ehe vorzuführen, denn Virginia merkte bald, dass sie auf ihr gewohntes Leben nicht verzichten konnte. Sie war süchtig nach einem Leben mit bedeutenden Männern, mitten in einem Spiel von Luxus, Lust und Macht, und war auch jetzt dauernd unterwegs, um für diese Männer zu arbeiten. Nach sechs Monaten fertigte Osgood seine Frau mit 50.000 Dollar seines Vaters ab, um sie endgültig los zu sein. Virginia willigte in die Scheidung ein. Ein gutes Geschäft für sie, ein besseres für ihn, da seine Eltern nun endlich seine Zukunft wie geplant gestalten konnten.

Gegen Ende jenes Jahres lief ihr der Mexikaner Carlos Valdez in einem Tanzlokal über den Weg. Er lebte davon, in Hollywood seine Kunst als Rumba-Tänzer vorzuführen, und kannte nur zwei englische Wörter: sugar und baby. Doch verstand er es bestens, beim Tanzen und vor allem danach jeden Punkt am Körper einer Frau intensiv zu entdecken, so auch gewisse Punkte am Körper Virginias. Als seine Aufenthaltsgenehmigung für die USA abgelaufen war, wollte er nach Mexiko zurück und danach mit einem neuen Visum wieder in die USA einreisen. An der Grenze jedoch wurde er von der amerikanischen Polizei verhaftet, ins Gefängnis von Laredo gesteckt und schließlich als Straftäter nach Nuevo Laredo hinter der Grenze abgeschoben. Sein größter Wunsch, wieder nach Kalifornien zu kommen, dort für die Leute in den Lokalen und mit Virginia im Schlafzimmer zu tanzen, rückte in weite Ferne, Hollywood schien unerreichbar. Man schlug Virginia vor, ihn zu heiraten, um ihm eine Aufenthaltsgenehmigung zu verschaffen. Sie wollte dem armen Kerl helfen.

Die Hochzeit fand am 20. Januar 1940 in einer Hotelbar in Nuevo Laredo statt. Virginia war von der Feier am Vortag noch massiv angeschlagen und nicht in der Verfassung, zur Hochzeit zu erscheinen. Sie bat eine Sängerin, die mit Carlos gemeinsam auftrat, unsterblich in ihn verliebt war und die ganze Zeit weinte, weil er nun der Mann einer anderen werden würde, sie zu vertreten und Carlos an ihrer Stelle zu heiraten. Sie tat es gern. Die Ehe wurde später für ungültig erklärt, Carlos bekam jedoch noch rechtzeitig ein gültiges Einreisevisum für die USA. Virginia wandte sich anderen Männern zu, die mehr zu bieten hatten als den Rumba, bei dem man sich zwar gut bewegen, aber von dem man nur schwer leben konnte. Diese Männer standen bereit.

Hans hatte keine Ahnung von der Existenz eines Carlos Valdez, doch war er unbewusst mit ihm in dem Punkt verbunden, durch die Heirat mit einer US-Bürgerin die drohende Ausweisung aus den USA abwenden zu können und selbst Amerikaner zu werden. Freunde Virginias versuchten, sich bei den Behörden für Hans Hauser einzusetzen, ein Senator aus dem Bundesstaat Washington listete auf, was dieser Österreicher für den amerikanischen Staat geleistet hatte. So unterrichtete er zum Beispiel 200 Pfadfinderinnen aus dem ganzen Land im Skifahren. Eine unglaubliche Leistung, wie der Politiker fand. »Jeder, der eine Tochter im Highschool-Alter hat, weiß, wovon ich rede«, fügte er noch hinzu, um den Einsatz dieses tapferen Mannes zu würdigen. Man wollte sich die ganze Angelegenheit noch einmal genau ansehen, hieß es von offizieller Seite.

»Ich bin bald wieder da«, sagte Virginia zu Hans nach den Flitterwochen. »Hände weg von den Skihaserln! Du weißt, ihr erfahre alles.« Dann küsste sie ihn und nahm den nächsten Zug nach Chicago, um Aufträge zu erledigen. Denn auch in Sun Valley hatte sie gelegentlich Besuch von Bekannten aus Los Angeles, die ihr Geldbeträge, Drogen oder Juwelen übergaben, die an gewisse Personen im Land gebracht werden mussten. Virginia galt immer noch als Spezialistin in der Organisation des Transports illegal erworbener Waren. Diese sogenannten Bekannten, die Virginia in Sun Valley besuchten, fielen im Hotel natürlich auf, aber weniger wegen ihres auffallenden Äußeren, sondern eher deswegen, weil sie nicht gekommen waren, um Ski zu fahren und nur kurz blieben. Das machte sie verdächtig.

Hans nahm bald nach seiner Hochzeit die Arbeit in der Skischule wieder auf. Nach der Saison würde er, wie in den letzten Jahren, als Fahrkartenschaffner bei der *Union Pacific Railroad* arbeiten können, die auch den Wintersportort Sun Valley betrieb.

Bei ihrer Ankunft am Bahnhof in Chicago wurde Virginia von Journalisten belagert, die aus für sie unerfindlichen Quellen von ihrem Verhältnis zu Hans erfahren hatten.

»Gehört dieser neue Mann an Ihrer Seite auch zum organisierten Verbrechen?«

»Arbeitet er für die Mafia in Chicago oder in New York?«

»Hat er etwas mit dem Mord an Bugsy Siegel zu tun?«

Virginia warf den erstaunten Reportern in einem außergewöhnlichen Wortschwall derart unflätige Antworten hin, dass diese nur einen Teil davon in den Zeitungen abzudrucken wagten. Aber es genügte, um Hans bei seinem Arbeitgeber in Ungnade zu bringen. Die *Union Pacific* war auf ihren guten Ruf bedacht und konnte es sich nicht leisten, dass Mitarbeiter oder deren Angehörige in aller Öffentlichkeit mit der Mafia in Verbindung gebracht wurden. Noch dazu bediente sich eine dieser Angehörigen einer Sprache, die einem ehrbaren Bürger, besonders einem Kunden der *Union Pacific* oder einem Gast der Skischule in Sun Valley, die Schamesröte ins Gesicht zu treiben vermochte. Hans wurde entlassen. Er fuhr zu seiner Frau nach Chicago.

»Dann ist es also doch wahr. Du gehst mit einem Skilehrer. Mit einem Ausländer!« Nat Coiner war so wütend wie schon lange nicht mehr, als er Virginia in einem Zimmer des *Sheraton Hotels* von Chicago gegenüberstand. Er hatte schon viel mit Virginia durchgemacht, aber das ging zu weit und könnte die ganze Organisation in Gefahr oder zumindest in große Schwierigkeiten bringen.

»Hans und ich sind verheiratet«, gab ihm Virginia zur Antwort.

»Bist du verrückt? Das geht doch nicht! Du gehörst immer noch zu uns!«

Hans mischte sich vehement und leidenschaftlich ein: »Das geht Sie überhaupt nichts an!«

»Und ob mich das was angeht, Herr Skilehrer! Diese Frau

hat Verpflichtungen, von denen Sie keine Ahnung haben und froh sein können, nichts davon zu wissen.«

Hans Hauser wusste nicht, was er sagen sollte, also sagte er nichts.

Coiner kam Hans bedrohlich nahe: »Sie kennen diese Frau nicht. Sie wissen nicht, wer sie ist.«

»Sie ist meine Frau!«

Coiner nahm Virginia beiseite: »Hör mir genau zu! So lange deine Männergeschichten in der Familie bleiben, ist das egal. Aber dieser Skilehrer da kommt von außen. Das kann gefährlich werden. Für uns in Chicago bist du immer noch das beste Pferd im Stall. Auf dich wollen wir ungern verzichten. Auch die New Yorker sehen es nicht gern, dass du nun eigene Wege gehst. Das haben sie schon bei Bugsy nicht akzeptiert.« Virginia, die immer auf alles eine schlagfertige Antwort hatte, blieb verdächtig still. Hans verstand zunächst nicht viel von dem, was hier vorging, aber doch so viel, dass es sich um elementare Verwicklungen oder Verpflichtungen seiner Frau handelte, die aus einer vergangenen Zeit stammten. Er stellte sich schützend vor sie hin. Coiner meinte süßlich: »Wir meinen es doch nur gut mit unserer Virginia.« Dann schob er Hans beiseite und versetzte Virginia einen Schlag ins Gesicht. »Nur gut meinen wir es!«, schrie er und schlug sie noch einmal. Virginia ging in die Knie. Hans wollte seiner Frau zu Hilfe kommen, sah sich jedoch plötzlich der Mündung eines Revolvers gegenüber, den Coiner aus seiner Jacke gezogen hatte. Hans wich zurück, Coiner beugte sich zu Virginia, den Revolver noch immer auf Hans gerichtet. »Und was soll ich jetzt unseren Freunden erzählen?«, flüsterte er ihr mit übertriebener Freundlichkeit zu, während er sie ungeschickt mit einer Hand am Oberarm packte.

»Sag ihnen, dass ich weiter für sie arbeite. Und dass ich schweige. Es wird alles so sein wie immer.« Virginia stand auf und ging zu Hans, der seine Arme um sie legte, sie an sich drückte und schwieg.

»Wir sprechen uns noch«, sagte Coiner und ging wütend aus dem Zimmer. Erst am Gang merkte er, dass er noch immer seinen Revolver in der Hand hielt und steckte ihn weg. Hans war beunruhigt und wusste nicht, was er von dem Ganzen halten sollte. Wie immer in solchen Situationen dachte er an die Berge, an die Sonne, den Schnee und ans Skifahren. So verdrängte er eine Wahrheit, die er gar nicht näher ergründen wollte, und hoffte, dass sich anstehende Probleme mit der Zeit von selbst lösen würden. Mit der Zeit wird es schon, alles wird werden mit der Zeit, dachte er immer.

Virginia warf Hans einen unendlich unschuldigen Blick zu: »Jede Frau hat ihre kleinen Geheimnisse. Und meine sind halt ein bisschen größer. Mach dir keine Gedanken. Es wird alles gut. Aber ich brauche Nat und muss ihn bei Laune halten. Wir müssen ja auch von etwas leben.«

»Ich werde für uns sorgen, Ginny«, sagte Hans. »Dann brauchst du solche widerliche Typen nicht mehr.« Er hatte Vertrauen in Virginia, in sich selbst und in die Stärke ihrer Zweisamkeit. Eine Liebe, die so groß und so schön war, konnte alle Widrigkeiten aus dem Weg räumen, davon war er überzeugt. Virginia spürte jedoch, dass es mit diesem Mann an ihrer Seite vielleicht gefährlich für sie werden könnte. Einmal von der Organisation fallen gelassen, wäre sie in diesem Land nicht mehr sicher. Hans hatte den Nachteil, nicht Teil der Unterwelt zu sein, in der sie sich bisher bewegte wie ein Fisch im Wasser. Er könnte Fehler begehen, die er gar nicht als solche erkannte, Fehler eines

Unbedarften, eines Unkundigen, Fehler, die für die *Cosa Nostra* nicht tolerierbar wären. Das war ihr durch Coiners Auftritt schlagartig klar geworden. Doch hatte Hans auch den Vorteil, kein Staatsbürger der USA zu sein, sondern Österreicher. Und Virginia war nun seine rechtmäßig angetraute Ehefrau. Sie beantragte beim österreichischen Generalkonsulat in New York einen österreichischen Reisepass, der ein halbes Jahr später auf den Namen Onie Virginia Hauser ausgestellt wurde. Das gab ihr ein wenig Sicherheit.

»Mrs. Hauser, Sie erwarten ein Kind.«

»Wie ist denn das möglich?«, platzte es aus Virginia heraus.

»Na, wie schon?«, grinste der Arzt.

Virginia merkte, dass sie eine völlig blödsinnige Frage gestellt hatte, und schämte sich fast für ihre Naivität. Aber die Mitteilung des Arztes kam so überraschend, da konnte so ein Ausrutscher schon passieren.

»Ist das Ihre erste Schwangerschaft?«, fragte sie der Arzt.

»Ja«, antwortete sie. Das war gelogen.

Sie war 17 und arbeitete als Kellnerin in verschiedenen Bars in Chicago. Sie hatte sich von George, mit dem sie aus Alabama abgehauen war, vor Kurzem getrennt und bemerkte, dass sie ein Kind erwartete. Von wem sie schwanger war, wusste sie nicht. Da kamen einige infrage. Sie hatte keine Ahnung, was sie nun tun sollte, und wandte sich in ihrer Not an die Damen der *Heilsarmee*, die sie in ein Heim für ledige Mütter schickten. Dort warteten ledige Mädchen auf die Geburt ihres Kindes. Eine schrie herum: »Seit Monaten hat mich keiner gevögelt! Von wem kann ich da schwanger sein?« Eine andere kannte die Antwort: »Vom Heiligen Geist.«

»Vielleicht hat mich einer vergewaltigt, während ich geschlafen hab?«, fragte sich ein Mädchen, das ebenfalls nicht wusste, wer sie geschwängert haben könnte. Die Antwort kam wieder prompt: »Das war der Heilige Geist.«

»Versündige dich nicht!«, sagte das Mädchen aufgebracht. »So etwas macht der Heilige Geist niemals.« Dann kniete sie nieder und richtete an den Heiligen Geist die eindringliche Bitte, nicht mehr schwanger sein zu müssen.

Virginia hielt es in diesem Heim nicht lange aus und wandte sich an einen älteren liebenswürdigen Herrn, den sie »Onkel Charlie« nannte. Sie hatte ihn einmal in einer Bar kennengelernt und Vertrauen zu ihm gefasst. Für ein paar kleine Gefälligkeiten half er ihr schließlich über die Schwangerschaft hinweg, ging mit ihr ins Krankenhaus und gab sich unter falschem Namen als ihr Ehemann aus. Virginia brachte ein Mädchen zur Welt und nahm es mit in ihr kleines schäbiges Zimmer. Da sie sich kein Bett für ihr Baby leisten konnte, es hätte in diesem Zimmer ohnehin keinen Platz gehabt, schlief es bei ihr im Bett. Eines Nachts wachte sie auf und bemerkte, dass das Baby neben ihr unter der Decke erstickt war. Sie wurde fast wahnsinnig vor Verzweiflung und Schuldgefühlen. Die Polizei stellte viele Fragen, Virginia schrie herum und reagierte so hysterisch, dass man es schließlich aufgab, der Sache weiter nachzugehen, und sie in Ruhe ließ. Es gab Wichtigeres zu tun. Damals schwor sie sich, nie mehr wieder an etwas schuld zu sein und einmal so viel Geld zu haben, um sich alles leisten zu können, was sie brauchte, was sie sich wünschte und was für sie wichtig war.

»Alles in bester Ordnung«, sagte der Arzt nach der Untersuchung. »Kommen Sie in sechs Wochen wieder!«

Als sie Hans eröffnete, dass sie ein Baby erwartete, schnappte er vor Freude fast über und gab seiner Frau so viele Küsse, dass sie beinahe keine Luft mehr bekam: »Ginny, jetzt hab ich dich gleich noch viel lieber als vorher, wenn so was überhaupt möglich ist.«

Virginia freute sich auch und seufzte: »Hoffentlich kommt unser Kind nicht wie du mit Brettern an den Füßen zur Welt. Das wäre eine schwere Geburt.«

Hans und Virginia mieteten ein Haus in Bar Harbor im Bundesstaat Maine, um in der Abgeschiedenheit des äußersten Nordostens der USA unerkannt und in Frieden zu leben und ohne Aufregung und Einmischung von außen die Geburt ihres Kindes zu erwarten. Als es dann soweit war, brachte sie Hans ins *Saint Elizabeth's Hospital* in Boston. Am 20. November 1950 kam dort Peter Jackson Hauser zur Welt. Die Geburt verlief ohne Komplikationen. Virginia kaufte für ihr Baby das ihrer Meinung nach schönste und größte Kinderbett Amerikas.

3

Estes Kefauver aus Tennessee war Anwalt in Chattanooga, wurde danach Senator in Washington und strebte als einer der Kandidaten der Demokraten die Nachfolge von Präsident Harry S. Truman bei den Wahlen im November 1952 an. Dafür musste er jedoch von seiner Partei für das Amt des Präsidenten nominiert werden und im Vorfeld die anderen Kandidaten aus dem Weg räumen. Er brauchte Publicity und suchte nach Gelegenheiten, die ihn im ganzen Land nachhaltig bekannt machen würden.

Frank Costello, einer der größten Bosse der Unterwelt in den USA, war Millionär, Familienvater, hatte gute Freunde und eine Ehefrau, die keine Probleme bereitete. Er könnte zufrieden sein, und doch quälte ihn mehr und mehr eine innere Unruhe, eine Unzufriedenheit, die er früher nicht gekannt hatte. Er litt mit zunehmendem Alter an Depressionen, konnte sich nur noch schwer konzentrieren, stellte sich Fragen nach dem Sinn seines verbrecherischen Lebens, nach dem Sinn des Lebens überhaupt. Er suchte auf Rat eines Freundes einen Psychiater auf, der ihm schließlich nahelegte, Gutes zu tun, die Armen im Land zu unterstützen, Geld für wohltätige Zwecke zu spenden und zu sammeln, in aller Öffentlichkeit, ohne die Heimlichtuerei, die er von seinen bisherigen Tätigkeiten gewohnt war. Er müsste breite Anerkennung in der Gesellschaft finden, aus dem Hintergrund hervortreten und sich als ein Mensch zeigen, der nichts anderes im Sinn hatte, als anderen Menschen zu helfen. Das würde seiner kranken Seele gut tun. Derartige Charity-Engagements waren für hochrangige Mitglieder der *Cosa Nostra* nichts Außergewöhnliches, für Costello aber, der sich offiziell als Immobilienmakler im Ruhestand ausgab, etwas Neues. Er begeisterte sich nun für die Ideale der *Heilsarmee* und spendete hohe Geldsummen, die er mit Erpressung, Prostitution, Rauschgifthandel und Glücksspiel verdient hatte. Der Kreislauf des Geldes warf immer wieder Menschen aus der Bahn, das Glücksspiel ließ Menschen verarmen, die nun einen winzigen Teil ihres verlorenen Geldes als Almosen von der *Heilsarmee* wieder zurückbekamen. Die Damen der *Heilsarmee*, die sich täglich auf der Straße für die Armen des Landes einsetzten, wussten nicht, woher das Geld stammte, mit dem sie Essen für Bedürftige besorgten. Walter Hoving, Geschäftsführer des Juwelenunternehmens *Tiffany & Co* und Präsident der *Heilsarmee*, machte Costello zu seinem Vizepräsidenten. Die Jahreshauptversammlungen fanden fortan im *Copacabana*, einem Nachtklub in New York statt, in dem Stars wie Dean Martin und Jerry Lewis auftraten. Als Harry Belafonte noch Soldat der US-Navy war, wurde ihm der Zutritt in den Klub wegen seiner Hautfarbe verweigert, später hatte auch er dort gefeierte Auftritte. Der Klub gehörte Frank Costello und seinem Freund Joe Adonis.

Präsident Hoving überredete seinen Vizepräsidenten, im New Yorker *Waldorf-Astoria*, einem der berühmtesten Hotels der Welt, eine Charity-Veranstaltung zu organisieren, um bei dieser Gelegenheit Geld für Notleidende zu sammeln. Hohe Regierungsbeamte, Bundesrichter, Senatoren, Wirtschaftstreibende und der Bürgermeister von New York waren anwesend und freuten sich über die vielen Journalisten, die gekommen waren, sehr viel mehr als sonst bei solchen Anlässen. Sie interpretierten das als Interesse an der Veranstaltung und an der Wichtigkeit ihrer Person. Doch interessierten sich die Journalisten nicht für sie, sondern nur für Frank Costello, den Vizepräsidenten der *Heilsarmee*, den König der Unterwelt, der sich scheute, in der Öffentlichkeit aufzutreten und sich nun als uneigennütziger Unterstützer der Armen der Gesellschaft öffentlich präsentierte. Die Gelegenheit, einen echten Gangsterboss hautnah zu erleben, ließen sie sich nicht entgehen. Als die Anwesenden herausfanden, dass die Aufmerksamkeit dem stillen Costello galt, waren sie verstimmt, doch Walter Hoving meinte nur: »Die Benachteiligten unserer Gesellschaft brauchen Wohltätigkeit und fragen nicht danach, woher diese kommt.«

Bei dieser Veranstaltung war auch Senator Estes Kefauver anwesend. Er fühlte sich durch das große Interesse an Costello persönlich beleidigt, wollte es diesem Unterweltmedienstar mit den Möglichkeiten der Justiz heimzahlen und hatte plötzlich die Idee, eine staatliche Kommission zur Untersuchung des organisierten Verbrechens zu gründen, die Kriminalität der Mafiabanden in den USA verschärft zu bekämpfen und führende Köpfe der ehrenwerten Gesellschaft bei Anhörungen vor einem Komitee, dessen Vorsitzender er sein würde, vorzuführen. Somit könnte er die Umtriebe der Mafia öffentlich aufzeigen, diesen Costello und seine Kumpane hinter Gitter bringen, seinem Land einen großen Dienst erweisen, vor allem aber die notwendige Publicity für seine Kandidatur bei den Wahlen zum Kandidaten der Demokraten bekommen und vielleicht sogar Präsident der Vereinigten Staaten werden. Kefauver war schon immer ein ehrgeiziger Mann mit vielfältigen Plänen und großen Idealen. Er lehnte sich in seinem Stuhl zurück, aß mit Freuden sein teuer bezahltes Menü, das nur einen Bruchteil wert war und mit dem Rest des Geldes die Kasse für die Armen speiste, beobachtete lustlos die Showeinlagen von zweitklassigen Künstlern, die auf ihre Gage verzichtet hatten, war von der Wichtigtuerei um den Mafiaboss angewidert und doch rundum zufrieden.

Die Anhörungen begannen im Mai 1950 und fanden im *Foley Courthouse*, einem Gerichtsgebäude im Verwaltungs-

und Regierungsviertel in Downtown Manhattan, statt. Sie sollten mit Unterbrechungen bis Sommer 1951 dauern. Über 600 Zeugen waren vorgeladen, darunter auch Joe Adonis, Meyer Lansky, Charlie Fischetti und Frank Costello. Für Lucky Luciano wurde das Einreiseverbot in die USA kurzzeitig aufgehoben. Der junge schlaksige Kefauver mit den listigen Augen und dem streng gezogenen Scheitel auf der rechten Seite, unermüdlich, aber besonnen und konsequent in seiner Vorgangsweise, schien der ideale Mann für diese Aktion zu sein und fand großzügige Unterstützung durch Präsident Truman, der schon Senator McCarthys fanatische Kampagne gegen unamerikanische Aktivitäten und seine Hetze auf in den USA vermutete Kommunisten, vor allem im Kreis von Künstlern und Filmschaffenden, befürwortete und im Jahr 1947 das *House Un-American Activities Committee* ins Leben gerufen hatte. Man machte Kefauver zum Vorsitzenden des *Senate Special Committee to Investigate Crime in Interstate Commerce*, das bald kurz *Kefauver Committee* oder *Kefauver Hearings* genannt wurde.

Die Zeitungen berichteten ausführlich über die Anhörungen, sie wurden täglich im Fernsehen übertragen, erfreuten sich zunehmend großer Beliebtheit und hatten jeweils bis zu 30 Millionen Fernsehzuschauer. Die Kinos verwaisten, viele Geschäftsinhaber klagten über massive Umsatzeinbrüche während dieser Fernsehsendungen, die Straßen waren wie leer gefegt. Im Gegensatz zu den von Schauspielern vorgegaukelten Verbrechern in den Kinofilmen konnte man nun echte Gangster sehen, direkt von den Hinterhöfen der Unterwelt in die Wohnzimmer der Bürgerinnen und Bürger gebracht. Man fühlte sich als Teil eines patriotischen Kreuzzugs für Moral und Anstand, den einige mutige, entschlossene Männer in diesem Land führten. Gaststätten, in denen die Besitzer Fernsehgeräte aufgestellt hatten, machten blendende Geschäfte.

Als Rudolph Halley, Ausschussberater und Chefanwalt des Komitees, den Mafiaboss Joe Adonis befragte, ob er wisse, was unter dem Begriff »Mafia« zu verstehen sei, antwortete dieser, dass er wohl davon in den Zeitungen gelesen habe, aber mit diesem Begriff absolut nichts anfangen könne und auch niemanden kenne, der damit etwas zu tun habe.

»In Ihrer Nachbarschaft in New York gab es doch viele Leute, die ursprünglich aus Sizilien stammen. Die haben oft von der Mafia als alte sizilianische Organisation gesprochen. Haben Sie denn nie davon gehört?«

»Niemals«, antwortete Joe Adonis, »denn ich bin kein Sizilianer.« Joe Adonis wurde in der Nähe von Neapel geboren.

Die Befragung von Joe Adonis dauerte nicht lang und führte zu nichts. Man konnte ihm keines seiner begangenen Schwerverbrechen nachweisen und verurteilte ihn zu drei Jahren Gefängnis wegen Steuerhinterziehung. Wie schon bei der Verurteilung Al Capones war das Vergehen wegen nicht bezahlter Steuern anscheinend das einzige wirksame Mittel des Staates, gegen die führenden Köpfe des organisierten Verbrechens vorzugehen. Adonis spielte fortan in der *Cosa Nostra* keine führende Rolle mehr. Anfang 1956 wurde er aus den USA ausgewiesen, da man durch einen Zufall dahintergekommen war, dass er, 1915 mit 13 Jahren als blinder Passagier auf einem Dampfer in die USA eingewandert, niemals die amerikanische Staatsbürgerschaft erlangt hatte. Er fuhr mit dem Schiff nach Neapel, wo ihn Lucky Luciano herzlich empfing.

Frank Costello weigerte sich, sein Gesicht im Fernsehen zu zeigen, über weite Strecken des Verfahrens sah man ihn von der Krawatte abwärts. Oft waren nur seine Hände im Bild, die seine Aussagen wie in einem modern inszenierten Hollywoodfilm durch nervöse, unruhige, zitternde Bewegungen ergänzten. Mit heiserer Stimme beantwortete er geduldig alle Fragen, verstrickte sich jedoch immer mehr in Widersprüche. Als er das bemerkte, meinte er: »Ich möchte wahrheitsgemäß aussagen, aber mein Gehirn funktioniert nicht. Ich kann mich auf mein Gedächtnis nicht mehr verlassen.« Er stand auf, ging aus dem Saal, kam am nächsten Tag zwar wieder, verschwand aber schon nach der ersten Frage. Der Ausschuss entschied, ihn wegen Missachtung des Gerichts zu bestrafen. Zu Beginn des Verfahrens, als er seinem Gedächtnis noch vertraute, antwortete er auf die Frage, was er denn seit seiner Einbürgerung als Amerikaner für sein Land geleistet habe, kurz und bündig: »Ich habe meine Steuern bezahlt.« Nach Ende des Verfahrens wurde er zu fünf Jahren Gefängnis verurteilt. Die Urteilsbegründung lautete Steuerhinterziehung. Das Gericht war offensichtlich nicht bereit, seine Leistungen für die USA anzuerkennen. Ausschussvorsitzender Kefauver war zufrieden, er bekam Genugtuung für die seinerzeit bei der Charity-Veranstaltung im *Waldorf-Astoria* erlittene Geringschätzung. Frank Costello wurde als Vizepräsident der *Heilsarmee* abgesetzt, verlor seine Führungsposition in der *Cosa Nostra* und zog sich in seine Villa auf Long Island zurück. Er ging nie wieder zu einem Psychiater.

Virginia Hill, nun Frau Virginia Hauser, konnte den Buchhalter der *Cosa Nostra*, ihren Freund und Unterstützer Nat Coiner, dazu überreden, ihr bei einem Besuch in Chicago

35.000 Dollar in bar zu geben, womit sie für sich und ihre Familie ein renoviertes Bauernhaus im Nobelviertel von Spokane, der zweitgrößten Stadt im Bundesstaat Washington, kaufte. Dort, nicht weit entfernt von Sun Valley, wollte sie ihren Ehemann finanziell dabei unterstützen, eine Skischule aufzubauen. Spokane entwickelte sich gerade zu einem beliebten Wintersportort, wo man mit Skifahren Geld verdienen konnte. Coiner begrüßte diese Idee als Einstieg in ein neues geschäftliches Betätigungsfeld. Außerdem, und das war seine weitere Überlegung, wäre Hans dann mit seiner Skischule beschäftigt, wodurch Virginia wieder mehr Zeit hätte, dem nachzugehen, wofür sie vorgesehen war und bezahlt wurde: für den Schmuggel von Waren aller Art, hauptsächlich von medizinischen Heilmitteln, also von Drogen. Das war ihm die Investition des Geldes wert. Gleichzeitig verzweifelte er fast an den unglaublichen Folgen, die seine freundschaftlich gemeinte Idee, sie damals auf Erholung nach Sun Valley zu schicken, letztlich ausgelöst hatte. Virginia lebte schon immer nach ihrem eigenen Schädel, war aber immer berechenbar und zuverlässig. Doch nun, an der Seite eines dahergelaufenen unvorhergesehenen Ehemanns, wurde sie schwerer greifbar für ihn. Das gab ihm zu denken. Denn er brauchte sie, aber sie brauchte auch ihn.

Familie Hauser lebte sich in Spokane gut ein. Hans liebte seine Frau, wollte mit seiner Familie ein ruhiges, bescheidenes Leben führen, für sie sorgen, als Skilehrer Geld verdienen und mit Virginia glücklich sein. Auch Virginia fühlte sich wohl in der sich ausbreitenden Ruhe und Normalität, die Erinnerungen an ihre wilden, ausschweifenden Jahre begannen zu verblassen. Ihr gewalttätiger Vater, ihr Leben zwischen Chicago und New York, die wilden Partys in Mexiko, die Zeit mit Ben Siegel, all das erschien ihr wie Bilder aus einem bedrohlichen Traum, aus dem sie nun in einer sicheren Wirklichkeit als Ehefrau und Mutter erwacht war. Doch schon bald sollte sie wieder gezwungen sein, sich in allen Einzelheiten mit ihren Erinnerungen zu befassen, denn sie bekam eine Vorladung als Zeugin bei der *Kommission zur Untersuchung des organisierten Verbrechens*. Sie flog nach New York und mietete sich im *Waldorf-Astoria* ein.

Am 16. März 1951 um 9.30 Uhr betrat Virginia Hill Hauser das Gerichtsgebäude. Sie kam eine halbe Stunde zu spät. Durch die offene Tür des Verhandlungssaales hörte man von außen her aufgeregte Stimmen, die von einer schrillen weiblichen überlagert waren. »Ihr verdammten Reporter, kriecht zurück in eure grindigen Büros und lasst mich in Ruhe!« Sie riss einem Mann die Kamera aus der Hand und warf sie einem anderen an den Kopf. »Was geht euch Scheißtypen mein beschissenes Leben an? Fickt euch ins Knie!« Als ihr die Reporter den Weg zum Verhandlungssaal versperrten, schrie sie den Polizisten zu: »Hab ich hier keinen Polizeischutz? Was haben euch diese schmierigen Wanzen da bezahlt, damit ihr mich ihren lüsternen Blicken ausliefert? Mich, eine ehrbare Bürgerin dieses Landes!« Die Polizisten machten den Weg für sie frei. Bevor sie in den Verhandlungssaal trat, drehte sie sich noch einmal um und rief in das Blitzlichtgewitter und in den Strauß der ihr hingehaltenen Mikrofone hinein: »Auf jeden Einzelnen von euch Bastarden soll eine Atombombe fallen!« Und zu den Anwesenden im Saal sagte sie: »Ich bitte um Verzeihung für die Verspätung, aber das liegt an diesen lausigen, notgeilen Wichsern da draußen.«

Virginia trug ein unauffälliges schwarzes Kleid, graue Seidenhandschuhe, eine Silbernerzstola und einen dunklen

Hut mit einer breiten Krempe. Sie wollte einfach erscheinen, aber doch einen Hauch von Luxus verbreiten und im Gegensatz zu den vernommenen Gangstern gepflegt aussehen. Die Fernsehkameras waren auf sie gerichtet, die Fotografen machten sie schnell zu der am meisten fotografierten Person des Verfahrens.

Sie lehnte sich in ihrem Stuhl gemütlich zurück, den rechten Arm lässig über die Lehne ausgebreitet, und saß arrogant lächelnd einem Komitee gegenüber, das nur aus Männern bestand. Auch eine Art von Syndikat, dachte sie. Nach der Vereidigung durch den Vorsitzenden Estes Kefauver begann Mr. Halley mit der Befragung. Bald wurde sie mit den Namen von Gangstern konfrontiert, die sie vorgab, allesamt nicht zu kennen, und gefragt, ob sie etwas über deren Geschäfte wisse. Sie antwortete, ruhig, ohne sich zum Mikrofon vorzubeugen: »Ich weiß nicht mehr darüber als jeder Amerikaner, der Zeitung liest.« Sie erzählte ihre Lebensgeschichte, wie sie nach Chicago kam und Nat Coiner kennenlernte, für ihn als Haushaltshilfe arbeitete und Botendienste machte, also dies und das für ihn besorgte, meistens Essen oder Dinge des täglichen Bedarfs. Sie brachte seine Anzüge in die Reinigung und holte sie wieder ab, manchmal trug sie kaputte Geräte wie Wasserkocher und Toaster zur Reparatur in einen Laden. Als sie diese Art von Botendiensten erwähnte, mussten die Mitglieder des Untersuchungsausschusses allesamt laut lachen.

»Aber Sie haben doch auch Geld für Mr. Coiner transportiert?«

»Niemals! Das einzige Geld, das ich je bei mir getragen habe, war mein eigenes. Wer etwas anderes erzählt, ist ein Lügner.«

»Und woher haben Sie Ihr Geld?«, wollte Mr. Halley wissen.

»Mr. Coiner hat mich für meine Dienste gut bezahlt.«

»Waren Ihre Dienste für diesen Herrn auch noch von einer anderen Art?«

»Wo denken Sie denn hin!«, sagte Virginia aufgeregt, als sie diese Anspielung verstand. »Ich war doch ein anständiges, unschuldiges Mädchen.«

Senator Charles W. Tobey aus New Hampshire, der bisher ruhig zugehört hatte, mischte sich ein und fragte mehr im Scherz: »Sind Sie das heute auch noch?«

»Ich bitte Sie! Heute bin ich eine 34-jährige Frau. Da ist in der Zwischenzeit schon einiges passiert. Zum Beispiel gab es diesen Carlos Valdez, den berühmten Rumba-Tänzer aus Mexiko. Kennen Sie den zufällig?« Sie wollte zu einer längeren Erzählung ansetzen, wurde aber von Mr. Halley forsch unterbrochen. »Miss Hill, äh, verzeihen Sie, Mrs. Hauser, Ihre Männergeschichten interessieren das Komitee nicht. Und außerdem stellen wir hier die Fragen.«

Man forderte sie auf, mit ihrer Lebensgeschichte fortzufahren. Als Belohnung für ihre guten Dienste schickte man sie einmal auf einen Ausflug nach New York, wo sie einen netten Herrn namens Mr. Adams kennenlernte. Sie verliebte sich in ihn, doch als man ihr später klar machte, dass es sich dabei um Joe Adonis, den König der Unterwelt, handelte, trennte sie sich sofort wieder von ihm, denn damit wollte sie nichts zu tun haben.

Sie wurde zu ihren vielen Reisen quer durch die USA befragt, besonders aber zu den Reisen zwischen Chicago und New York.

»Ich liebe es zu reisen, besonders mit dem Zug«, sagte sie. »Ich bin ein begeisterter Tourist und möchte so viel wie möglich von unserem schönen Land sehen.«

Immer wieder wollte man wissen, woher Virginia ihr

Geld hatte. Und immer wieder sagte sie, dass sie es bei Pferdewetten gewonnen hatte, bei, so hieß es offiziell »Wetten auf den Ausgang verschiedener sportlicher Veranstaltungen«. Sie bekam Tipps von Freunden und setzte immer auf das richtige Pferd. Dieses Geld gab sie Nat Coiner zur Aufbewahrung. Er sollte es verwalten und anlegen. Bald lebte sie hauptsächlich von den Zinsen des Geldes, das sie sich erspart hatte.

»Das müssen beträchtliche Gewinne gewesen sein. Uns ist ja bekannt, dass Sie im Lauf der Jahre sehr viel Geld ausgegeben haben. Wie viel war das?«

»Ich habe keinen Überblick über mein Geld. Das macht alles Mr. Coiner für mich. Da müssen Sie ihn fragen.«

Senator Tobey bedauerte, dass es nicht gelungen sei, diesen mysteriösen Mr. Coiner zur Anhörung vorzuladen, da man seinen Aufenthaltsort nicht kenne. Mr. Halley sah kurz in seinen Aufzeichnungen nach und wandte sich wieder Virginia zu.

»Mrs. Hauser, Ihre vorliegenden Steuererklärungen der letzten Jahre weisen immer einen Jahresgewinn von 15.000 oder 16.000 Dollar auf. Ist es nicht seltsam, dass jedes Jahr dieselben runden Summen aufscheinen?«

»Damit habe ich nichts zu tun. Ich habe Ihnen schon gesagt, das macht alles Mr. Coiner für mich. Oder einer seiner Gehilfen. Ich war immer der Meinung, dass alles richtig abgerechnet wurde.«

»Ihre Ausgaben übersteigen jedoch diese Einnahmen bei Weitem.« Die Strategie war klar. Sie lief darauf hinaus, dem IRS, dem *Internal Revenue Service*, der dem Finanzamt unterstellten Bundessteuerbehörde, genügend Informationen zu liefern, um ein Verfahren wegen Steuerhinterziehung gegen Mrs. Virginia Hauser einzuleiten.

Mr. Halley zog eine Rechnung aus seinen Unterlagen und sagte: »Allein in Sun Valley haben Sie laut Hotelrechnung in sechs Wochen 12.000 Dollar ausgegeben. Das ist viel für einen Urlaub.«

Virginia ließ sich nicht aus der Ruhe bringen. »Es wurde ja alles über das Hotel abgerechnet. Die Taxifahrten, die Getränke an der Bar. Sogar die Skikursstunden in der Skischule. Und so ein Skikurs dauert lang und ist verdammt teuer. Das können Sie alles auf den Rechnungen nachlesen.«

»Von den 12.000 haben Sie nur 1.500 mit Scheck oder Banküberweisung bezahlt. Den Rest in bar. Das ist ungewöhnlich.«

»Ist es nicht«, protestierte Virginia. »Ich habe kein allzu großes Vertrauen in Banken. Nur Bares ist Wahres.«

»Woher hatten Sie dieses Geld?«

»Aus Mexiko. Geschenke von Freunden.«

»Haben Sie viele Freunde in Mexiko?«

»Ja, ich habe dort einige Freunde.«

»Und haben Sie in Mexiko jemanden gekannt, der im Rauschgifthandel tätig war?«

»Nein, niemanden!«, gab sie schnell zur Antwort und fuhr ebenso schnell fort: »Einmal hat mir jemand etwas angeboten. Ich hatte keine Ahnung, was das war. Dann erklärte er mir, das wäre Heroin oder Kokain. Was weiß ich? Ich habe ihn sofort aus meiner Wohnung geworfen. Solche Leute sind furchtbar. Mit denen will ich nichts zu tun haben. Ich hasse Drogen.«

Nach einer kleinen Pause setzte Senator Kefauver die Befragung fort.

»Sie haben ja auch Bugsy Siegel näher kennengelernt?«

Diese Saukerle interessieren sich ja doch für meine Männergeschichten, dachte Virginia. Gerade vorhin haben sie noch das Gegenteil behauptet. »Ich kenne keinen Bugsy«, sagte sie kühl.

»Benjamin Siegel«, verbesserte sich Kefauver. »Sie waren mit ihm zusammen.«

»Das ist richtig und stand ja in allen Zeitungen. Und wenn es dort steht, dann wird es wohl auch stimmen, obwohl Ben immer gesagt hat, dass man den Zeitungen kein Wort glauben darf. Das finde ich übrigens auch. Da könnte ich Ihnen Dinge erzählen ...«

Kefauver unterbrach sie: »Bleiben wir beim Thema. Haben Sie von Ben Siegel Geld bekommen?«

»Ja. Er gab mir Geld, um meine Rechnungen zu bezahlen, nicht um es zu behalten. Und er machte mir teure Geschenke.«

»Ist Ihnen eigentlich bekannt, dass Benjamin Siegel ein Mörder war?«

»Was?«, fragte sie aufgebracht. »Wenn er ein Mörder war und wenn Sie das wussten, warum haben Sie ihn dann nicht gleich verhaftet? Warum, zum Teufel, saß er dann nicht im Gefängnis? Wie war es dann möglich, dass er frei herumlaufen konnte? Um Himmels willen! Und ich hab mich auch noch mit so einem eingelassen. Meine Herren, ich bin schwer enttäuscht. Da hat jemand seine Arbeit nicht gemacht. Und dafür zahlen wir Steuern!«

Die Mitglieder der Kommission schmunzelten.

Sie gab zu Protokoll, dass in ihrer Gegenwart auch niemals über Geschäfte gesprochen wurde. Sobald das Gespräch auf Geschäfte kam, ging sie aus dem Raum. Sie wollte nichts davon hören und erfuhr auch nie etwas davon. Auch wenn über Politik gesprochen wurde, verließ sie sofort den Raum. Denn das interessierte sie nicht.

Man befragte sie über das *Flamingo* und darüber, wie weit

sie in das *Las Vegas Projekt* eingebunden war und welche Leute sie dort kennenlernte.

»Ich war oft im *Flamingo*, aber immer in meinem Zimmer. Ich ging niemals hinaus, denn ich bin allergisch auf die Kakteen, die dort in der Wüste wachsen. Davon bekomme ich Heuschnupfen und sogar Fieber. Wenn ich also in Las Vegas war, lag ich die meiste Zeit krank im Bett. Und im Bett lernt man keine Leute kennen.«

Damit war das Thema *Flamingo* beendet. Mr. Halley beschwerte sich bei ihr, dass sie dem Ausschuss nichts Wesentliches aussagen könne, obwohl sie jahrelang mit organisierten Kriminellen in Verbindung gebracht worden sei. Virginia zuckte nur mit den Schultern, so als wisse sie nicht, wovon dieser Herr sprach. Er fragte sie: »Mrs. Hauser, haben Sie jemals Geld von einem Mann bekommen, den man als Gangster bezeichnen könnte, von Benjamin Siegel abgesehen.«

»Nein, niemals.«

»Von Frank Costello oder von Charlie Fischetti?«

»Ich kenne viele Franks und Charlies. Um die Nachnamen hab ich mich nie gekümmert.«

»Aber die Ehefrau von Charlie Fischetti, die auch hier vorgeladen war, gab an, dass Sie mindestens einmal bei ihnen zu Hause waren. Sie sollen damals eine kniende Position eingenommen haben, was immer das bedeutet.«

Dieses Luder, dachte Virginia, will sich nun wegen der lächerlichen Vorkommnisse bei dieser Weihnachtsfeier vor 15 Jahren rächen. Sie beugte sich leicht zum Mikrofon vor und behauptete fest: »Diese Frau ist eine Lügnerin.«

»Sie haben immer sehr viel Geld ausgegeben, Mrs. Hauser. Woher stammt dieses Geld?«

»Ich habe Ihnen schon gesagt: Ich gewinne bei Pferdewetten.«

»Aber das ist doch nur ein Teil Ihres Geldes. Woher kommt der Rest?

»Männer geben es mir.«

»Warum geben Ihnen Männer derart hohe Summen?« Mr. Halley wurde sehr neugierig.

»Das möchte ich lieber nicht sagen.«

Senator Kefauver mischte sich ein: »Mrs. Hauser, ich mache Sie darauf aufmerksam, dass Ihr Schweigen als Verdunkelungsmanöver angesehen werden könnte.«

»All right«, sagte Virginia, der das alles schon ziemlich auf die Nerven ging. Sie holte tief Luft und sagte mit ihrer typischen, leicht schnarrenden, etwas schrillen Stimme, die mehr an eine Verkäuferin auf dem Fischmarkt erinnerte: »I am the goddam best lay in the country! Ich bin die gottverdammt beste Matratze im Land!«

Im Saal wurde es schlagartig still. Die Herren des Komitees konnten kaum glauben, was sie da eben gehört hatten, sofern sie die tiefere Bedeutung von Virginias letztem Satz überhaupt verstanden. Bei manchen regte sich die Fantasie, bei manchen regte sich die Erinnerung an ein entferntes Gefühl, bei manchen regte sich nichts. Einige lachten. Manche fragten ihren Nachbarn nach dem Sinn dieses Satzes und waren schockiert oder zumindest peinlich berührt, als man sie aufklärte. Ein Senator kam für sich zu dem stillen Schluss, dass bei der Befragung die Männergeschichten der Zeugin doch von Belang gewesen wären. Senator Kefauver trug es mit Fassung und sagte: »Mrs. Hauser, Sie sind schon ein ungewöhnlicher Fall.« Senator Tobey hatte das Bedürfnis, etwas besonders Kluges zu von sich zu geben, und wandte sich an das Publikum, so als wolle er von einem unangenehmen Thema ablenken: »Da können Sie mal sehen, was diese schrecklichen Gangster aus einem unschuldigen jungen Mädchen gemacht haben.«

Virginia verließ den Gerichtssaal unter tosendem Applaus des Publikums, posierte wie eine Diva vor den Kameras, warf den Reportern drohende Bemerkungen zu und fühlte sich als Siegerin. Sie stieg in ein bereitstehendes Taxi, das, nachdem die Horde von Reportern und Schaulustigen von den Polizisten zurückgedrängt worden war, endlich losfahren konnte und sie ins Hotel brachte. Die Zeitungen feierten sie wie eine ungekrönte Königin. Das Fernsehen widmete ihr mehr Platz als allen Mitgliedern des Komitees zusammen, denen sie förmlich die Show gestohlen hatte. Sie wurde bis in die letzten Ecken Amerikas bekannt als die Gangsterbraut aus Alabama, die Mafia Rose, die Königin der Unterwelt, die Männer benutzte und wieder fallen ließ, wie es ihr passte. Unbedarfte Männer erzählten mit Stolz, dass sie Virginia kannten, sie schon einmal getroffen und Unglaubliches mit ihr erlebt hätten. Manche sprachen von einem lang zurückliegenden romantischen Rendezvous mit ihr. Sie hatte Fans im ganzen Land und war, wie man so sagt, in aller Munde. Die Frauen zeigten sich von Virginias Auftritt schockiert und voll der Verachtung. Doch gar nicht wenige fühlten so etwas wie eine heimliche Bewunderung für diese Frau, die sich ihre Dienste teuer bezahlen ließ und somit in einem Luxus leben konnte, von dem andere Frauen nur träumten. Denn deren Dienste wurden als selbstverständlich genommen. Virginia verkörperte für manche Frauen einen Schlag der Befreiung in einer von Männern dominierten Welt, in der man von einer Frau erwartete, brav, züchtig und gehorsam zu sein.

Die Bosse der *Cosa Nostra*, die der Anhörung Virginias mit Sorge entgegensahen, waren sehr zufrieden mit ihr, denn sie hatte sie nicht verraten. Wie in früheren Zeiten plauderte sie munter drauflos, ohne Wesentliches auszusagen. Auch ihre natürliche Gabe, sich bei Behörden dumm zu stellen, erwies sich vor Gericht als hilfreich. Nur Jack Dragna, der nach Bugsys Tod die Geschäfte im Westen übernommen hatte, hier die *Cosa Nostra* erneuern und in seinem Sinne aufbauen wollte, gab ihr zu verstehen, dass ihre Dienste nicht mehr erwünscht seien, nicht in Los Angeles und schon gar nicht in Las Vegas. Bei jeder sich bietenden Gelegenheit wies er auf ihre Schuld an der Ermordung Bugsy Siegels hin, immerhin geschah der Mord in ihrer Wohnung. Er bezichtigte sie sogar als Mitverantwortliche an der Verurteilung von Costello und Adonis und schürte dadurch den Hass gegen sie. So konnte er von seinen eigenen Problemen ablenken, seine Position innerhalb der Organisation festigen und zum uneingeschränkten Machthaber in Kalifornien aufsteigen.

Am nächsten Morgen klingelte das Telefon. Es war Nat Coiner. »Nat«, sagte Virginia verschlafen, »so eine Überraschung. Wie ist es in Chicago?«

»Windig«, sagte Coiner kurz. »Virginia, sag einmal, bist du verrückt? Was hast du dir denn bei diesem blödsinnigen Ausspruch mit der Matratze gedacht? Das ist ja völlig verdreht und aus der Luft gegriffen.«

»Da hast du verdammt noch mal recht, Nat«, pflichtete ihm Virginia bei. »Aber ich kann nichts dafür. Diese Hurensöhne von Reportern haben meine Aussage in den Zeitungen total falsch wiedergegeben. Das mit der Matratze habe ich nämlich nie und nimmer gesagt. Ich habe lediglich gesagt: Ich bin der gottverdammt beste Schwanzlutscher im Land. Das ist doch etwas ganz anderes. Oder?«

Coiner schluckte, schwieg und stammelte dann wie geistesabwesend: »Windig dieses Chicago, verdammt windig.«

4

Nach Ende des Untersuchungsausschusses im Sommer 1951 war Senator Estes Kefauver eine prominente und landesweit respektierte Persönlichkeit. Er hatte die Publicity, die er sich wünschte. Sein Ziel, ein Jahr später von den Demokraten als Präsidentschaftskandidat aufgestellt zu werden, erreichte er jedoch nicht. Der Kandidat der Demokraten, Adlai E. Stevenson, verlor die Wahl zum Präsidenten der USA gegen Dwight D. Eisenhower. Kefauver konnte sich über seine Niederlage damit hinwegtrösten, nun ein begehrter Vortragender bei Veranstaltungen zu sein und für seine Auftritte ein ansehnliches Honorar zu bekommen. Dabei merkte er immer wieder an, dass Eisenhowers Erfolg wohl auch damit zusammenhing, dass die Mitglieder der Unterweltorganisationen, allesamt überzeugte Gegner der Demokraten, aus Vergeltung für den Kefauver-Untersuchungsausschuss ihre Anhänger dahingehend mobilisierten, den Republikaner Eisenhower zum Präsidenten der USA zu wählen.

Der Untersuchungsausschuss war nicht besonders erfolgreich darin, das organisierte Verbrechen einzudämmen oder gar zu eliminieren. Es blühte wie eh und je. Eine Folge davon war jedoch, dass nun Edgar Hoover, der Chef des FBI, das Vorhandensein der organisierten Kriminalität anerkannte und nicht weiter leugnen konnte. Er gewann fortan nur noch selten bei den Pferderennen.

Virginia flog nach Spokane zu Hans und Peter zurück. Als sie später das Protokoll ihrer Anhörung las, sagte sie: »Das liest sich wie das Gestammel einer völligen Idiotin.«

Sie war jetzt eine nationale Berühmtheit. Wildfremde Leute versammelten sich vor ihrem Haus und bedrängten sie, sobald sie das Haus verließ, sie und ihr Baby fotografieren zu dürfen. Manche klingelten einfach an der Tür und wollten unbedingt ein gemeinsames Foto von sich und Virginia oder zumindest ein Autogramm von der »Königin der Gangsterbräute«, wie sie in den Zeitungen genannt wurde. Sie bekam hysterische Anfälle, schrie herum, beschimpfte die ungebetenen Besucher, die sich darüber bestens amüsierten und einen Hauch von Unterweltcharme gemischt mit dem leichten Schauer des Verbrechens zu spüren glaubten. Doch es gelang ihr nicht, die gierige und sensationslüsterne Meute von sich abzuschütteln. »Ich kann nicht länger in diesem Affenkäfig leben«, beklagte sie sich. Auch ihr Ehemann rückte als Barbar aus dem feindlichen Germany – viele Amerikaner machten damals keinen Unterschied zwischen Deutschen und Österreichern – ins Interesse der Öffentlichkeit, genauer gesagt ins Visier der Behörden. Und so wurde Hans Hauser am 20. Juni 1951 von der Einwanderungsbehörde in Seattle darüber informiert, dass sein Visum für die USA schon längst abgelaufen sei, nicht erneuert werde, und er bis zum 1. September das Land verlassen müsse. Bei Zuwiderhandlung würde er gewaltsam abgeschoben. Nach einigen Telefongesprächen ergab sich für ihn die Möglichkeit, mit seiner Familie nach Chile zu einem österreichischen Freund zu reisen, der in Portillo, einem nördlich der Hauptstadt Santiago errichteten Wintersportgebiet, eine Skischule betrieb. Dort könnte Hans in der Wintersaison als Skilehrer arbeiten. Virginia war sofort einverstanden, entschied jedoch, dass sie und ihr Baby in den USA blieben und zu einem späteren Zeitpunkt nachkommen würden.

»Virginia, du hast dir in New York und Chicago einen guten Namen gemacht. Wir schätzen deine Dienste.« Nat Coiner war fast väterlich, als er sie in Spokane besuchte. »Das Problem ist nur, dass man dich seit deinem Auftritt im Fernsehen überall kennt. Doch das geht vorüber. Nicht vorüber geht jedoch die Tatsache, dass du nun einen einfältigen Ehemann und ein Baby im Schlepptau hast, um das du dich kümmern musst. Das erschwert die Sache.«

»Ich werde euch nicht enttäuschen. Hans ist sowieso bald weg«, sagte sie spontan. Nach einigem Nachdenken fügte sie hinzu: »Und mein Baby wird er mitnehmen. Nach Chile.« Als Coiner nicht gleich darauf reagierte, schnatterte sie ihn an: »Das ist am Ende der Welt! Alles klar?« Coiner zeigte sich sichtlich zufrieden mit Virginias Entscheidung, denn nun hatte er sie wieder für sich. »Du weißt, Virginia, ich bin immer für dich da.«

Hans Hauser, der immer das tat, was seine Frau von ihm verlangte, flog gemeinsam mit dem fast zehn Monate alten Peter am 5. Juli mit einer Maschine der *Pan American* von Los Angeles über Dallas und New Orleans nach Santiago de Chile, fuhr mit dem Bus weiter nach Portillo, mietete dort eine Wohnung, engagierte ein indianisches Kindermädchen, stieg als Skilehrer in die soeben in Schwung gekommene Wintersaison ein und wartete auf Virginia. Sie versprach immer wieder hoch und heilig, so bald wie möglich nachzukommen. Dieses Versprechen sollte sie schneller einlösen, als ihr lieb war.

Als sie zu ihrem Haus in Spokane zurückkam, traf sie fast der Schlag. An der Tür klebte ein Schild: »Beschlagnahmt vom Finanzministerium der Vereinigten Staaten von Amerika.« Ein dunkler Wagen hielt an, ein Mann in einem billigen, unauffälligen Anzug stieg aus.

»Miss Hill?«, fragte er.

»Wenn Sie so wollen? Ja«, sagte sie.

»Miss Hill. Ich bin von der Steuerbehörde in Spokane bevollmächtigt, Ihnen dieses Schreiben zu übergeben. Sie werden beschuldigt, in den Jahren 1942 bis 1947 Steuern in der Höhe von 160.000 Dollar hinterzogen zu haben. Wir haben Ihr Haus und Ihren gesamten Besitz beschlagnahmt. Bis das Steuerverfahren endgültig abgeschlossen und auch das Strafausmaß ermittelt ist, dürfen Sie das Land nicht verlassen. Das kann noch einige Zeit dauern.« Er übergab ihr das Schreiben, verabschiedete sich mit gleichgültiger Miene und stieg in sein Auto. Virginia begriff das ganze Ausmaß des Geschehens nicht sofort. Als ihr das später klar wurde, war sie zerstört. Sie zitterte und begann zu weinen.

Gemäß ihrer Aussagen vor dem Kefauver-Untersuchungsausschuss konnten ihr keine Straftaten in Verbindung mit ihren Kontakten zur Unterwelt nachgewiesen werden. Dennoch lief sie der Justiz in die Falle, denn auf Grund ihrer für sie beiläufigen, für die Behörden jedoch höchst aufschlussreichen Antworten zu Fragen über ihre

Vermögensverhältnisse errechneten die Finanzexperten der Steuerbehörde, dass sie zwar sehr hohe Ausgaben hatte, aber nur geringe Einnahmen versteuerte. Gemessen an den Ausgaben müssten aber die Einnahmen viel höher gewesen sein als angegeben. Sie selbst hatte schon lang keinen Überblick mehr, weder über ihre Einnahmen noch über ihre Ausgaben, sie konnte sich den Luxus leisten, irgendwann nicht mehr zu wissen, wie viel Geld sie verdiente und wie viel sie ausgab. Das alles war die Angelegenheit von Nat Coiner, der ihr immer versicherte, ihr Geld sicher zu verwalten und zu vermehren. Solang Geld da war, gab sie es aus. Und da immer Geld da war, fand sie keine Veranlassung, darüber nachzudenken, woher es kam und wohin es floss. Das Schöne an Geld ist seine Grenzenlosigkeit, die ihr das gute Gefühl vermittelte, in einer Welt ohne Grenzen und ohne Schranken zu leben, so wie es ihr gerade Spaß machte und wie es ihr in den Kram passte.

Virginia wandte sich an ihren Anwalt Jonathan Rossberg, der ihr die Sache klar darlegte: »Costello hat für Steuerhinterziehung fünf Jahre bekommen, Adonis drei. Möglicherweise kriegst du auch drei Jahre. Weil du aber eine Frau bist, vielleicht weniger. Das kommt dann ganz auf den Richter an. Dazu kommen natürlich noch die Strafzahlungen.«

Am 2. August 1951 fand in ihrem Haus in Spokane die Versteigerung ihres gesamten Besitzes statt, um durch den Erlös wenigstens einen Teil ihrer Schulden an den Staat hereinzubekommen. Die Auktion war in den Zeitungen groß angekündigt, es fanden sich viele Interessenten, die irgendeinen Gegenstand aus dem Leben der glamourösen Gangsterbraut für sich erwerben wollten. Ihr Cadillac im Wert von 20.000 Dollar ging für knapp 4.000 an einen Psychiater in San Francisco, der damit seine Patienten beeindrucken wollte. Ihre großartige Sammlung von Pelzmänteln, Jacken und Schals, die in Summe wohl 50.000 Dollar gekostet hatten, brachte nicht mehr als ein Zehntel ein. Virginia selbst war sich über den wahren Wert ihrer Nerze und Hermeline nie ganz klar, sie alle waren Geschenke, nach deren Preis man nicht fragte. Ihre 150 Paar Schuhe, einige davon kunstvoll nach Maß angefertigt, wurden um höchstens fünf Dollar das Paar verschleudert, ein Spottpreis, wie sie fand. Keiner wusste den wahren Wert von Virginias Schuhen zu schätzen, die sich in ihrer Kindheit nichts mehr gewünscht hatte, als ein einziges Paar zu besitzen. Möbel, Vasen, Silberbesteck, Geschirr, Lampen, Schmuck, sogar ein Ring, den ihr einmal Ben Siegel geschenkt hatte, Dinge, die ihr lieb und teuer waren, wurden von nichtsahnenden Leuten um ein Nichts ersteigert. Das Haus brachte die Hälfte seines Wertes. Am Ende des Tages belief sich der gesamte Erlös auf knapp 40.000 Dollar.

Virginia war angewidert von diesem Jahrmarkt, von diesem Pöbel und von den staatlichen Marktschreiern, die ihre persönlichen Gegenstände veräußerten, den Säuen zum Fraß vorwarfen, wie sie es formulierte. Sie fuhr rastlos von einem Ort zum anderen, suchte in Los Angeles, New York und Chicago Unterstützung bei alten Freunden, die ihr aber auch nicht weiterhelfen konnten oder wollten. Sie alle hatten ihre eigenen Sorgen, wollten Publicity vermeiden und scherten sich nicht um eine Frau, der sie stillschweigend zu verstehen gaben, dass ihre besten Jahre wohl vorüber waren. Sie fühlte sich im Stich gelassen, allein vor einem leeren Glas im klebrig schweren Morgendunst nach einer Party, die fast 20 Jahre gedauert hatte und nun, wie es schien, zu

Ende ging. Die Feierlaune war verblasen, die Morgendämmerung holte sich ihr Opfer, der graue Alltag brach an. Sie wollte dieses Land so schnell wie möglich verlassen, einerseits aus Ekel über die Erniedrigung, die man ihr angetan hatte, andererseits, und das war der Hauptgrund, um dem laufenden Verfahren, der immer höher werdenden Steuernachzahlung und dem drohenden Gefängnis zu entkommen. Sie rechnete damit, irgendwann verhaftet zu werden. Das FBI war ständig hinter ihr her, beschattete sie und verhinderte ihre Ausreise. Da half ihr auch der österreichische Pass nichts. Sie quartierte sich im *Shamrock Hotel* in Houston, Texas, ein, wo sie sich als O. V. Hall ausgab und einigermaßen sicher fühlte. Um das FBI abzuschütteln, stieg sie während der Zwischenlandung ihres Flugzeugs kurzerhand in dem ihr bislang unbekannten Houston aus und hoffte, nicht erkannt zu werden. Sie wollte eine kurze Verschnaufpause einlegen, ein paar klare Gedanken fassen und sich überlegen, wie es nun weitergehen sollte. Die werden sich alle noch wundern, dachte sie, meine beste Zeit mag vielleicht vorbei sein, doch die allerbeste kommt noch. Coiner, der ihr immer wieder versicherte, für sie da zu sein, reiste aus Chicago an, um mit ihr die weitere Vorgangsweise in aller Ruhe zu besprechen. Doch er wiederholte nur: »Das hast du dir alles selbst eingebrockt.« Sie saßen im Restaurant des Hotels und aßen zu Abend.

»Rede nicht so blöd herum!«, flüsterte sie, um die Leute an den Nachbartischen nicht hellhörig werden zu lassen. »Hilf mir lieber! Ich will nach Chile zu meinem Mann und zu meinem Baby.«

Coiner hatte einen Ausweg anzubieten: »Ich könnte einen mit uns befreundeten Senator bitten, die notwendigen Papiere für deine Ausreise zu besorgen.«

»Und warum tust du das nicht?«, ärgerte sich Virginia.

»Das würde dich 10.000 kosten.«

»Bist du verrückt? Dieser verfickte Senator soll sich mit seinen beschissenen Papieren den Arsch abwischen! Das kann doch nicht so teuer sein?«

»Bestechungsgelder für Justiz, Polizisten, Grenzbeamte und so weiter.«

»Lass dir was anderes einfallen!« Virginia geriet in Wut.

Coiner resignierte: »Ich fürchte, dann kann sogar ich, der sich immer um dich gekümmert hat, jetzt nichts mehr tun.«

Du hast dich wohl um mich gekümmert, dachte Virginia. Besten Dank! Doch du hast auch deinen Profit mit mir gemacht, und das nicht schlecht. Was wärst du wohl ohne mich? Ein kleiner, verschrobener Buchhalter. Jetzt bist du vielleicht ein größerer, aber immer noch ein Buchhalter und verschrobener denn je. Da kommst du nicht raus. Und was bin ich? Mehr als das, größer als das, besser als alles, was du dir je erträumen kannst.

An einem Nebentisch saß ein kleiner, dicker schnurrbärtiger Mann mit leicht ergrautem geöltem Haar, das so aussah, als wäre es ihm früher einmal über die Stirn fast bis zu den Augenbrauen gewachsen. Er war im Gespräch mit einem stattlichen Texaner, der auch beim Essen seinen Hut nicht ablegte, und sah immer wieder freundlich lächelnd zu Virginia und Coiner hinüber. Seine Blicke häuften sich, nachdem sich der Texaner mit einer kurzen Bewegung seines Zeigefingers zur Hutkrempe von ihm verabschiedet hatte. Virginia dachte nach, wo ihr dieser Mann schon einmal begegnet sein könnte. Bevor sie noch dahinterkam, formten seine Lippen nur ein Wort: »Teddybär.« Na klar! Das war doch Hernando, der mexikanische Konsul in den Vereinigten Staaten von Amerika, den sie damals in Acapulco bei dieser Wohltätigkeitsveranstaltung kennengelernt hatte. Das muss vor ungefähr zehn Jahren gewesen sein. »Hernando!«, rief sie ihm zu. »Komm, setz dich zu uns!« Hernando Figueras y Gonzales de Alto Castillo nahm die Einladung gern an, während Coiner wieder einmal in seine missmutige Laune verfiel, die er immer hatte, wenn sich Virginia mit anderen Männern einließ. Hernando war gerade ein paar Tage in Houston, der Heimatstadt seiner Frau Daisy. Morgen wollte er nach Mexiko City zurückfahren. Virginia und Hernando unterhielten sich prächtig, lachten über den Abend in Acapulco und ließen Rotwein servieren. Immer wieder kreisten die Gespräche um diesen riesigen Teddybären, den sie damals überreicht bekommen hatte und den er immer noch wie lebendig vor sich sah. Ebenso lebendig war ihm noch die Zeit, die er anschließend mit ihr im Hotelzimmer verbracht hatte. Er war aufs Angenehmste überrascht, als ihm Virginia einige Gläser Wein später anbot, solche Momente heute Nacht erneut zu erleben. Coiners Laune war wieder einmal auf einem historischen Tiefpunkt angelangt.

Am nächsten Tag fuhren Virginia Hill, Nat Coiner und Hernando Figueras y Gonzales de Alto Castillo in dessen Chevrolet nach Laredo an die mexikanische Grenze. Dort stieg Coiner aus. Sie verabschiedete sich von ihm mit den Worten: »Ich werde dieses Land verlassen und nicht zurückkommen. Warum auch? Die Ratten in Washington, die dieses Land regieren, sind die wahren Gangster dieser Welt. Die Vergangenheit soll bleiben, wo sie ist. Ich will neu anfangen.«

»Du weißt, Virginia, ich bin immer für dich da«, stotterte Coiner, sichtlich gerührt über seine plötzlichen Gedanken an die seltsame und einträgliche Verbundenheit mit ihr, die bald schon 20 Jahre lang dauerte. Beamte des FBI, die kurzzeitig die Spur zu Virginia verloren hatten, erfuhren im *Shamrock Hotel* in Houston von der Rezeptionistin, dass die fesche Dame auf dem Foto, das man ihr zeigte, mit einem Diplomaten auf dem Weg nach Mexiko sei.

»Diplomat«, knurrte einer der Beamten. »Schaut nicht gut aus für uns. Die ist aber auch immer zur richtigen Zeit am richtigen Ort.«

»Irgendwie hat die schon eine Nase für alles«, meinte sein Kollege.

»Die Nase ist das eine, der Busen das andere.«

»Aber intelligent ist sie auch.«

»Fesch und intelligent«, meinte der eine. »Das ist gefährlich.«

Die Rezeptionisten sah die beiden Beamten an und verstand nicht, wovon sie sprachen.

Ohne Probleme überquerten Hernando und Virginia die Grenze von Laredo nach Nuevo Laredo. Diplomaten, mit ihnen reisende Gäste und auch deren Gepäck durften nicht kontrolliert werden. Sie umklammerte ihre Handtasche, wo zwischen wertvollem Schmuck und vielen Hundertdollarscheinen auch ihr Tagebuch lag, in das sie schon seit längerer Zeit keine Eintragungen mehr gemacht hatte. Am Abend trafen Virginia und Hernando in Mexico City ein.

Wie früher sauste sie durch die Nächte der Stadt, von Party zu Party, von Rumba zu Rumba, von Mann zu Mann. Hernando nahm sie zu Einladungen mit, wo sie fast wie eh und je die Aufmerksamkeit der anwesenden Männer geradezu in sich aufsog. Sie traf alte Freunde, so auch Betty, mit der sie in Sun Valley die Grundbegriffe des Skifahrens erlernt hatte und der sie nun eine lange, rührende Geschichte von Liebe, Ehe und Baby erzählte.

»Als wir damals in der Gruppe gewettet haben, wer von uns wohl unseren Skilehrer ins Bett bringt, war mir klar, dass du gewinnen würdest«, lachte Betty.

»Diese Wette zu gewinnen, war nicht schwer«, meinte Virginia. »Mit ihm verheiratet zu sein, ist hingegen schon etwas schwieriger.«

Betty nickte verständnisvoll, ihre Ehe war auch nicht gerade ein umwerfendes Erlebnis, das sie jedoch hinnahm wie ein langes Siechtum, das nur der Tod beenden konnte. Hernando besorgte Virginia ein Visum für Chile, eine Kleinigkeit für einen gut vernetzten Diplomaten. Schweren Herzens verließ sie Mexiko, ihr gelobtes Land, wo sie sich immer so frei gefühlt hatte wie ein schillernder, in den Himmel fliegender bunter Paradiesvogel. Am 19. November 1951, einen Tag vor Peters erstem Geburtstag, kam Virginia Hauser mit dem Flugzeug in Santiago de Chile an und war glücklich, endlich ihren Mann und ihr Baby an sich drücken zu können, so innig, als wären sie ihr Eigentum.

5

Die verschlafene Kleinstadt Viña del Mar, ein beliebter Fremdenverkehrsort, wo die Hausers nun wohnten, ist hübsch und erholsam, dafür sorgt allein schon der frische Wind an der Pazifikküste. Virginia sah auf das Meer hinaus und fühlte etwas, das sie bisher nicht gekannt hatte, etwas, wofür es in ihrem Leben noch keinen Platz gab. Erst nach einiger Zeit fand sie einen Namen für dieses Gefühl: Langeweile. Hier war einfach alles nur langweilig, die Gegend, die Menschen, die Gespräche mit ihnen und die Möglichkeiten der Abwechslung. Sie war die Großstadt gewöhnt, die mondänen Bars und Lokale, die luxuriösen Hotels, die Männer, die sie umschwärmten und Geld für sie ausgaben. Männer mit Geld passten perfekt in ihre Welt. Hans hatte keines. Er spürte keine Langeweile, er hatte seine kleine Familie, mit der er in einer schönen Landschaft leben durfte. Das genügte ihm als Abwechslung voll und ganz. Doch bemerkte er mit Sorge, wie sich Virginia langsam veränderte, immer weniger Lust am Dasein hatte, zeitweise sogar in Depressionen verfiel und sich mehr und mehr dem Alkohol hingab.

»Ich will nach Europa, ich will in dein Land!«, sagte Virginia zu Hans. Er war nun schon 15 Jahre von seiner Heimat weg und dem Gedanken nicht abgeneigt, zurück nach Österreich zu kommen, so wie er prinzipiell den Gedanken und Plänen seiner Frau nicht abgeneigt war. Denn Virginia war eine Meisterin in der Präsentation von hieb- und stichfesten Wünschen und Ideen, die keinen Widerspruch duldeten. Hans fügte sich.

»In Österreich oder in der Schweiz machen wir für die reichen Leute ein Hotel und eine Skischule auf und kassieren viel Geld.« Sie platzte fast vor Tatendrang, um zu erreichen, endlich der Gleichförmigkeit eines Landes zu entkommen, das nur Nord und Süd kannte. Die Leute hier hatten anscheinend noch nicht verstanden, dass es außer Arbeit, einem Leben in der Familie und gelegentlichen Ausflügen in die Natur auch noch etwas anderes gab, wofür es sich zu leben lohnte. Zumindest hatte Virginia noch nichts von einem derartigen anderen bemerkt. Es erschien ihr alles sehr sittsam, eingebettet in eine vordergründig moralisch einwandfreie Gesellschaft, wo über die sich häufenden Vergewaltigungen von Indiomädchen nicht geredet wurde.

Am 15. April 1952 bestiegen Hans, Virginia und Peter Hauser im Hafen von Valparaiso den italienischen Dampfer *Antoniotto Usodimare*, der sie über Lima und Panama nach Genua brachte, wo sie am 18. Mai anlegten und mit dem Zug nach Salzburg weiterreisten. Dort nahmen sie ein Zimmer im *Maria-Theresien-Schlössl* am Stadtrand. Hans rief bei seinem Bruder Max auf der *Zistelalm* an. Nach der ersten großen Freude, den Bruder bald wiederzusehen, sagte er: »Komm ja nicht herauf, bevor ich unserer Mutter gesagt habe, dass du da bist. Sonst trifft sie womöglich noch der Schlag, wenn du so plötzlich in der Stube stehst.«

Die *Zistelalm* auf dem Gaisberg bei Salzburg, ein Berggasthof mit angeschlossener Landwirtschaft, wurde von Maria Hauser und ihrem Sohn Max betrieben. Eine 1929 fertiggestellte Straße auf die Gaisbergspitze brachte dem Gasthof immer mehr Gäste, die den schönen Blick über die Stadt und die Gegend ringsum erleben wollten. Die alte Zahnradbahn wurde mit Inbetriebnahme der Straße eingestellt. Im Februar 1949 brannte das Gebäude fast zur Gänze nieder und wurde mit viel Arbeitseinsatz schon im darauffolgenden Herbst als neu erbautes Hotel eröffnet.

»Versteht die eigentlich, was wir so reden?«, wollte Maria Hauser wissen. Sie sah prüfend zu der stumm ihr gegenüber sitzenden Schwiegertochter hinüber.

»Viel versteht sie nicht«, sagte Hans. »Aber das wird

schon noch. Die Ginny lernt schnell. Das Skifahren hat sie auch in Nullkommanichts erlernt.«

Und sich danach den Skilehrer geangelt, dachte sein Bruder Max, der froh war, dass sich das erste Zusammentreffen von Virginia und seiner Mutter herzlich gestaltete. Die Mutter hatte natürlich schon davon gehört, was für eine reiche und berüchtigte Amerikanerin ihr Sohn da geheiratet hatte. Bei so einer wusste man nie genau, was dahinter steckte. Da musste man vorsichtig sein. Fremden gegenüber war die Mutter prinzipiell skeptisch, sofern diese Fremden nicht gut zahlende Gäste in ihrem Hotel waren. Aber sie freute sich sehr, die Familie, bereichert um ein Enkelkind, vollständig um sich zu haben, fast vollständig, denn ihr Ehemann Josef, der vor bald 40 Jahren an der italienischen Isonzofront sein noch junges Leben lassen musste, hinterließ eine schmerzhafte Lücke. Maria Hauser, die andere Menschen oft um beinahe einen Kopf überragte, war für ihre direkte, fast eigensinnige Art und für ihre Schlagfertigkeit bekannt. Sie redete nie lang herum, sondern immer grad heraus, wie es ihr in den Sinn kam. Als ihr kurz nach dem Krieg eine Kuh verloren ging, verlangte sie von der Polizei, danach zu suchen. Die Polizisten hatten jedoch anderes zu tun, vor allem versprengte und versteckte ehemalige Nationalsozialisten aufzuspüren und dingfest zu machen. Sie richtete sich in ihrer ganzen Größe vor dem eher kleinen Postenkommandanten auf und fragte befehlend: »Ja, hätte ich auf die Kuh ein Hakenkreuz malen sollen, damit ihr sie sucht?« Der Vergleich von Kühen mit Nazis wurde lächelnd zur Kenntnis genommen, die Kuh selbst jedoch tauchte nie wieder auf. Viele Menschen hatten damals nicht viel zu essen und freuten sich über ein Stück zufällig dahergelaufenes frisches Rindfleisch.

Nach Hans Hausers Rückkehr aus den USA feierten ihn die Zeitungen wie einen verlorenen Sohn, der nun wieder in seine Heimat gefunden hatte. »Wir grüßen unseren Hans, der als bester Skifahrer den Ruhm unseres Landes in die weite Welt hinausgetragen hat.« Einige seiner Freunde blieben in den Vereinigten Staaten und heirateten dort Millionärstöchter, er, so hieß es, war mit einer Millionärin heimgekehrt, noch dazu mit einer sehr attraktiven.

»Ich will ja nichts sagen, Hans, aber mit deiner Alten hast du es auch nicht leicht«, sagte ihm sein Freund Sepp am Stammtisch. »Die passt ja überhaupt nicht zu uns her. Aber fesch ist sie schon, die deinige. Das muss man dir lassen. Aber halt doch eine Amerikanerin. Als ob es bei uns keine feschen Weiber geben tät.« Hans hörte gar nicht hin, er wollte nichts wissen, worüber er vielleicht nachgrübeln müsste. Manche waren neidisch auf ihn und stellten sich vor, wie ihn diese rassige Virginia, der die einschlägige Erfahrung im Gesicht stand, im Bett nach allen Regeln der Liebeskunst, die sie gar nicht kannten, verwöhnte.

Bei den in Salzburg stationierten amerikanischen Besatzungssoldaten hatte sich bald herumgesprochen, was für eine Amerikanerin hier lebte. Viele kannten ihr Bild aus den Zeitungen, einige erinnerten sich an ihren Fernsehauftritt vor dem Kefauver-Untersuchungsausschuss. Die Soldaten liefen Virginia auf der Straße nach und bedrängten sie, Fotos mit ihr zu machen. Wenn sie sich unbeobachtet fühlten, kniffen sie ihr gern in den Hintern. Sie dachten wohl, eine Frau, die ihre Dienste der halben Unterwelt Amerikas anbot, wäre auch für die im Dienst der Nation stehenden Soldaten da, zumindest aber ihr ausgesprochen einladender Hintern. Virginia beschwerte sich bei den Salzburger Polizisten über diese Belästigungen. Die jedoch grinsten sie nur blöd an. »Gegen die Amerikaner können wir gar nichts unternehmen. Wir müssen froh sein, wenn sie uns in Ruhe lassen.«

»Aber mich lassen sie nicht in Ruhe!«, schrie Virginia. Die Polizisten dachten, dass sie das gut verstehen könnten, sagten nichts und grinsten sie weiter an, jedoch nicht mehr so blöd wie vorher, sondern anders.

Virginia fühlte sich nicht wohl. Amerikanische Soldaten, denen die Hände lockerer saßen als die Colts von Westernhelden, eine Schwiegermutter, die alles besser wusste, ein Schwager, der ständig arbeitete, sodass sie ein schlechtes Gewissen bekam, und ein Ehemann, der am liebsten untätig am Wirtshaustisch saß. Sie wollte etwas erleben, in Salzburg war ihr zu wenig los, eigentlich gar nichts von dem, was sie sich vom Leben erwartete. Wiederum überkam sie diese endlose Langeweile. Kurzerhand kaufte sie einen nagelneuen weißen Mercedes und bedrängte Hans, während Peter von einem Kindermädchen auf der *Zistelalm* betreut wurde, mit ihr durch Deutschland, Italien, Frankreich und Spanien zu reisen. Er hatte nichts dagegen. Die Hausers kamen schließlich in die Schweiz, wo manche Orte gerade bei der High Society beliebt waren, Wintersportorte ganz besonders. Sie holten Peter aus Salzburg und ließen sich in Klosters nieder, das Virginia ganz besonders gefiel. Immer wieder unternahmen sie Ausflüge in die nahe gelegenen Orte Davos und Sankt Moritz, ein ehemaliges Bergbauerndorf, das in den letzten Jahren zu einem bekannten mondänen Wintersportort aufgestiegen war. Virginia mietete für alle Fälle auch eine Wohnung in Zürich. Sie träumten weiter davon, selbst ein exklusives Hotel mit angegliederter Skischule aufzubauen und sprachen schon mit Baumeistern und Architekten. In Klosters mieteten sie ein ganzes

Stockwerk in einem feudalen Chalet, gingen abends in die besten Restaurants und vergnügten sich anschließend mit Gleichgesinnten in den Bars und Lokalen, wo das Personal von Virginias großzügigen Trinkgeldern bis in die Morgenstunden munter gehalten wurde. Hans fand zeitweise eine Anstellung als Skilehrer und konnte endlich wieder das machen, wofür er wirklich lebte: Skifahren. Die Skikurse starteten meist erst am Nachmittag.

Hollywood-Filmstars wie Audrey Hepburn, Yul Brynner oder Vivian Leigh entdeckten Klosters als Urlaubsort. In Sankt Moritz trafen sich schon längst die Reichsten der Reichen, Prinz Karim Aga Khan, der Shah von Persien und seine Gattin Soraya, Aristoteles Onassis, Fiat-Boss Agnelli und andere. Virginia bewegte sich in dieser Gesellschaft wie eine, die schon immer dazugehörte. Endlich hatte sie wieder ein Umfeld wie seinerzeit in Beverly Hills, wo nur die Äußerlichkeiten zählten und natürlich das Geld, das ja auch nichts anderes darstellt als eine Äußerlichkeit. Während Hans auf den Skipisten herumwedelte, machte Virginia das, was sie am liebsten tat: Geld ausgeben, mit Geld um sich werfen, großzügige Trinkgelder verteilen, um beliebt zu sein, unersetzbar und um ganz nebenbei Kontakte zu knüpfen. Von den reichen Urlaubern wurden sie und Hans nicht als ebenbürtig akzeptiert, dafür waren sie ihnen zu vulgär und ungebildet, jedoch als schräge Vögel gern gesehen, da sie Abwechslung und einen gewissen ungewöhnlichen, ursprünglichen Charme in die Partys und Zusammenkünfte brachten. So belebten sie die Neugier einer dekadenten, träge in ihrem eigenen Saft schmorenden Gesellschaft. Virginia dachte an die *Cosa Nostra*, die zwar nicht die beste Gesellschaft war, aber auch nicht schlechter als diese hier. Vor reichen Leuten hatte sie noch nie Respekt gehabt, sie waren sowieso nur Vertreter einer vom Staat legitimierten Gaunerei. Da waren ihr ehrliche Gangster, die sich ihr Geld so wie sie selbst sauer verdient hatten, lieber. Außerdem hatten sie mehr Bodenständigkeit und mehr Witz.

Virginia war in der letzten Zeit etwas pummeliger geworden, aber immer noch sehr attraktiv. Sie genoss die Blicke der Männer und bewegte sich entsprechend. Hinter vorgehaltener Hand wurde sie »Frau Gangster« genannt. Hans, den gutmütigen, nachgiebigen, seiner Frau hörigen, einst von Skihaserln aller Altersgruppen angehimmelten Sportler und Charmeur, nannten sie »Herr Hill«.

Virginia bekam mittlerweile von ihren alten Freunden keine Aufträge mehr. Doch konnte sie immer noch auf ihr seinerzeit eröffnetes Schweizer Konto zurückgreifen, wo Summen, die sie vom Bau des *Flamingo* abgezweigt hatte, auf sie warteten. Leider hatte sie bald nach Bugsys Tod einen Großteil der kolportierten verschwundenen zwei Millionen über verschlungene Wege an die *Cosa Nostra* zurückzahlen müssen. Coiner konnte es zum Glück so einrichten, dass nicht sie, sondern Bugsy als Urheber des Diebstahls aufschien. Einen Teil dieses Geldes hatte sie jedoch verschweigen können, er war noch auf ihrem Konto. Auch Coiner wusste nichts davon. Er schickte ihr jeden Monat 2.000 Dollar von dem Geld, das er anscheinend für sie angehäuft hatte und nun vorgab, für sie zu verwalten. Coiner sah seine Zahlungen auch als Zeichen seiner alten Freundschaft, seiner Verbundenheit und als Lohn für ihre langjährige und lukrative Mitarbeit an der Vermehrung des Reichtums der großen Familie, für die er die Finanzen regelte. Er sah das aber auch als eine Art Schweigegeld, das Virginia verpflichtete, sich an das Gesetz der Verschwiegenheit, an die *Omertà* zu halten und keine Dinge auszuplaudern, die in den letzten 20 Jahren Teil ihrer geschäftlichen Dienste für die Organisation waren. Während sich Virginia und Hans in der ausgelassenen besseren Gesellschaft der mondänen Schweizer Fremdenverkehrsorte amüsierten, wurde Peter von gut bezahlten Kindermädchen betreut.

Virginia Hill war in den USA immer noch sehr bekannt, vielerorts auch bewundert und beliebt. Ihre Sympathie bei der Bevölkerung stieg sogar, seit einige Zeitungen berichteten, dass sie sich von ihrer Mafia-Vergangenheit gelöst und zu einer liebevollen Ehefrau und Mutter gewandelt hatte. Ihre Entwicklung vom armen, gedemütigten Südstaatenmädchen zu einer reichen, unabhängigen, mit beiden Beinen auf dem Boden stehenden Frau beeindruckte viele Menschen und bewirkte sogar eine gewisse Missstimmung gegen die Behörden, die so einem vom Schicksal gezeichneten und von üblen Verbrechern ausgenützten Menschen auch noch das läppische und wohl unbegründete Verbrechen der Steuerhinterziehung anlasteten. Das Finanzministerium musste also erst Virginias Ruf ruinieren und sie in der Öffentlichkeit eindeutig dorthin rücken, wohin sie gehörte, nämlich ins kriminelle Eck, wenn man das Steuerverfahren gegen sie weiterhin vorantreiben und abschließen wollte. Man bezeichnete ihren österreichischen Ehemann als Nazi, der er niemals war, als einen Freund des Feindes, und schürte somit Hass und patriotische Gefühle. Das immer noch sehr aktive *Komitee zur Untersuchung unamerikanischer Umtriebe* erfand, dass Virginia Hill, die nun in Europa lebte, dort intensive Kontakte zu Kommunisten unterhalte. Zeugen wurden aufgetrieben, die bildhaft über Virginias innige Freundschaften mit Betrügern, Geldwäschern und Mördern berichteten. Schließlich wurde sie als eine gemeine Diebin hingestellt, die dem Staat enorme Geldsummen gestohlen hatte. Als man Ende des Jahres 1955 auch noch einen Steckbrief in Umlauf brachte, mit dem Virginia Hill Hauser, eine Flüchtige vor der Justiz, polizeilich gesucht wurde, kippte die Stimmung, die Sympathien für sie waren dahin. Der Steckbrief listete 20 Namen auf, unter denen sie ihre illegalen Aktivitäten durchgeführt haben sollte. Im neu aufgenommenen Verfahren waren nun auch die nicht bezahlten Steuern aus den Jahren 1947 bis 1950 eingerechnet. So belief sich laut Urteil ihre Gesamtschuld an den amerikanischen Staat schließlich auf 230.000 Dollar, was eine Strafe von drei Jahren Gefängnis bedeutete. Das sprach sich natürlich auch in den Schweizer Wintersportgebieten herum, wo die Gäste nicht erfreut waren, eine gesuchte Verbrecherin im Ort zu haben, und Distanz zu ihr aufbauten. Virginia flüchtete mehr als bisher in den Alkohol, rannte hysterisch wütend durch die Wohnung, konnte ohne Schlaftabletten nicht mehr einschlafen und entwickelte einen Verfolgungswahn, der sie bis an ihr Lebensende begleiten sollte. Sie ließ an den Türen zusätzliche Schlösser anbringen, sah immer in den Kästen und unter den Betten nach, ob dort jemand lauere, bezichtigte Hans, sie zu betrügen und zu bestehlen und wurde immer ausfälliger und sogar gewalttätig gegen ihn.

»Du hast alles kaputt gemacht! Du bist an allem schuld! Du verdammter Skilehrer! Du, du, du Skirammler!«, fuhr sie ihn an, erstaunt darüber, dass ihr nun das entsprechende männliche Gegenstück zum Skihaserl eingefallen war. »Wenn du genug Geld verdienen würdest, wäre es nie so weit gekommen!« Hans hatte es immer verstanden, seine Frau zu beruhigen, diesmal aber gelang es ihm nicht mehr. Um Abstand zu gewinnen und die angeschlagene Ehe zu retten, machte er sich mit Peter auf den Weg nach Salzburg und ließ Virginia in ihrem Wirrwarr an Gefühlen und Ungereimtheiten allein. Das Ganze wird sich schon wieder legen, die Ginny ist zäh, dachte er. Das braucht eben alles seine Zeit. Diese Zeit wollte er seiner Frau geben. Virginia rief Coiner an.

»Ich kann gerade nichts für dich tun, Virginia. Ich bin selbst im Visier der Justiz und muss mich im Hintergrund halten. Versuch es bei Joe Adonis in Mailand.« Immerhin aber schickte ihr Coiner weiterhin jeden Monat Geld.

Virginia fuhr zu ihrem einstigen Liebhaber Joe Adonis, der nach einem Aufenthalt in der Nähe von Neapel nach Rom gezogen war. Da er jedoch als »sozial unerwünschtes Element« aus der Stadt verwiesen wurde, ließ er sich in Mailand nieder, wo er nun wohnte. Sie schlug ihm vor, wieder für ihn zu arbeiten. Er hatte ebenso wie der auch in Italien lebende Lucky Luciano noch immer beste Verbindungen zu den alten Freunden in Amerika und war gerade dabei, gemeinsam mit ihm den Drogenhandel aus dem Nahen Osten nach Italien und von dort weiter in die USA zu organisieren.

»Die schönen Tage von New York und Miami sind leider vorbei, Baby. Mich haben sie ins Gefängnis gesteckt und aus dem Land gejagt. Mich, den Boss aller Bosse! Sogar unser Freund Frank Costello muss hinter Gitter. Alles nur wegen dieser verdammten Steuerbehörde. Aber davon kannst du ja auch ein Lied singen.« Er lamentierte ewig so dahin und zeigte keinerlei Anstalten, für Virginia etwas zu unternehmen. Sie dachte mit Genugtuung daran, dass es ihr seinerzeit immerhin gelungen war, diesem aufgeblasenen Italiener in Kalifornien das Drogengeschäft weitgehend zu vermasseln.

Sie fühlte sich in die Enge getrieben und jeglicher Freiheit beraubt. Um dieser Lage zu entkommen, sah sie als einzigen Ausweg, nach Amerika zurückzukehren und reinen Tisch zu machen. Das würde ihr helfen, wieder Ordnung in ihr Leben zu bringen. Ihr Anwalt Jonathan Rossberg in Beverly Hills nahm Kontakt zu den Behörden auf, die schließlich einen Deal vorschlugen und folgende Bedingungen für eine Rückkehr nannten.

Erstens: Sie müsste ihren österreichischen Pass aufgeben und wieder Bürgerin der USA werden.

Zweitens: Sie würde mit drei Jahren Gefängnis bestraft, aber bei guter Führung schon nach einem Jahr entlassen.

Drittens: Durch das Verbüßen der Haftstrafe wären alle finanziellen Forderungen gegen sie aufgehoben.

Viertens: Sie müsste mit der Regierung zusammenarbeiten, um gegen Mitglieder der Mafia vorzugehen. Zu diesen Mitgliedern gehörte auch Nat Coiner.

Mit den Punkten eins bis drei war sie einverstanden, doch bei Punkt vier bekam sie einen hysterischen Anfall. Abgesehen davon, dass sie nie wieder Geld oder einen Auftrag von Coiner bekommen würde, hätte eine Kooperation in dieser Sache auch ihr Todesurteil bedeutet. Sie rief ihren Anwalt Jonathan Rossberg an: »Ich verstehe nicht, warum sie mich wie einen Gangster behandeln, wo ich doch keiner bin! Es muss doch einen Ausweg geben.«

Dieser Ausweg gestaltete sich in der Person des als gütig und tolerant bekannten Bundesrichters von Spokane, Samuel Driver, der die Sache gegen sie verhandeln sollte. Für ihn war Steuerhinterziehung kein Kapitalverbrechen wie Raub oder Mord, also konnte man auch Nachsicht walten lassen. Er schlug Rossberg vor, dass vorläufig nur die Punkte eins bis drei zur Sprache kämen, Punkt vier später in einem eigenen Verfahren. Da wäre dann auch schon mehr Gras über die ganze Sache gewachsen, Virginia nach verbüßter Haftstrafe in Vergessenheit geraten und ihre Aussage nicht mehr von großem Interesse. Darüber hinaus würde er sich dafür verwenden, ihre Gefängnisstrafe herabzusetzen. Virginia war mit allem einverstanden, hob den Rest des Geldes von ihrem Schweizer Konto ab und stopfte es in einen der Koffer, mit denen sie in die USA zu reisen plante. In ihrer großen schwarzen Handtasche verwahrte sie ihr Tagebuch.

Am 12. September 1958 lenkte Richter Samuel Driver seinen Wagen von Spokane nach Kalifornien, um dort mit seiner Frau den Urlaub zu verbringen. In der Nähe von Sacramento hielt er an. Von der dunkelgelben Farbe eines Getreidefeldes fasziniert, überquerte er die Straße, um sich den an der anderen Straßenseite gereiften Weizen anzusehen. Er hatte großes Interesse für landwirtschaftliche Produkte. Mit ein paar Ähren in der Hand ging er zum Wagen zurück. Ein mit überhöhter Geschwindigkeit daherkommendes Auto riss ihn zu Boden und raste davon. Samuel Driver lag schwer verletzt auf der Straße, seine Frau konnte nichts für ihn tun, er erlangte das Bewusstsein nicht wieder und starb kurz darauf im Krankenhaus. Da alles so schnell gegangen war, konnte sich die Frau des Richters weder an die Type des todbringenden Fahrzeugs noch an dessen Nummernschild erinnern.

Als Virginia in ihrer Wohnung in Zürich davon erfuhr, verfiel sie wie betäubt in eine seltsame Starre, die sie einige Tage und Nächte lang mit Whisky zu lösen versuchte und dadurch die Betäubung noch steigerte. Dann nahm sie die bereits gepackten Koffer und stieg in den Zug nach Salzburg, um wieder einmal neu anzufangen. Sie kam nie mehr nach Amerika.

6

Virginia liebte Rotwein und Whisky, trank regelmäßig große Mengen, legte aber zwischendurch immer wieder Pausen von mehreren Tagen zur Regeneration ein. Dann schlief sie viel, aß wenig und trank nur Wasser und Milch. In diesen Tagen wurde es ruhig auf der *Zistelalm*, das Leben ging wie früher seinen gewohnten Gang: Arbeit, essen, schlafen, Familie, sich mit den kleinen Freuden des Alltags zufrieden geben und zuversichtlich in die Zukunft schauen. Sie hatte sich in den Geschäften der Stadt Salzburg sehr zur Freude der Geschäftsinhaber für viel Geld neue Kleider gekauft. Darunter waren auch ein paar maßgeschneiderte Dirndlkleider, eine in der Gegend beliebte, verbreitete und praktische Damenbekleidung, die die Figur jeder Frau, auch wenn diese keine besonderen Formen hat, zur Geltung bringen kann, beziehungsweise übermäßig ausgeprägte Formen des weiblichen Körpers geschickt reguliert. Virginia mochte diese Kleidung nicht besonders, war aber begeistert von der Anordnung der Knoten in der Schleife der Dirndlschürze. Wenn man den Knoten der Schleife auf der linken Seite der Taille trägt, bedeutet das, dass man noch zu haben ist, verheiratete Frauen tragen den Knoten auf der rechten Seite. Der Knoten in der Mitte kennzeichnet eine Frau als Jungfrau. Virginia trug zur Verwirrung aller den Knoten gern in der Mitte, direkt am Bauchnabel. Sie machte in diesem für sie ungewohnten Dirndlkleid eigentlich gar keine, wie man so sagt, schlechte Figur, aber auch keine besonders gute, und fühlte sich darin fast ein wenig deplatziert. Nun kam sie in die Gaststube und präsentierte sich wie bei einer Modeschau vor Hans, der an einem Tisch saß und Bier trank. Er hörte sogleich auf, stur aus dem Fenster zu starren, was er um diese Jahreszeit gern tat. Es war Sommer.

»Und so was ist bei euch modern?«, fragte sie.

Hans musterte seine Frau von oben bis unten. »In einem Dirndlgwand schaut jede gut aus, ganz gleich wie sie ausschaut. Aber die Schuhe passen nicht dazu.«

»Bitte, diese Schuhe habe ich mir für die Eröffnung des *Flamingo* in Las Vegas machen lassen. Die haben 1.000 Dollar gekostet.« Sie machte ein paar Tanzschritte, die an Ginger Rogers erinnerten, die sie aus Klosters oder Sankt Moritz kannte. Genau wusste sie es nicht mehr.

»Sag das ja nicht der Mutter, sonst schimpft sie wieder«, meinte Hans und nippte an seinem Glas.

Die Mutter und ihr Sohn Max trugen je eine Kiste Getränke in die Gaststube und räumten die Flaschen in den Eiskasten. Sie sah zu Virginia hin, die sich immer noch leicht tänzelnd bewegte. »Wie kommst denn du daher? Mit solchen Schuhen kannst ja keine Gäste bedienen. Da fliegst ja über deine eigenen Haxn. Und was solche Schuhe kosten! Aber sie will ja unbedingt die feine Dame spielen.«

Hans seufzte genervt, weil er wusste, dass nun die ständige Nörgelei seiner Mutter an Virginia wieder losging. »Aber Mutter, die Ginny kann doch nichts dafür.«

»Und ob sie was dafür kann«, protestierte die Mutter, kam hinter dem Eiskasten hervor und wischte sich die Hände an der Schürze ab. »Mit den Tausendern schmeißt sie nur so herum.« Hans wollte etwas sagen, aber sie kam ihm zuvor. »Ich weiß alles! Einen Haufen Hosen hat sie sich gekauft! Seit wann zieht eine anständige Frau eine Hose an? Und neumoderne Nylonstrümpfe! Immer nur das Feinste und Teuerste für die feine Dame. Und dann diese ganzen

Parfüms. Und diese dauernde Herumfahrerei, Deutschland, Italien, Schweiz. Was das alles kostet!« Virginia und Hans stiegen immer wieder in ihren Mercedes, ließen Peter auf der *Zistelalm* zurück und reisten irgendwo hin, um etwas anderes zu sehen als die Gegend um Salzburg, die prinzipiell als sehr schön gilt, die aber für Virginia außer Schönheit nicht viel zu bieten hatte. Wenn sie zurückkamen, waren sie meist sehr gut gelaunt und hatten einiges zu erzählen, was die Mutter nicht interessierte.

»Man kann doch nicht andauernd nur hier oben herumsitzen«, verteidigte sich Virginia.

»Es gibt genug Arbeit bei uns da heroben«, sagte die Mutter. »Da kommst du nicht zum Sitzen. Und zu was braucht ein Mensch fünf Dirndlgwandln?« Es war ihr zu Ohren gekommen, dass sich Virginia in Salzburg maßgeschneiderte Dirndlkleider gekauft hatte.

»Ich kann mit meinem Geld machen, was ich will«, sagte Virginia.

Die Mutter murmelte leise vor sich hin, aber doch so laut, das es jeder hören konnte: »Ich kann mir schon denken, woher die das Geld hat, aber ich will es gar nicht wissen.«

»Das sind die Zinsen von meinem Vermögen in Amerika«, sagte Virginia.

»Und 100 Schilling Trinkgeld hat sie gegeben!«

»Mama, das waren keine Schilling, das waren 100 Dollar. Und ich werde wieder so viel Trinkgeld geben, darauf kannst du dich verlassen.«

Die Mutter machte das Kreuzzeichen. »Versündige dich nicht! Beim Geld hört sich der Spaß auf!«

Hans versuchte zu vermitteln: »Die Ginny ist eine großzügige Frau. Weil sie selber ganz genau weiß, was arm sein heißt.«

»Du, Hans, du bist auch schuld! Hättest sie halt fester an die Kandare nehmen sollen.«

Hans redete sanft auf seine Mutter ein: »Die Virginia ist eine gute Frau und eine gute Mutter. Und sie versteht was vom Geschäft.«

»Aber nichts von unserem«, sagte die Mutter.

Virginia ging stampfend durch die Gaststube und hob die Hände, als ob sie damit hilfreiche Geister der Vergangenheit anrufen könnte: »Ich habe mit Aga Khan gespeist, mit Cary Cooper, mit Stan Laurel und und und. Eroll Flynn lag mir zu Füßen. Frank Sinatra hat für mich gesungen.«

»Der Franz von der *Schwaitlalm*«, gab die Mutter schlagfertig zurück, »der kann dir auch ein paar Gstanzln vorsingen. Nächsten Sonntag beim Frühschoppen. Aber des derstehst ja du wieder nicht auf. Den ganzen Tag im Bett liegen und in der Nacht feiern. Das kann sie.« Ohne einen weiteren Blick auf Virginia zu werfen, drehte sie sich um, ging hinaus und knallte die Tür zu. Virginia zuckte mit den Schultern. Hans lächelte, er musste an den Franz denken, einen begeisterten Sänger österreichischer Volkslieder, die er zur Ziehharmonika vortrug. Sehr gern sang er Lieder mit vordergründig erotischen Anspielungen, von denen Virginia, nachdem man ihr die Bedeutung erklärt hatte, entsetzt war. Hans fiel bei manchen Liedern immer ihr Ausspruch von der Matratze ein, den sie angeblich nie gesagt hatte.

Max wandte sich an Virginia: »Nimm das nicht so ernst. Die Mutter meint das nicht so. Sie macht sich halt Sorgen. Das musst du verstehen.«

Virginia quengelte so lange herum und ging allen dermaßen auf die Nerven, bis sie auf der *Zistelalm* das schönste und größte Hotelzimmer mit der besten Aussicht bekam, sehr zum Ärger ihrer Schwiegermutter, die dieses Zimmer, für das sie den höchsten Preis verlangte, nicht mehr an Gäste vermieten konnte. Aber sie willigte ein, allein schon, um ihre Ruhe zu haben. Doch Ruhe hatten weder sie noch die anderen, denn Virginia war in dieser Abgeschiedenheit mehr als unglücklich und ließ das jeden jederzeit spüren. Da konnten auch der ihr liebevoll zur Seite stehende Hans und ihr nunmehr zehnjähriger Sohn Peter nichts daran ändern. Es fehlten ihr die reichen Leute, die spannenden, außergewöhnlichen Geschichten, die sie erzählten, die zufälligen Erlebnisse mit ihnen, die unvorhergesehenen Begegnungen, die ein Leben in der Großstadt zu bieten hatte. Salzburg ist zwar für österreichische Verhältnisse eine große Stadt, aber für amerikanische ein Dorf. Sie ging oft zu Fuß vom Gaisberg hinunter nach Salzburg, manchmal begleitet von Peter. Am Stadtrand nahm sie einen Bus ins Zentrum. Sie spazierte gern zum Residenzplatz, wo vier riesige Hengste aus Marmor einen Brunnen bilden, und war fasziniert von den sich aufbäumenden Pferden, denen das Wasser aus den Nüstern schießt. »Hörst du, wie sie wiehern?«, fragte sie ihren Sohn, der dann andächtig lauschte und im Plätschern des Wassers wahrhaftig das Wiehern der Pferde hörte. Das erinnerte sie an ihre Kindheit in Alabama. Ein anderer Lieblingsplatz war die *Pferdeschwemme* mit den aufgemalten schönen, in wilden Bewegungen verharrenden Pferden an den Wänden. Hier wurden in früherer Zeit die Pferde der Erzbischöfe gewaschen und gestriegelt. Nun ist das eine der touristischen Attraktionen der Stadt. Viele Bauten Salzburgs, das man auch das *Rom des Nordens* nennt, wurden von italienischen Architekten erbaut, sie erinnern an die Städte Italiens, die als Vorbild dienten. Virginia dachte dabei an ihre Reisen nach Florenz und Rom, aber auch an ihre amerikanischen Freunde und Bekannten, von denen viele italienischer Abstammung waren.

Um der Abgeschiedenheit des Berghotels und der ständigen Einmischerei der Mutter zu entkommen, mieteten Hans und Virginia eine große Vierzimmerwohnung in der Gabelsbergerstraße 25 in Salzburg. Sie hatte noch immer etwas Bargeld von ihrem Schweizer Konto in Schuhschachteln versteckt, außerdem schickte ihr Nat Coiner weiterhin monatlich 2.000 Dollar, manchmal, je nach Laune, sogar mehr. Davon hätte Virginia mit ihrer Familie sehr gut leben können, in einer Zeit, als ein österreichischer Arbeiter 3.000 bis 4.000 Schilling im Monat verdiente, was etwa 150 US-Dollar entsprach. Sie gab das Geld mit beiden Händen aus, kaufte wahllos neue Kleider, Handtaschen und Schuhe, die sie, sobald sie ihr nicht mehr gefielen, großzügig verschenkte. Sie handelte oft wie ein unbeachtetes Kind, das seine Spielsachen an andere Kinder verteilte, um so von ihnen wahrgenommen, respektiert und akzeptiert zu werden. Sie war süchtig nach der Aufmerksamkeit der anderen und organisierte ausgelassene, von Personal betreute Partys in ihrer Wohnung, die oft unter einem besonderen Motto standen. *Südseezauber* war eines, *Nächte in Hongkong* ein anderes. Die eingeladenen Salzburgerinnen und Salzburger waren verwundert darüber, dass man sich auch außerhalb der Faschingszeit verkleidete, ohne sich bewusst zu sein, dass sie ja selbst das ganze Jahr über mit ihren seltsamen Trachten, Lodenmänteln und Filzhüten in einer Art Verkleidung herumliefen.

Ein beliebter Treffpunkt der Salzburger Gesellschaft waren die *Fallenegger Casino-Betriebe* in der Bayerhamerstraße, ein von Georg Fallenegger, genannt »Schorsch«, geführter Gastronomiebetrieb mit Bar, Restaurant und Kegelbahn, der nur dem Namen nach etwas mit einem Casino zu tun hatte. Dort waren Hans und Virginia gern gesehene Gäste, Hans wegen seiner umgänglichen Art und seinen witzig und spannend erzählten Geschichten aus seiner Zeit als Skirennläufer und Skilehrer in Amerika, Virginia wegen ihrer extravaganten, exotischen Weiblichkeit, die einen Hauch von geheimnisvoller Verführung in die Aufbruchsstimmung des nach dem Krieg wieder erstandenen, nachholungsbedürftigen Lebens brachte und natürlich auch wegen ihrer außerordentlichen Trinkgelder. Sie bestellte je nach Laune und Geselligkeit eine bis zwei Flaschen Whisky, die sie im Lauf des Abends austrank, gab der Kellnerin für eine Flasche, die 480 Schilling kostete, einen Tausender und sagte: »Stimmt so!« Hans, dem diese Geldverschwendung zuwider war und der sich Sorgen machte, dass Virginias schier bodenlose Geldbörse einmal erschöpft sein würde, ging danach zur Kellnerin und sagte: »Gib mir 500 Schilling zurück, dann stimmt's wirklich.« Der freundliche und entgegenkommende Hans, der stets elegant gekleidet war und immer eine frische weiße Nelke im linken Knopfloch seiner Anzugjacke trug, bekam von Schorsch Fallenegger eine Stellung als Empfangschef und hatte außer der Aufgabe, als berühmte Sportlerlegende einfach da zu sein, auch die Reservierungen für das Restaurant vorzunehmen und die Gäste zu den jeweiligen Tischen zu führen. Manchmal jedoch kam es vor, dass Hans auf die Reservierung vergessen hatte. Eines Abends, Hans war nicht im Lokal, stand eine Gruppe von sieben Personen ratlos vor der Garderobe und bekam keinen Platz im Restaurant, obwohl einen Tag vorher reserviert worden war. Einer der Gäste ließ den Fallenegger Schorsch, den er gut kannte, herbeirufen und regte sich fürchterlich über diese Nachlässigkeit auf. Der Oberkellner signalisierte, dass in einer Stunde ein großer Tisch für die sieben Personen frei werde. Fallenegger lud bis zum

Freiwerden des Tisches die Gruppe in die Bar nebenan auf Hauskosten ein. Es wurden viele teure Getränke konsumiert. Am nächsten Tag stellte er Hans Hauser in der Küche zur Rede und jammerte, dass ihn am Vortag die Bargetränke für die sieben wartenden Personen fast ruiniert hätten. Dann zog er seine Hose am Gürtel in die Höhe, was bei ihm immer ein Zeichen von Unsicherheit und Erregung war, und fragte anklagend: »Na, was sagst jetzt, Hans?« Hans Hauser hob seinen Zeigefinger und sagte mit ruhiger Stimme: »Dass mir das ja nicht mehr vorkommt, Schorsch!« Dann verließ er ohne einen weiteren Kommentar die Küche in Richtung Kegelbahn. Schorsch war über diese unerwartete Antwort so konsterniert, dass er eine halbe Minute mit offenem Mund dastand, sich mehrmals die Hose hochzog und sagte: »Das packst nicht! Irgendwann schmeiß ich ihn raus!« Adi, der Küchenchef, stand daneben und lächelte in sich hinein.

Hans war als lokale Berühmtheit ein unersetzbarer Fixpunkt im Gastbetrieb und brachte allein schon durch seine Anwesenheit zusätzliche Gäste. Viele kamen aber auch, um seine Frau Virginia, die berüchtigte Femme Fatale der amerikanischen Unterwelt, zu sehen. Sie genoss es, im Mittelpunkt zu stehen. Dann war Salzburg für sie einige Momente lang fast schon ein klein wenig wie Los Angeles oder Chicago, nur nicht so windig.

Virginia war meistens schon um Mitternacht völlig betrunken und wurde nach Hause gebracht. Dann fühlte sich Hans befreit und versuchte, seinen alten Charme auszuspielen, das heißt, mit Kellnerinnen anzubandeln. Zur Kellnerin Heidi sagte er einmal: »Wenn du willst, bring ich dich nach der Arbeit mit dem Auto nach Hause.« Sie war einverstanden und stieg später in das Auto von Hans, der am Fahrersitz saß und auf sie wartete. Er hatte seinen Hosenschlitz offen, sein bestes Stück stand in voller Pracht hervor. In seiner unverfrorenen direkten Art, die seinerzeit schon Virginia beeindruckt und verführt hatte, sagte er mit dem typischen verschmitzten Gesichtsausdruck eines ehemaligen Skilehrers zu ihr: »Na, was ist? Magst?« Heidi war ziemlich verstört und lehnte sein Ansinnen ab. Daraufhin stopfte er sein Gemächt wieder in die Hose, murmelte etwas wie: »Na gut, dann eben nicht. Schade drum. Du weißt nicht, was du versäumst«, und chauffierte sie schweigend nach Hause.

Virginia wurde gern »das Fleisch« genannt, aus Bewunderung, weil ihr wohlproportionierter Körper die Blicke der Männer auf sich zu zog, aber auch aus Verachtung, weil sie es verstand, sich übertrieben schamlos in Szene zu setzen, was ihr großen Spaß bereitete. Ein gewisser Neid war wohl auch dabei, sowohl bei Frauen als auch bei Männern.

Die amerikanischen Besatzungssoldaten waren zwar seit 1955 aus Österreich verschwunden, dennoch wurde sie immer wieder Opfer von Belästigungen. Als sie einmal mit ihrem Mann im *Café Posthof* am Kajetanerplatz saß, konnte ein angetrunkener Großbauer im grasgrünen Trachtenanzug aus der Gegend von Gumprechting seine ferkelartigen Augen nicht von dieser Frau in der engen Hose aus schwarzem Samt lösen. Nach einer Weile schwang er sich neben sie auf den Barhocker: »Na, schöne Frau, was darf's denn sein? Whisky, Cognac? Schampus? Geld spielt keine Rolle. Ich hab heute drei Stiere verkauft. Ich fühl mich schon selbst wie ein Stier. Kein Wunder bei so einem feschen Weibsbild.«

»Hau ab!«, fauchte ihn Virginia an, »sonst passiert was!«

Der Bauer atmete tief durch und grinste sie einfältig an. Hans unterhielt sich mit zwei Bekannten. »Hans, schaff mir diesen Almabtrieb vom Leib!«, rief ihm Virginia zu. Er kam ihr zu Hilfe: »Lassen Sie meine Frau in Ruhe!« Doch der Stierverkäufer beachtete ihn nicht und redete weiter auf Virginia ein: »Was ist jetzt mit uns, ha? Du möchtest ja auch, das seh ich blind. Da kenn ich mich aus. Schau her! So was Gstandenes wie mich kriegst du nicht alle Tage.« Virginia nahm von der Theke einen Aschenbecher aus Glas und schmetterte ihn auf den Kopf des Bauern, der mit einem dumpfen Knall zu Boden fiel, so als hätte man einen Zaunpfahl gerammt. Hans war entsetzt: »Virginia, spinnst?« Und zum Barkeeper sagte er: »Ruf die Rettung! Schnell!« Virginia stellte sich in die Mitte des Raumes und schrie auf ihren Mann ein: »Mich zu beschützen, wäre jetzt deine Aufgabe gewesen! Aber ich muss ja alles alleine machen. Jetzt schau nicht so blöd! Ich bin immer noch eine begehrenswerte Frau. Die Männer liegen mir zu Füßen.« Dabei blickte sie auf das bewusstlos am Boden liegende Stück Gumprechtinger Bauernschmaus im Trachtenanzug. »Kein Wunder! Schaut mich an!«, schrie sie in den Dunst des Lokals hinein. »Die Schenkel wie ein Flamingo, die Haut wie ein Pfirsich, der Apfelbusen wie eine 20-jährige. Wer hat das schon in meinem Alter?« Sie zog ihre Bluse hoch, zeigte ihren spitzen festen Busen her und wippte damit auf und ab. Die Gäste im Lokal sahen mit offenem Mund hin, dann grölten sie und applaudierten. Hans wollte Virginia bändigen, doch sie entwischte ihm immer wieder. »Hör auf, Virginia, lass den Blödsinn! Sonst kann dich die Rettung gleich mitnehmen.«

Nun kam sie erst richtig in Fahrt. »Blödsinn sagst du zum Busen deiner Frau? Blödsinn? Du hast mir gar nichts anzuschaffen! Du Weichei! Du Almhirt! Du Schluchtenscheißer! Canyon Shitter! Grand Canyon Shitter!« Hans war es endlich gelungen, Virginia zu packen. Er legte die schimpfende, schreiende und auf ihn einschlagende Frau über seine Schulter, trug sie aus dem Lokal, verfrachtete sie in ein Taxi, fuhr mit ihr nach Hause in die Gabelsbergerstraße und legte sie ins Bett, wo sie sofort einschlief. In der Zwischenzeit war die Rettung in den *Posthof* gekommen und brachte den bewusstlosen Bauern ins Unfallkrankenhaus, wo er erst am nächsten Tag erwachte und sich an nichts erinnern konnte, nicht einmal mehr daran, gestern drei Stiere verkauft zu haben.

Neben dem Salzburger Landestheater befindet sich das *Hotel Bristol.* Virginia fühlte in der Bar des Hotels immer eine leicht elektrisierende, aber unaufgeregte Stimmung, die ihr sehr gefiel. Vielleicht lag das auch an dem Pianisten, der die Atmosphäre der Bar durch dezente Hintergrundmusik belebte. Er spielte Operettenmelodien, Wienerlieder und deutsche Schlager, zu denen er bisweilen sang und es auch verstand, die Gäste zum Mitsingen zu animieren. Virginia liebte diese Stimmung, die manchmal ruhig dahinplätscherte, dann wieder lebhaft wurde, aber immer angenehm leicht war und die Probleme des Lebens in weite Ferne rücken ließ. Man konnte sich darauf verlassen, hier ein paar schöne Momente zu verbringen, ob allein, zu zweit oder in einer Gruppe. Überraschungen blieben aus. Seit Kurzem spielte in der Bar ein junger Schwarzer aus New Orleans, Billie, der nach Salzburg gekommen war, um hier an der Musikhochschule *Mozarteum* Klavier zu studieren. Er träumte davon, Konzertpianist zu werden und einmal die Klavierkonzerte der großen Komponisten, allen voran die von Wolfgang Amadeus Mozart, den er überaus verehrte, mit einem Orchester aufzuführen. Er verdiente sich das nötige Geld an den Abenden in der Bar des *Bristol*, wo er hauptsächlich Lieder aus dem amerikanischen Jazz- und Swing-Repertoire zum Besten gab. Songs von Ray Charles und Frank Sinatra waren ebenso dabei wie *As Time Goes By* aus dem Film *Casablanca*. Er verstand es sogar, Marilyn Monroe nachzuahmen, wenn er *I Wanna Be Loved By You* aus dem Film *Manche mögen's heiß* sang, sagte aber immer dazu, dass Marilyn seine Interpretation wohl nicht geschätzt hätte. Virginia kannte dieses Lied und auch den Film, den sie mit Hans im *Lifka Kino* gesehen hatte. Sie war entsetzt, als das Publikum über die im Film dargestellten grausamen Ganoven lachte, begriff aber schließlich, dass es legitim war, diese Typen aus der Welt des Verbrechens ins Lächerliche zu ziehen, um sich nicht mehr vor ihnen fürchten zu müssen. Dann lachte auch sie.

Virginia war überrascht, in der Bar des *Bristol* amerikanische Lieder zu hören, noch dazu von einem Südstaaten-Nachbarn aus New Orleans. Sie kam auch ohne Hans hierher, der beim *Fallenegger* die Leute zu begrüßen und einzuteilen hatte. Als Billie zu seinem leichthändigen Klavierspiel *Georgia on My Mind* sang, ging Virginia zu ihm hin, lehnte sich an das Klavier und sang mit. Billie hatte schon einiges erlebt, Mädchen, die sich in ihn verliebten, weil er schwarz war, Mädchen, die ihn deswegen missachteten. Aber bei dieser Frau, auch wenn sie 20 Jahre älter war als er, ging es nicht um Schwarz oder Weiß, es ging um das große Einverständnis zwischen Mann und Frau, das sich von Lied zu Lied steigerte. Virginia kam nun öfter in die Bar des *Bristol*, wurde von Herrn Josef, dem Barkeeper, stets freudig korrekt begrüßt, hörte sich Billies Lieder an und dachte sehnsüchtig an Amerika. Sie hatte Heimweh. Billie sang nun *Are You Lonesome Tonight*, den neuesten Hit von Elvis Presley. Virginia nickte ihm zu, trank heute ausnahmsweise wenig Whisky und keinen Rotwein und wartete, bis Billie den Abend beendet hatte. Schließlich waren nur noch sie und er in der Bar und Herr Josef, der sie aufforderte, nach Hause zu gehen, da auch er Schluss machen wollte. Billie stand mit Virginia auf der Straße vor dem Hotel, sie lächelte ihn an, es wurden keine Worte gewechselt, als er sie mit einer Geste bat, mit ihm zu kommen. Nach etwa 20 Minuten waren sie in seiner bescheidenen Einzimmerwohnung im dritten Stock der Wolf-Dietrich-Straße 18. Die Toilette befand sich am Gang, er musste sie sich mit einer nebenan wohnenden Dame teilen, es gab kein Bad und keine Dusche. Dafür hatte man ums Eck in der Franz-Joseph-Straße das öffentliche Bad, das sogenannte Tröpferlbad, das um diese Zeit natürlich schon längst geschlossen war. Billie und Virginia redeten noch immer nichts, sie lagen in seinem Bett auf einer alten, vom Lauf der Zeit durchgescheuerten Matratze, in ihren Ohren lagen noch die Lieder, die Billie im *Bristol* gesungen hatte. Das war das erste Mal, dass Virginia eine Nacht mit einem Schwarzen verbrachte. Er war sehr liebevoll, sie war gerührt.

»Du weißt alles über die Liebe«, sagte Billie, erstaunt und eingeschüchtert. Sie sagte nichts. »Ich werde ein Lied für dich schreiben, ein Lied über eine Frau, die alles über die Liebe weiß.« Sie küsste ihn und ging in den Morgen hinaus.

Hans war gewöhnlich immer sehr ruhig und besonnen im Umgang mit seiner Frau. Er ließ sie einfach sein. Seit einiger Zeit bemerkte er, dass sie sich veränderte, immer haltloser wurde, immer aggressiver, immer unausgeglichener, sofern man überhaupt sagen konnte, dass sie in ihrem Leben je ausgeglichen war. Vor allem aber bedrückte ihn ihr zunehmender übermäßiger Alkoholkonsum. Er wollte nichts anderes, als mit seiner Familie ein normales, glückliches Leben führen, so wie es andere Ehemänner und Familienväter auch taten. Doch das schien immer unmöglicher zu werden. Hans galt zwar als ein Mensch, der sich nur schwer über etwas aufregte. Einer seiner häufigsten Aussprüche war »Weil's eh schon wurscht ist.« Doch nun sah er sich gezwungen, etwas zu unternehmen, um aus dieser Situation herauszukommen, und um seine Ehe zu retten. Doch er konnte keinen Ausweg finden, weil er wie immer auch jetzt drauf wartete, dass alles von selbst wieder in Ordnung käme. Er verlangte nicht viel vom Leben, Virginia aber liebte den Luxus, den ihr Hans nicht bieten konnte. Für den ganz normalen Familienalltag in der Kleinstadt war sie nicht geschaffen. Die Vorwürfe Virginias gegen ihren Ehemann häuften sich besonders dann, wenn sie betrunken war, was nun fast täglich vorkam: »Mit dir habe ich mein Lebensglück verspielt! Wegen dir haben mich meine Freunde verlassen! Du bist an allem schuld! Nur du!« Die Streitereien nahmen zu, er zog sich immer mehr auf die *Zistelalm* zurück, während Virginia in der Stadt blieb.

Sie nahm Kontakt zu Nat Coiner auf. »Ich habe meinen Mann endgültig verlassen«, sagte sie am Telefon. Coiners Laune näherte sich einem seltenen Höhepunkt, er schlug ihr vor, gemeinsam mit ihm durch die Welt zu reisen, um auf andere Gedanken zu kommen. Sie war begeistert, einfach nur wegzukommen, weit weg, irgendwohin. Er freute sich, endlich wieder mit seiner Virginia, die er verehrte und bewunderte, längere Zeit allein zu sein. Eine große Reise nach Athen, Istanbul, Israel, Indien und Japan folgte, finanziert vom Syndikat aus Chicago, für das Virginia sozusagen als Handlungsreisende nebenbei und mit Eleganz verschiedene Aufträge erledigte, das heißt, wie früher illegal erworbenes Geld von einem Ort zum anderen transportierte. Auf dieser Reise lernte sie Nat Coiner in seiner ganzen abgründigen Tragweite, Verschrobenheit und Spießigkeit kennen und begann, ihn zu hassen und zu verachten, den Mann, der sie in der Kneipe aufgelesen, aus der Armut geholt und ihr den Weg zu den Männern mit Geld gezeigt hatte, die sie mit Juwelen und Nerzen beschenkten und zu einer der begehrtesten Frauen Amerikas machten. Er hatte sie zu Reichtum und Unabhängigkeit geführt, zu einer vorgespielten Unabhängigkeit, die gar keine war, wie sie nun feststellte. Er hatte sie aber auch nach Sun Valley geschickt, wo alles begann, anders zu werden, wo ihr Leben neue Wege einschlug, wo ihre überragende Rolle als schillernde Lady in einer glitzernden Welt Risse bekam, auch wenn diese Welt eine Unterwelt war. Wer war daran schuld, dass alles so gekommen war? Sie nicht, denn sie hatte sich damals in Chicago nach dem Erstickungstod ihres Babys geschworen, nie wieder an etwas schuld zu sein. Wer also? Hans? Nein. Der war zu gutmütig und zu einfältig. Nat Coiner! Er war der Urheber ihres Unglücks, der Wegweiser in die Abgründe der Gesellschaft und des Lebens. Das wurde ihr nun klar. Sie kehrte reumütig zu Hans auf die *Zistelalm* zurück. Er freute sich wie seinerzeit als Kind über den ersten Schnee, nahm sie in die Arme und hatte Tränen in den Augen.

7

Nat Coiner war immer noch oberster Buchhalter der *Cosa Nostra* in Chicago, ein lang dienender, treuer Verwalter der Finanzen, einer der letzten der alten Garde, mitverantwortlich am Aufbau einer erfolgreichen Organisation. Er hatte noch für den legendären Al Capone gearbeitet, stammte aus der glorreichen Zeit, wo die Behörden bestechlicher waren und noch nicht so viele Fragen stellten. Nun aber machten sich junge Leute in der Organisation breit, die rücksichtsloser vorgingen als die Alten, ohne das fragwürdige, aber doch vorhandene Ehrgefühl eines gediegenen charmanten Gangsters von früher. Sie waren unsichtbarer als ihre Vorgänger, ungeduldiger, stets darauf aus, das ganz schnelle Geld zu machen und jeden unmittelbar zu beseitigen, der sie daran hinderte. Sie schreckten auch vor Morden an den Ehefrauen der Gangster, was bisher als großes Tabu galt, nicht zurück. Coiner machte zwar wie immer gewissenhaft seine Arbeit, fühlte sich aber mehr und mehr als Außenseiter, als ein Relikt aus einer versunkenen Zeit, das von der neuen Generation belächelt und bisweilen sogar als folkloristisches Museumsstück betrachtet wurde. Es war alles schneller geworden, unpersönlicher, kälter, glatter und schmutziger. Persönliche Gefühle zueinander spielten keine Rolle mehr.

Bei Durchsicht der von Coiner geführten Bücher stieß man auch auf jene monatlichen Zahlungen an eine Frau namens Virginia Hill, die den Jungen nur mehr flüchtig aus Erzählungen bekannt war. Man sah keinen Anlass, jemanden weiter zu bezahlen, der nicht mehr für die Organisation arbeitete, und ordnete an, diesen Posten auf der Gehaltsliste zu streichen. Coiners Einwände, dass es sich dabei um Zuwendungen als Dank für vergangene Leistungen handelte, fanden kein Gehör. Andere, jüngere Frauen, hätten nun die Stelle derer eingenommen, deren Zeit vorbei war, hieß es. Diese jungen, hungrigen, attraktiven Frauen galt es aufzubauen und entsprechend zu entlohnen. Man war nicht mehr bereit, Geld für etwas auszugeben, das keine Leistung brachte. Coiners einsamer Hinweis, dass man einen großen Fehler machen würde, wurde mit einem mitleidigen Lächeln abgetan. Er musste sich fügen, er hatte keine Wahl. Er vermutete, dass Meyer Lansky, der Finanzchef von New York, hinter der Sache steckte und seinen Einfluss in Chicago geltend machte, um die Zahlungen an Virginia einstellen zu lassen. Seine Vermutung war nicht ganz falsch. Meyer Lansky, einer der wenigen noch verbliebenen mächtigen großen alten Männer des Syndikats, hasste Virginia Hill, der er eine Mitschuld am Tod seines Jugendfreundes Bugsy Siegel gab.

Anlässlich des Begräbnisses von Lucky Luciano in New York sagte Lansky zu Coiner: »Lass endlich die Finger von diesem Flittchen!« Lucky Luciano starb am 26. Januar 1962 an einem Herzinfarkt auf dem Flughafen von Neapel. Nach lebhaften Diskussionen durfte er in die USA überführt werden, da ein Bundesgericht entschieden hatte, dass eine Leiche kein Bürger eines Staates mehr sei und somit keiner Kontrolle einer Einwanderungsbehörde unterliege. Er wurde auf dem *Saint John Cemetery* in New York begraben, wo seine Freunde ein pompöses Mausoleum für ihn errichten ließen.

Virginias nahezu unerschöpfliche Geldbörse war nach Jahren des übermäßigen Geldausgebens leer, die ehemals mit Scheinen gut gefüllten Schuhschachteln und Hutschachteln waren nur noch den Karton wert, aus dem sie bestanden. Manchmal fanden sich noch zufällig ein paar Hundertdollarscheine, manche sogar gebündelt, in den Taschen ihrer Jacken und Mäntel.

»Ein Brief ist da für dich«, sagte Hans zu Virginia und überreichte ihr einen Umschlag. Sie wussten beide, dass das der Scheck von Nat Coiner war, den er ihr monatlich schickte. Manchmal kam das Geld auch in einem mit Scheinen gefüllten Briefumschlag, manchmal wurde es über Banken in den USA, Mexiko und der Schweiz auf ihr Salzburger Konto überwiesen. Coiner machte das, um keine Regelmäßigkeit erkennen zu lassen, was vielleicht Fragen über die Herkunft des Geldes nach sich zog.

»Was? Nur 1.000 Dollar? Was soll das?« Virginia wunderte sich und las den beigefügten Brief. »Das ist das letzte Mal, dass du Geld von uns bekommst. Damit sind deine Dienste bezahlt. Mach's gut. Nat.«

Sie zerriss den Zettel, wurde rot im Gesicht und sagte zu Hans: »Dieser Hurensohn! Dabei hat er mir immer gesagt, ich muss mir um Geld keine Sorgen machen. Diese Schweine! Erst benutzen sie mich, dann lassen sie mich fallen. Vergnügen sich mit jüngeren Frauen, die meinen Job machen.« Sie griff zu einer in der Nähe stehenden Flasche Whisky und trank einen großen Schluck.

»Ginny, zum glücklich Sein braucht man nicht viel. Im Winter werde ich als Skilehrer arbeiten.«

»Du und arbeiten! Dass ich nicht lache!«

Hans meinte beruhigend: »Wir haben mehr als genug.«

Virginia fuhr dazwischen: »Ja, weil wir von meinem Geld leben!«

»Es ist kein Geld mehr da, Virginia, das weißt du. Wir haben alles ausgegeben.«

»Und was ist mit deinem Geld?«, sagte Virginia heftig. »Du bist der Mann, der seine Frau erhalten soll! Coiner hat mir Aufträge gegeben. Davon haben wir gelebt. Und was gibst du mir?« Sie lachte trocken.

Hans griff zärtlich nach ihrer Hand. »Wir können immer hier auf der *Zistelalm* wohnen. Das kostet uns nichts. Wichtig ist doch nur, dass wir uns gernhaben.« Er wollte von Liebe reden, verkniff es sich aber im letzten Moment.

Jetzt geriet Virginia erst richtig in Wut: »Und wo ist hier mein gewohnter Luxus? Die reichen Freunde, die feine Gesellschaft? Ich will kein langweiliges Leben führen, ich will alles, aber nie wieder arm sein!«

»Deine feine Gesellschaft«, sagte Hans nun auch aufgebracht, »besteht aus reichen Playboys, aus Frauen, die sich von ihnen aushalten lassen, aus falschen Adeligen, aus Gigolos und aus sogenannten glücklich Verheirateten, die sich gegenseitig betrügen!«

Virginia nahm noch einen Schluck aus der Flasche. »Die feinen Leute verzeihen einem alles, nur eines nicht: kein Geld zu haben.«

Hans spürte eine ungewohnte Wut in sich aufsteigen: »Lass endlich die Finger von diesen Gangstern!«

Virginia sah mit einem verträumten Blick zum Fenster in die Nacht hinaus: »Gangster sind aufregend und faszinierend. Sie verstehen es, eine Frau zu bezaubern. Sie bewundern mich.«

»Es gibt niemanden, der dich mehr bewundert als ich«, sagte Hans in der Hoffnung, in seiner ehrlichen Bedingungslosigkeit verstanden zu werden. Doch sie sagte nur: »Von deiner Bewunderung können wir nicht leben.« Dann nahm sie noch einen Schluck, packte die Flasche und ging damit aus dem Zimmer. Er dachte an die schöne Zeit in Sun Valley und daran, wie sehr er sie immer noch liebte.

Im Gang griff sie zum Hörer des Telefonapparats, der an der Wand montiert war, und wählte eine Nummer in Chicago. Es dauerte lang, bis Nat Coiner abhob. Da sie die Zimmertür nicht geschlossen hatte, konnte Hans das Gespräch mit anhören.

»Nat? ... Virginia hier ... Ja, aus Austria ... Ja, bei meinem Skilehrer. Und bei meinem Sohn ... Was heißt, ich habe mir alles selbst eingebrockt? Sorry, Nat, aber da ihr mir nun kein Geld mehr schickt, bin ich gezwungen, meine Erinnerungen aufzuschreiben ... Was heißt hier Drohung? Ich greife zur Selbsthilfe, wie ihr mir das beigebracht habt. Mein Schweigen sollte euch einiges wert sein. Außerdem gibt es da noch mein Tagebuch ... Ja, genau. Ich mache keinen Scherz. Es existiert tatsächlich. Da steht alles drin, fein säuberlich aufgelistet. Jeder Name, jede Summe. Das werde ich dem FBI übergeben.« Das Gespräch dauerte noch eine Weile, Hans konnte nicht mehr genau hören, was Virginia sagte, da ihre Stimme immer leiser wurde. Er verstand nur noch, wie sie, nachdem sie den Hörer aufgelegt hatte, trotzig vor sich hin murmelte: »Ich werde es dennoch tun.«

8

Der *Österreichische Hof* war eines der besten Hotels in Salzburg. Direkt an der Salzach gelegen hatte man einen wunderbaren Blick auf die Altstadt. Der Chefportier, Herr Smutin, von allen, die ihn kannten, »Smutje« genannt, nach der in der Seemannssprache üblichen Bezeichnung für den Schiffskoch, hatte auch in diesem August des Jahres 1963 viel zu tun, wie jeden Sommer, wenn in der Stadt die Festspiele stattfanden. Viele Gäste suchten verzweifelt Karten für Opernaufführungen von *Der Rosenkavalier*, dirigiert von Herbert von Karajan, oder *Die Zauberflöte* in der Inszenierung von Otto Schenk. Äußerst beliebt waren wie jedes Jahr die Aufführungen des *Jedermann* auf dem Domplatz. Herr Smutin verstand nie, warum dieses schwerfällige Theaterstück, bei dem ein Herr Jedermann nach einem liederlichen Leben in Egoismus und Gemeinheit schließlich doch in den Himmel kommen darf, so beliebt war. Wahrscheinlich freute man sich darüber, einen reichen Mann sterben zu sehen. Da alle Vorstellungen schon lang ausverkauft waren, gab es keine Karten mehr. Doch Herr Smutin hatte vorgesorgt und schon im Frühling Festspielkarten erworben, die er nun zu erhöhten Preisen an vermögende Gäste verkaufte. Denn diese Gäste zahlten jeden Preis dafür. Das war jedes Jahr ein gutes Geschäft für ihn und für andere Portiere der Salzburger Hotels und ein einträgliches Zubrot zum bescheidenen Gehalt. Er stand hinter seiner Theke in der Eingangshalle des Hotels und sagte zur Kellnerin Carola, die vor ihm lehnte und eine Zigarette rauchte: »Diese Festspielgäste! Geld haben sie, aber keine Manieren. Die interessiert doch nur, ob die Buhlschaft vom Jedermann einen ordentlichen Busen hat. Keine Ahnung von Kultur, aber wichtig sein wollen! Ich sag's dir, Caroline …«

»Carola, mein lieber Smutje«, unterbrach ihn die Kellnerin.

»Ja eh«, sagte Herr Smutin. »Ich sag's dir, Carola, Leute gibt's, die gibt's gar nicht. Und die gibt's überall.«

Carola gab ihm in ihrem typischen Kärntner Dialekt zu verstehen: »Das weiß ich, Smutje, weil da hamma mir schon viele solche kennengelernt.«

Smutin lächelte sie an: »Sag einmal, wo kommst du eigentlich her?«

»Aus Klagenfurt.«

»Eine Südstaatlerin. Wie die Frau vom Hans Hauser. Schaust ihr eh ein bisserl ähnlich. Hast auch dieses fesche Rassige.« Smutin war ein guter Freund von Hans und begeistert von seiner Frau Virginia, die seiner Meinung nach ein mondänes Flair nach Salzburg brachte und über einen Busen verfügte, der jenen von gewissen Schauspielerinnen der Buhlschaft vom Jedermann an Internationalität bei Weitem übertraf.

Zwei Männer, die mit dem Taxi vom Flughafen gekommen waren, betraten den Eingangsbereich des Hotels und wandten sich an den Chefportier. Carola dämpfte die Zigarette aus und ging wieder an ihre Arbeit in der Bar. Viel war nicht los an diesem heißen Vormittag. Die beiden glatt rasierten Männer trugen dunkle, gestreifte Anzüge mit etwas zu weiten Hosen, dunkle Krawatten und weiße Hüte.

»Good morning«, sagte der eine. »I have booked two rooms. Coiner. Nat Coiner.«

Herr Smutin sah in seiner Gästeliste nach. »Ah ja, da haben wir ihn ja schon, den Herrn Coiner. Your passports, please.« Coiner und der andere Mann gaben ihm ihre Reisepässe. Smutin trug die Daten der beiden Gäste in sein Buch ein.

»American?«, fragte er. »Yes«, antwortete Coiner kurz. »Chicago?« fragte er weiter, um während des Eintragens ein wenig Konversation zu führen und seine Gäste vielleicht näher kennenzulernen. »Yes«, antwortete Coiner kürzer.

»How is it there?«, wollte Smutin freundlich wissen. »Windy«, antwortete Coiner. Der andere Mann sagte nichts.

»Rooms number twenty-four and twenty-six.« Er gab ihnen die Reisepässe und die Schlüssel für ihre Zimmer. »I wish you a nice stay in our lovely town.«

Nun fragte der andere Mann, ebenso wie Coiner groß und von wuchtiger Figur, mit einem eindeutig italienischen Akzent: »We look for a hotel called *Zistelalm*. You know that?«

Smutin antwortete etwas überrascht: »Yes, naturally, I know.«

»We want to walk there«, sagte Coiner.

Smutin lachte: »Walking? Too far!« Er machte eine weitläufige Geste mit der Hand.

»Call a taxi!«, sagte der Mann mit dem italienischen Akzent in freundlichem Befehlston.

»Naturally. Sit down for a moment, please!« Er rief: »Caroline!«

Carola kam herbei, stellte sich gemütlich vor ihn hin und sagte: »Carola.«

»Jaja. Ist ja egal!«, meinte Smutin. »Geh, nimm die beiden Herrn mit in die Bar und gib ihnen ein Begrüßungsschnapserl!« Und zu Coiner gewandt sagte er: »A welcome drink.

Taxi will come soon.« Coiner legte einen Geldschein auf die Theke und zwinkerte dem Chefportier freundschaftlich zu.

Carola wies den beiden Herren den Weg in die Bar. Smutin gab ein besorgtes »Uiuiuiuiui« von sich, griff zum Telefonhörer, wählte eine Nummer und wartete. »Hans!«, sagte er dann. »Du, Hans, da ist der Smutin vom *Österreichischen Hof*. Gut, dass du da bist. Pass auf! Bei mir sind grad zwei Amerikaner abgestiegen. Aus Chicago. Die schauen aus ... Uiuiuiuiui! Der eine hat überhaupt einen italienischen Namen. Und sie haben sich nach der *Zistelalm* erkundigt. Ich hab mir gedacht, das könnte wichtig sein. Gell? Und noch was. Sie wollen jetzt gleich mit dem Taxi zu euch rauffahren. Das war's schon wieder, Hans. Schönen Gruß noch an die Virginia. Und an die Frau Mama.« Er legte den Hörer auf, sagte noch einmal »Uiuiuiuiui!« und sah hinüber zur Bar, wo sich die beiden Amerikaner mit Caroline beziehungsweise Carola bestens zu unterhalten schienen. Er wartete noch kurz, bevor er das Taxi rief, und sagte dem Taxifahrer, dass es nicht eilig sei. Bald darauf kam Willi ins Hotel, erzählte Smutin einen Witz, den er gerade von einem Fahrgast gehört hatte, und geleitete die beiden Amerikaner nach draußen zu seinem Taxi, einem Peugeot 404.

Hans verstummte kurz. Dann legte er seiner Frau in aller Kürze dar, was er soeben von Smutin am Telefon gehört hatte. Sie erschrak: »Das ist Coiner!«, sagte sie und begann zu zittern. »Er sucht mich.«

»Ruhig, Ginny. Wenn der hier raufkommt, mach ich ihn fertig, den verdammten Hund.«

»Du kennst diese Leute nicht. Sie werden mich umbringen. Hans, bleib bei mir! Wir müssen weg! Schnell weg! Irgendwohin, wo sie mich nicht finden!« Hans hatte seine

Frau noch nie in einem solchen Zustand erlebt. Sie musste panische Angst haben. Das war schwer zu verstehen für jemanden, der auf steilen Hängen im Tiefschnee in halsbrecherischem Tempo ins Tal raste und das Gefühl von Angst noch nie so richtig kennengelernt hatte. Er drückte sie fest an sich. »Ich fürchte mich so«, sagte sie. Hans strich ihr zärtlich über das Haar: »Mach dir keine Sorgen! Ich halte immer zu dir.«

Sein Bruder Max, der schweigend danebenstand, ging hinaus, kam kurz darauf wieder zurück und drückte Hans einen Schlüssel in die Hand.

»Das ist der Schlüssel von unserer Hütte im Heutal bei Unken. Dort, im hintersten Pinzgau, seid ihr sicher. Da findet euch niemand.« Dann steckte er Hans noch ein paar Geldscheine zu und wünschte ihm und Virginia alles Gute. Max war ein Mensch, der für alle Menschen immer nur das Beste wollte. Hans und Virginia gehörten zu seinen liebsten Menschen.

Virginia packte ein paar Kleider, Schuhe und die allernötigsten Kleinigkeiten in einen Koffer. Friedl, die Frau von Max, gab Hans noch einen Korb mit Lebensmitteln. Virginia stieg zu Hans, der im Mercedes auf sie wartete, ins Auto und fuhr mit ihm weg. Sie nahmen einen anderen Weg als den üblichen hinunter nach Salzburg, während ein Fahrer sein Taxi mit zwei Fahrgästen langsam den Berg hinauf zur *Zistelalm* lenkte. Die beiden Fahrgäste sahen aus dem Autofenster, die Schönheit der Landschaft sahen sie nicht. Auf der *Zistelalm* sagte man ihnen, Virginia sei irgendwo auf Reisen und komme so bald nicht zurück. Mehr wisse man nicht.

Am nächsten Tag stiegen Coiner und sein Begleiter mürrisch in ein Flugzeug und flogen über Wien und New York nach Chicago. Herr Smutin hatte sie überaus freundlich verabschiedet und war froh, sie los zu sein. Jeder Gast hatte das Recht auf eine freundliche Behandlung, nach dem Motto, je großzügiger, desto freundlicher, aber diese beiden Gäste waren ihm nicht geheuer, unabhängig von ihrer Großzügigkeit. Carola servierte dem glücklich lächelnden Chefportier einen anderen Schnaps als den, der gewissen Gästen als Begrüßungsschnaps angeboten wurde.

DRITTER TEIL

1

Das Heutal weitet sich gegen den Talschluss hin zu einer Hochebene mit Bauernhöfen, Heustadeln, Almhütten, alten, renovierten und neu erbauten Hütten, die Leuten gehören, die kommen, um hier ihre Ferien zu verbringen. Am Ende dieser Hochebene steht der *Alpengasthof Heutal*, ein beliebtes Ausflugsziel für Einheimische und Touristen. Dahinter erhebt sich das Sonntagshorn, das auf seiner Westflanke gerunzelt ist wie der Nacken eines Stiers. Nach ungefähr einer Stunde Fahrt von Salzburg in den Pinzgau über das kleine deutsche Eck kamen Hans und Virginia in Unken an und fuhren weiter bis zum Talbauern, wo sie das Auto stehen ließen. Der Talbauer war erfreut über die unerwartete Abwechslung. Dann gingen sie noch ein kurzes Stück zu Fuß auf einem schmalen Weg zur kleinen, gut eingerichteten Blockhütte der Familie von Max Hauser. Man könnte es hier schon eine Weile lang aushalten, dachte Virginia. Ihr war in diesem Moment alles egal, sie war froh, einer lebensbedrohlichen Gefahr entronnen zu sein, wollte sich in Sicherheit fühlen und diese Hütte nie wieder verlassen. Seit sie vor acht Jahren steckbrieflich gesucht wurde, fühlte sie sich verfolgt, dieser Verfolgungswahn verstärkte sich nun mit dem Auftauchen Nat Coiners in Salzburg. Virginia wusste nicht, dass ihr Steckbrief auch im Zollgebäude am Steinpass an der Grenze zwischen Deutschland und Österreich hing, die man passieren muss, um von Salzburg über das deutsche Eck in den Pinzgau zu gelangen.

Sie wollte allein sein. Am nächsten Tag verabschiedete sich Hans und versprach, sie regelmäßig zu besuchen und ihr alles zu bringen, was sie brauchte. Außerdem würde der Talbauer auf sie schauen und aufpassen. Sie hatte schon seit einiger Zeit die Absicht, ihre Lebensgeschichte aufzuschreiben, ein Buch daraus machen zu lassen, und träumte davon, damit eine Menge Geld zu verdienen. Andere Leute konnten das ebenso, auch wenn sie im Gegensatz zu ihr, wie sie meinte, nichts Interessantes zu erzählen hatten. Der Aufenthalt in der einsamen Hütte schien eine gute Gelegenheit zu sein, mit der Abfassung ihrer Memoiren zu beginnen. Hans brachte ihr bei seinem nächsten Besuch Papier und eine Füllfeder aus dem Kramerladen in Unken. Sie hatte die Angewohnheit, in Großbuchstaben zu schreiben, sodass ihre Texte wie eine handschriftliche Druckschrift aussahen.

Howard Greer, der Modeschöpfer aus Hollywood, war seit Kurzem im Ruhestand und lebte nun in London. Über die Jahre wurde er zu einem guten Freund Virginias, stand mit ihr in regelmäßigem Briefkontakt und erklärte sich bereit, sie bei diesem Vorhaben zu unterstützen. Fortan schickte sie ihm regelmäßig, was sie niedergeschrieben hatte, Gedanken, die ihr durch den Kopf gingen, Erlebnisse und Begebenheiten, die ihr wichtig waren, manchmal ohne chronologische Reihenfolge und in einem unausgegorenen, schlampigen Stil mit oft nicht ganz fertig formulierten Sätzen, von denen einer in den anderen überging. So, wie sie sprach, setzte sie Wort für Wort mit viel Liebe zum Detail auf das Papier. Howard Greer bemühte sich sehr und hatte viel Arbeit, um all das in eine ordentliche, korrekte und gut lesbare Form zu bringen. Er vergötterte Virginia seit dem ersten Treffen und konnte ihr auch jetzt keinen Wunsch abschlagen. Außerdem hatte er Zeit.

Zunächst hielt sie sich nur in der Hütte und in der nächsten Umgebung auf. Sie verstand es, im Kachelofen Feuer zu machen, wie sie es schon als Kind getan hatte, sie machte auf dem Herd Wasser heiß, das sie von einem Brunnen holte. Dieses reduzierte Leben in plötzlicher Einsamkeit war zuweilen mühselig für jemanden, der großen Komfort und viele Menschen gewohnt war, aber sie akzeptierte es ohne Murren, denn sie dachte immer, das sei vorerst die einzige Möglichkeit zu überleben. Eines Tages würde es schon wieder anders werden. Hans besuchte sie, so oft es ging, an den Wochenenden und nahm gelegentlich Peter mit, der ihr sehr fehlte. Peter Jackson, der sich nun »Jack« nannte, wurde nach vier Jahren Volksschule in Salzburg in ein Internat nach Montreux in der Schweiz geschickt, wo er zwei Jahre lang blieb. Da seine Eltern jetzt weniger Geld hatten, war das Internat zu teuer geworden. Er kam nach Salzburg zurück und besuchte seit letztem Herbst die dritte Klasse des Realgymnasiums am Hanuschplatz, ohne dort besonders erfolgreich zu sein. Englisch und Sport fielen ihm leicht, andere Schulfächer schwer. Aber er dachte sich, dass es auch sein Vater mit Sport und Englisch sehr weit gebracht hatte. Hans, der schon seit einiger Zeit nicht mehr beim *Fallenegger*, wo man Virginia sehr vermisste, beschäftigt war, arbeitete im Winter als Skilehrer in Kitzbühel und fuhr immer wieder zu seiner Frau ins Heutal, das auf dem Weg von Kitzbühel nach Salzburg liegt. Sie freute sich jedes Mal über seine Erzählungen, besonders über jene von den Absonderlichkeiten und Eitelkeiten der feinen Gesellschaft, die sich wie eine Welle der Selbstverständlichkeit von der Schweiz über den Arlberg bis nach Kitzbühel ausgebreitet hatte.

Das Gefühl der völligen Einsamkeit hatte sie in ihrem Leben noch nie kennenglernt. Sie befand sich nun nicht mehr in der vordergründigen Sicherheit einer Gesellschaft, die sich wie ein Strudel rund um sie bewegte, sie nach oben riss und nach unten zog. Es ging jetzt nur noch um sie als Mensch mit all ihren Stärken und Schwächen und nicht mehr um sie als Figur in einem Spiel von Gewinnern und Verlierern. Dieses Gefühl gab ihr schließlich das Vertrauen, dass eines Tages alles gut werden würde. Manchmal stellte sich die Lösung eines Problems eben nicht sofort ein, manchmal musste man darauf warten. Das lernte sie jetzt.

Den Jahreswechsel verbrachte sie allein, wegen der großen Schneemengen gab es für Hans und Peter nicht immer die Möglichkeit, mit dem Auto bis ins hinterste Tal und weiter zur Hütte zu gelangen. Sie dachte an den Jahreswechsel, der sie in die 50er-Jahre geführt hatte. Das war nun fast 15 Jahre her. Sie hatte ihre Freunde und Bekannten in die Lobby des *Sheraton Hotels* von Chicago eingeladen. Alle waren gekommen, Charlie Fischetti, Joe Adonis, Frank Costello und die anderen. Mit den meisten hatte sie mindestens einmal geschlafen. Ihre Frauen feierten den Jahreswechsel mit den Familien zu Hause. Auch Nat Coiner war da, er hatte ausnahmsweise gute Laune. Zwischen den Männern tummelten sich angeheuerte, leicht bekleidete Mädchen, die ihnen den Übergang ins Neue Jahr und seinen Anfang versüßen sollten. Virginia war schon vor Mitternacht schwer betrunken. Aus einer Laune heraus stieg sie auf einen Stuhl, räusperte sich mehrmals heftig und ergriff mit gewaltiger, gar nicht so schriller Stimme wie sonst, das Wort.

»Ich bin mit euch allen ins Bett gestiegen, nein, mit fast allen. Ich habe alles gemacht, was ihr von mir verlangt habt, nein, fast alles. Ihr seid reich geworden durch mich, ich bin reich geworden durch euch. Das war ein faires Geschäft.« Ihre Stimme bekam einen weicheren Ton. »Aber ich bin nicht so wie ihr, ich bin eine Lady, eine zerbrechliche, schwache Frau, die nichts hat als ihre Weiblichkeit, die ihr alle kennt. Fast alle.« Sie hielt ein Glas mit Champagner in der Hand, trank es aus und bedeutete einem Serviermädchen nachzuschenken. Einige Männer nahmen gar keine Notiz davon, andere grinsten, Coiner war angewidert, seine anfänglich gute Laune war dahin. Virginia rülpste. »Ich bin anders als ihr, nur das Geld verbindet mich mit euch, sonst nichts. Ich bin zärtlich, ich bin anschmiegsam, vor allem aber bin ich schöner als ihr. Seht euch doch einmal an! Was seid ihr denn? Brutale Gangster, gefährliche Bürger unseres Landes, die den liebevollen, friedfertigen Ehemann und Familienvater spielen. Ihr seid Mörder, Diebe, Erpresser, Schmuggler, Parasiten, Ehebrecher, Vergewaltiger. Ihr seid selbsternannte Männer von Bedeutung, von denen einer den anderen an Wichtigkeit übertrumpfen will. Ihr seid Waschlappen, nichts als ein Haufen Läuse im Pelz einer ehrenwerten Gesellschaft!« Sie vermied es, das Wort »Wanzen« zu gebrauchen. »Doch vor allem seid ihr hässlich, äußerlich und innerlich einfach nur hässlich!« Die Anwesenden nahmen es hin als amüsante Einlage bei einer Silvesterparty, nicht originell, aber doch abwechslungsreich. Manche applaudierten sogar. Die meisten betrachteten Virginias Auftritt als blödsinniges Gestammel einer Betrunkenen. »Ich hasse euch!«, schrie sie vom Stuhl herunter. Sie gab noch einige unzusammenhängende unflätige Wörter von sich, die jedoch im allgemeinen Gelächter und Gejohle untergingen. Dann kippte sie vom Stuhl, wurde von zwei unbedeutenden Nachwuchsgangstern aufgefangen, in ein Bett gelegt und schlief sich ins neue Jahrzehnt hinein, ohne mit jemandem geschlafen zu haben. Coiners Laune besserte sich, da von Virginia heute nichts mehr zu erwarten war. Die Party dauerte noch zwei Tage und zwei Nächte, das *Sheraton* war fest in den Händen der *Cosa Nostra*. Wenn Virginia nicht am frühen Nachmittag des 3. Januar von einem Zimmermädchen geweckt worden wäre, hätte sie verschlafen und den Zug nach Sun Valley versäumt.

Der Schnee schmolz, die Wege wurden wieder frei. Im Frühling kam Virginia langsam aus ihrem Versteck, entdeckte auf ihren Spaziergängen die Gegend, lernte Leute kennen und war in Begleitung des Talbauern und seiner Frau auch immer öfter Gast im nahegelegenen *Alpengasthof Heutal*, wo sie sich mit der Wirtin Maria, der »Heutal Moidi«, anfreundete. Moidi hatte Mitleid mit dieser Frau, die einsam in ihrer Hütte lebte und sich vor etwas, das sie nicht verstand, unendlich zu fürchten schien. Sie war beeindruckt von Virginias unaufdringlicher Schönheit und von ihrer natürlichen Ausstrahlung, aber auch überrascht von ihrem aufbrausenden, unberechenbaren Temperament. Langsam gewöhnte sie sich an ihr unbeholfenes Deutsch mit amerikanischem Akzent und fand sogar Spaß daran. Virginia saß am liebsten in der Küche bei einem Glas Rotwein, erst nach und nach wagte sie sich in die Gaststube. Dort setzte sie sich gern an den Stammtisch zu den ständig hier präsenten Männern, die diesen Neuzugang still, aber auch freudig zur Kenntnis nahmen und gar nicht gern sahen, dass sich nun immer mehr Männer am Stammtisch einfanden. Manchmal warf Virginia aus einer Laune heraus ein volles Glas Rotwein nach jemandem, der ihr nicht passte und von dem sie sich beleidigt oder angegriffen fühlte. Da genügte schon das schiefe Grinsen eines Bauern, der für dieses angeborene schiefe Grinsen nichts konnte. Einmal tauchten zwei Grenzbeamte vom nahen Steinpass im Gasthof auf, setzten sich im Gastgarten an einen Tisch und waren sehr interessiert an Virginia, von der sie schon einiges gehört hatten. Als sie die Männer in Uniform sah, geriet sie in Panik und schrie: »Police! Police!«. Moidi machte ihr klar, dass es sich dabei nicht um Polizisten handelte, sondern um Zollwachebeamte. Virginia jedoch fauchte die Männer wie eine Tigerin an, so als ob sie sich damit Respekt verschaffen könne, nahm das volle Bierglas eines der Beamten vom Tisch und schleuderte es in die angrenzende Hecke. Die Herren von der Zollwache lachten nur und nahmen das nicht allzu ernst, denn ein paar Einblicke in den Ausschnitt von Virginias Bluse ließen sie alles andere vergessen. Sie wussten natürlich, dass Virginia Hill Hauser wegen Steuerhinterziehung steckbrieflich gesucht wurde, doch Moidi, die Virginia trotz ihrer gelegentlichen stürmischen Auftritte ganz gern hatte, sagte zu ihnen: »Wenn ihr dieser armen Frau was antut, dann braucht ihr euch in meinem Wirtshaus gar nicht mehr blicken lassen.« Moidi war als Wirtin für die Zollwachebeamten eine unfehlbare Instanz, der man nicht widersprach, außerdem kümmerten sich die Österreicher prinzipiell nicht um irgendwelche Angelegenheiten aus dem fernen Amerika, die sie gar nichts angingen. Immer mehr sprach sich in der Gegend von Unken herum, dass sich in der Hütte vom Hauser eine geheimnisvolle und überaus sehenswerte Amerikanerin aufhielt, die ganz anders war als die Frauen in dieser Gegend oder vorbeikommende Touristinnen.

»Man kann sagen, was man will«, sagte der Hias, ein Bauer aus der Gegend, zur Moidi, »aber fesch ist sie schon, diese Amerikanerin. Manchmal liegt sie sogar vor ihrer Hütte in der Sonne. Pudelnackert!« Er zog an einer filterlosen Zigarette, die fast schon bis zum Ende abgebrannt war.

Moidi mochte den Hias nicht besonders, er war ihr zu aufgeblasen und verwendete ein Rasierwasser, von dessen Geruch ihr übel wurde. Sie lachte und sagte zu den anderen in der Gaststube: »Der Hias fahrt eh immer mit dem Traktor dort vorbei, damit er sich die Amerikanerin genauer anschauen kann.« Hias winkte kühl ab, doch Moidi blieb hartnäckig: »Ich weiß alles! Und wenn seine Frau am Traktor mitfährt, dann macht er einen Riesenumweg.« Die anderen Bauern grinsten und schwiegen, denn auch sie fuhren gern mit dem Traktor an sonnigen Tagen an Virginias Hütte vorbei, auch wenn sie dort nichts zu tun hatten. Manchmal blickten sie von etwas weiter weg durch ein Fernglas, denn sie waren auch Jäger, zu Virginias Hütte hinüber.

»Geh, Moidi«, verteidigte sich Hias. »Was verstehst denn du von so was?«

Moidi sagte nun leise und geheimnisvoll zu den Anwesenden: »Zu mir hat die Amerikanerin gesagt, wenn mir jemand im Weg steht, dann kann sie den für mich wegräumen lassen. Sie hätte da Kontakte.«

Hias meinte unschuldig zur Moidi: »Warum schaust denn da mich dabei an?« Moidi nickte nur bedeutungsvoll und sagte nichts. Alle bis auf den Hias verstanden die Anspielung und lächelten in sich hinein.

Virginia wurde mit Moidi immer vertrauter, erzählte ihr nicht nur von ihrem Leben an der Seite reicher Männer quer durch Amerika, sondern auch von ihrer armseligen

Kindheit in Alabama und von ihrem gewalttätigen, versoffenen Vater.

Virginia fühlte sich immer sicherer, zuckte nicht mehr bei jedem Geräusch, das sie im Umkreis ihrer Hütte hörte, vor Angst zusammen und wurde auch immer lockerer im Umgang mit den Leuten. Sie brachte exotisches Flair, den sprudelnden Geschmack von weiter Welt und einen Hauch von dunkelhaariger Marilyn Monroe in den *Alpengasthof*, organisierte kleine Partys und ließ sich von Hans aus Salzburg einen Plattenspieler und Schallplatten bringen mit den neuesten Hits von Ray Charles und Elvis Presley. Besonders beliebt war *Marina* von Rocco Granata, ein Lied, das auch der Moidi überaus gefiel, auch wenn sie wie die anderen außer dem klingenden Vornamen Marina kein Wort davon verstand.

Virginia Hill soll im *Alpengasthof Heutal* auf den Tischen getanzt und sogar Striptease-Künste vorgeführt haben, etwas völlig Unbekanntes in der Gegend. Wer dabei war, erinnerte sich noch Jahre später mit großem Vergnügen daran und ließ die anderen vor Neid erblassen, wenn er berichtete, wie Virginia Rock, Bluse, Nylonstrümpfe und Büstenhalter durch die Luft wirbelte. Einiges davon landete schließlich auf einer von der Decke hängenden, aus alten Hirschgeweihteilen zusammengebastelten Lampe, von wo es früher oder später zur Freude der an den Tischen in die Höhe starrenden Gäste langsam zu Boden fiel und von ihnen emsig aufgesammelt wurde. Die Erzählungen wurden jedes Mal noch mehr ausgeschmückt, sodass schließlich so viele Wäschestücke an dem Hirschgeweih hingen, wie sie eine einzige Frau nicht einmal im kältesten Winter gleichzeitig angehabt haben konnte. Moidi sagte später einmal, dass sie sich an derartige Auftritte Virginias nicht erinnern könne, und meinte nur, in der Küche oft dermaßen beschäftigt gewesen zu sein, dass sie gar nicht mitbekam, was in der Gaststube vor sich ging.

Wenn Peter seine Mutter besuchte, berichtete er ihr von seinen Fortschritten in der Schule, die dazu führten, dass er nach einem Jahr das Bundesrealgymnasium wieder verlassen musste und im Herbst in die Hauptschule Sankt Andrä am Mirabellplatz wechselte, wo er den Lehrern das Leben schwer machte. Nach lässiger amerikanischer Art lehnte er sich, die Beine auf dem Schultisch übereinander geschlagen, gemütlich in seinem Stuhl zurück und vermittelte wie ein verwöhnter, reicher Bub, für den Geld nur die Rolle spielte, dass es vorhanden war, den Eindruck, etwas Besseres zu sein. Besonders die Englischlehrerin trieb er zur Verzweiflung und gab ihr in jeder Stunde abschätzig zu verstehen, dass sie von ihm, der Englisch als Muttersprache beherrschte, noch viel lernen könne.

In den Sommerferien arbeitete er im *Hotel Österreichischer Hof*, wo ihm sein Vater über seine guten Kontakte einen Job als Page und Türsteher verschafft hatte. Er sprach perfekt Englisch und Französisch und war bei Gästen und Vorgesetzten sehr beliebt. Von Herrn Smutin, dem Chefportier des Hotels, den auch Peter freundschaftlich Smutje nennen durfte, wurde er zu Vorstellungen der Salzburger Festspiele geschickt, um vor dem Theatereingang heiß begehrte Karten zu einem überhöhten Preis an Interessierte zu verkaufen. Bereits eine halbe Stunde vor Vorstellungsbeginn hatte er alle Karten teuer an den Mann und an die Frau gebracht, sie wurden ihm regelrecht aus der Hand gerissen. Dann rief er aus der nahegelegenen Telefonzelle aufgeregt bei Smutje an, um ihm mitzuteilen, dass die Nachfrage seltsamerweise heute leider sehr niedrig sei und er immer noch Karten habe. Smutje befahl ihm: »Gib sie zum halben Preis her! Die müssen raus! Morgen sind sie nichts mehr wert!« Peter übergab später an Smutje wie vereinbart den leider nur zur Hälfte eingenommenen Erlös aus dem Kartenverkauf. Die andere Hälfte, von der Smutje natürlich keine Ahnung hatte, behielt er für sich. Für Peter zahlte sich das Geschäft aus, aber auch für Smutje, denn die Hälfte des Preises lag immer noch über dem regulären Preis, den er selbst dafür bezahlt hatte. Die Festspielgäste waren froh, überhaupt Karten bekommen zu haben. Da war ihnen jeder Preis recht.

»Ginny, komm wieder zu uns! Peter und ich, wir brauchen dich. Sogar meine Mutter fragt immer wieder nach dir. Es ist schon Gras über die Sache mit diesen Typen aus Amerika gewachsen. Ich glaube nicht, dass dich noch irgendjemand verfolgt. Die haben dich schon längst vergessen.« Hans machte sich alle Mühe, um Virginia, die nun schon den zweiten Winter im Pinzgau überstanden hatte, wieder nach Salzburg zu holen. Auch ihr war die Zeit lang geworden, und so verließ sie nach fast zwei Jahren die Hütte am Fuß des Sonntagshorns im Heutal bei Unken und fuhr über die Grenze am Steinpass, wo ihr inzwischen schon vergilbter Steckbrief an der Wand niemanden interessierte, nach Salzburg.

»Könnte ich die Uhr zurückdrehen und wüsste ich, was ich heute weiß, mag sein, ich täte manches anders. Aber es gibt keine zweite Chance. So wird es wohl am besten sein, ich denke an das wenige Schöne, das ich erlebt habe, und versuche, den Rest zu vergessen.« Mit diesen Worten beendete sie die Aufzeichnungen ihrer Lebensgeschichte und schickte die letzten Seiten in einem Umschlag mit der Post nach London zu Howard Greer, der das gesamte Manuskript mit der Schreibmaschine abtippte und mit viel Geduld in eine überarbeitete Form brachte. Am Schluss fügte er handschriftlich hinzu: »Ich weiß nicht, was sie getan hat. Ich weiß nur, was sie mir erzählte. Wahr oder falsch, Tatsache oder Erfindung, ich liebe V. Hill.« Das Wort »liebe« hat er unterstrichen.

2

Im der Hütte im Heutal hatte Virginia Zeit, um über ihre Zukunft nachzudenken. Die Gedanken kreisten dabei immer um die Frage, wie sie zu Geld kommen könnte, um ihren alten gewohnten und vermissten Luxus wiederzuerlangen. Sie plante, in die USA zurückzureisen und dort Sängerin oder Filmschauspielerin zu werden. Kontakte hatte sie ja noch aus ihrer Zeit in Kalifornien. Doch wäre sie nach ihrer Einreise in die USA sofort verhaftet worden, da sie immer noch polizeilich gesucht wurde. Eine bessere Idee schien ihr die Veröffentlichung ihrer Lebensaufzeichnungen als Buch, später könnte vielleicht ein Film daraus werden. Kontakte zu Produzenten in Hollywood hatte sie ja. Ihr Freund Howard Greer zweifelte jedoch an einem Erfolg dieses Buches, es fand sich auch kein Verlag, der es herausbringen wollte. Ihre Memoiren waren weder besonders aufschlussreich, noch brisant oder spannend. Virginia beschränkte sich hauptsächlich auf die Aneinanderreihung von Männerbekanntschaften, schilderte lang und breit ausgelassene Partys, hemmungsloses Geldausgeben, Reisen, Rumba, Pelzmäntel, Seidenstrümpfe, Sex und andere Nebensächlichkeiten. Die Personen des organisierten Verbrechens, zu denen sie in engster Beziehung stand, wurden zwar abgehandelt, jedoch in unverbindlicher, fast freundlicher Art. Sie erinnerten eher an Frauenhelden, an Glücksspieler, an arrogante Hochstapler und an selbstverliebte Maulhelden als an jene Schwerverbrecher, die sie waren. Virginia hatte weder den Mut noch die Absicht, die ganze Wahrheit zu erzählen und ihre Freunde von der *Cosa Nostra* öffentlich anzuprangern. Man hatte fast den Eindruck, als wollte sie sich mit diesen Aufzeichnungen bei ihren Gangsterfreunden anbiedern, um wieder ins Geschäft zu kommen. Wie immer plauderte sie einfach so dahin, ohne wirklich etwas auszuplaudern. Howard Greer scheute sich jedoch davor, Virginia die Wahrheit über ihre oberflächlichen Lebensaufzeichnungen zu sagen und bemühte sich weiterhin fleißig, den Text ordentlich zu überarbeiten.

Eines Abends kam Virginia am *Hotel Bristol* vorbei. Sie ging hinein. In der Bar spielte ein Pianist Operettenmelodien, Wienerlieder und deutsche Schlager. Es waren nur wenige Leute da, die Stimmung war zurückhaltend aufgekratzt. Herr Josef, der Barkeeper, freute sich sehr, sie nach so langer Zeit wiederzusehen. Sie fragte nach Billie.

»Der gute Billie ist seit einiger Zeit nicht mehr bei uns. Er hat sein Studium beendet und ist zurück nach Amerika. Der macht sicher eine ganz große Karriere als Pianist. Der hat halt noch Lieder gespielt, die guten alten amerikanischen. Die kann ja bei uns keiner.« Er blickte zum Klavierspieler hinüber, der sich alle Mühe gab, sein eingeschränktes Repertoire vorzuführen. Virginia seufzte gleichzeitig mit Herrn Josef, so als wäre es abgesprochen. Dann sagte er: »Billie hat einen Brief für dich dagelassen. Moment.« Er kramte in einer Lade herum und gab Virginia einen Briefumschlag. Sie bedankte sich und ging. Vor dem Hotel machte sie den Umschlag auf. Es war nur ein Blatt Papier darin. »A little song for Virginia, from Billie with love.« Sie las den Titel des Liedes: »All About Love«. Dann las sie den Text. Du weißt alles über die Liebe, hatte er damals zu ihr gesagt. Sie war gerührt, traurig, bekam Heimweh nach Amerika, Heimweh nach der Liebe, gab das Blatt Papier in den Umschlag zurück, verstaute ihn in ihrer großen Handtasche, stieg in ein Taxi und ließ sich nach Hause fahren. Hans war noch nicht da.

Virginias finanzielle Situation verschlechterte sich weiter, sie gab die große Wohnung in der Gabelsbergerstraße auf und zog mit Peter, der wieder im *Österreichischen Hof* einen Job als Page hatte, in die billigere *Pension Eibl* in der Vogelweiderstraße 98. Hans wohnte und arbeitete auf der *Zistelalm* bei seinem Bruder, die Beziehung zwischen ihm und seiner Frau war schon seit einiger Zeit zu Ende. Da es ihr immer aussichtsloser erschien, mit ihren Memoiren das große Geld zu verdienen, war sie nun bereit, ihre letzte und stärkste Waffe einzusetzen, ihr Tagebuch. Auf einem öffentlichen Kopiergerät in der Salzburger Hauptpost ließ sie eine Kopie davon herstellen. Virginia Hill tat das, was sie schon immer gut verstanden und was auch immer gut funktioniert hatte, sie spielte einen gegen den anderen aus. Sie rief ihren alten Freund und Liebhaber Joe Adonis in Mailand an, erzählte ihm von ihrem Tagebuch und sagte, dass sie Kopien davon an das FBI übergeben würde, jedoch nur jene Kopien, die die Geschäfte der Chicagoer betrafen. Als Bedingung forderte sie Geld, viel Geld. Adonis war kurz benommen, irritiert, ließ sich aber nichts anmerken und faselte etwas von der guten alten Zeit. Er beklagte sich darüber, dass er nun ein alter Mann sei, machte einen schlechten Witz und legte auf.

Dann rief Virginia bei Nat Coiner an. »Ich werde dem FBI geben, was sie wollen, Kopien meines Tagebuchs, aber nur jene Kopien, in denen die New Yorker ihre schmutzigen Finger in den Geschäften haben. Alles klar? Also schick mir Geld, viel Geld aus Chicago!« Dann rief Adonis bei Coiner an. Eine Woche später erhielt sie kommentarlos von jedem der beiden mit der Post einen Umschlag mit je 5.000 Dollar. In einem Telegramm forderte sie Adonis und Coiner auf, ihr weitere 20.000 zu schicken und wartete. Sie bekam weder von dem einen noch von dem anderen eine Antwort und übergab die Kopien ihres Tagebuchs an Hans zur sicheren Aufbewahrung.

Sie fühlte sich vernachlässigt und betrogen, ertränkte ihre Wut, ihren Hass und ihre Verzweiflung in Rotwein und Whisky. So behandelt man mich nicht, dachte sie. Niemand soll mich und meine Waffe unterschätzen. Ich habe das letzte Wort, nicht ihr. Ich werde euch geben, was ihr verdient, euch allen.

Anfang des Jahres 1966 informierte sie Tageszeitungen in Deutschland und Österreich, dass sie im Besitz eines Tagebuchs sei mit für die *Cosa Nostra* in den USA unangenehmem Inhalt. Sie wollte ihr Wissen an Journalisten weitergeben, die ihr im Fall einer tödlichen Bedrohung zu Hilfe kommen und Aufklärung in die Sache, wie sie auch ausging, bringen sollten. Eine unbedeutende österreichische Zeitung nahm in einem kleinen Artikel davon Notiz. Doch diese Kleinigkeit genügte, um das FBI und die Steuerbehörde in den USA über die Existenz dieses brisanten Tagebuchs mit Namen von Personen, die in illegale Geschäfte, Betrug und Mord verwickelt wären, zu informieren. Für Coiner und Adonis war klar, dass es Virginia ernst meinte und drauf und dran war, ihr Schweigen zu brechen. Die Behörde bot Virginia Hill über ihren Anwalt Jonathan Rossberg für die Aushändigung dieses Tagebuchs eine Steueramnestie und Straffreiheit. Virginia antwortete kurz: »Ich brauche Geld und scheiß auf eure Amnestie! Fuck you!«

Am Nachmittag des 20. März 1966 kamen zwei Amerikaner am Salzburger Flughafen an und fuhren mit dem Taxi ins *Hotel Österreichischer Hof*. Der Chefportier, Herr Smutin, hätte den Mann mit den dicken Brillengläsern und den anderen mit den großen Händen erkannt, denn beide waren schon einmal Gäste im Hotel, aber Smutin war auf Urlaub. Coiners Begleiter freute sich, wieder in Salzburg zu sein, in einer Stadt, von der er zwar viel gehört, aber bei seinem letzten Besuch nicht viel gesehen hatte, da er schon am nächsten Tag wieder abreisen musste.

Am nächsten Morgen wurde Virginia vom Besitzer der *Pension Eibl* ans Telefon gerufen. Ein Anruf vom *Österreichischen Hof*. Virginia hatte schlecht geschlafen, ihre Augen waren verquollen, die Haare durcheinander, ihr Gesicht leicht aufgedunsen. Man merkte ihr an, dass sie mit sich selbst unglücklich war, dass sie Sorgen hatte und sich gehen ließ. Sie nahm den Hörer und war überrascht.

»Virginia, ich bin's. Nat. Ich erwarte dich in einer Stunde in der Bar vom *Österreichischen Hof*.« Er legte auf und versank in Gedanken. Virginia! Wer hat dich zur begehrtesten

Frau der Unterwelt gemacht? Ich. Die Bosse waren verrückt nach dir. In Nerzmäntel haben sie dich eingewickelt, mit Diamanten behängt. Und wie dankst du mir das alles? Du hättest in Frieden leben können, in der Schweiz, in Österreich oder was weiß ich wo. Wir hätten dich in Ruhe gelassen. Du hättest aussteigen können, eine Chance bekommen, eine zweite Chance. Verdammt noch mal, Virginia! Und ich muss das jetzt alles ausbaden in dieser blöden Stadt, wo es eine Kirche neben der anderen gibt, aber keinen ordentlichen Nachtklub.

Virginia kam perfekt geschminkt, bestens gekleidet und faszinierend wie eh und je zu ihrer Verabredung in die Bar des Hotels. Sie war guter Dinge, weil sie dachte, dass Coiner gekommen war, um ihr persönlich das Geld zu übergeben, das sie gefordert hatte. Wahrscheinlich wollte er sie auch wieder ins Geschäft bringen. Sie würde ihr altes, gewohntes Leben zurückbekommen und freute sich über die Aufmerksamkeit, über den Respekt, den man ihr entgegenbrachte. Sie hatte etwas zu bieten. Das gefiel ihr. Mit einem großen, gewinnenden Lächeln kam sie auf Nat Coiner zu, der auf einem Barhocker saß, ein Glas Bourbon mit Eis vor sich auf der Theke. Sein Begleiter sah sich in der Zwischenzeit die Stadt an und war sehr angetan von den alten Gebäuden und den luxuriösen Geschäften.

»Nat«, sagte sie erfreut. »Schön, dich zu sehen. Wie ist es in Chicago?«

»Du bist wie immer zu spät«, knurrte er. Er fasste sie an der Taille und führte sie an einen der hinteren Tische, um ungestört mit ihr zu sein. Sie sahen sich lange an. Wie vor 30 Jahren in der Bar in Chicago hatte sie diesen kühlen, abweisenden Blick, von dem er damals so fasziniert war, eine Faszination, die tief in ihm drin bis heute andauerte.

»Da glaubt man, du bist weit weg in den Alpen, denkst nur ans Skifahren, und dann müssen wir von einem unserer FBI-Informanten erfahren, dass er in einer österreichischen Provinzzeitung gelesen hat, dass du dein Tagebuch Leuten zeigen willst, die das nichts angeht. Die Existenz so eines Tagebuchs hat nicht nur die Familie verunsichert, sondern auch einige Politiker.« Coiner wartete auf eine Reaktion, doch Virginia sagte nichts. Das Lächeln war aus ihrem Gesicht verschwunden.

»Unsere Geduld ist zu Ende. Du weißt, was das bedeutet.« Virginia blickte ausdruckslos vor sich hin. »Damals, als du das Geld aus Las Vegas in die Schweiz gebracht hast, konnte ich die Organisation noch überzeugen, dass du im Auftrag von Bugsy gehandelt hast. Aber diesmal kann ich nichts mehr für dich tun. Du bist ein zu großes Risiko geworden. Ich habe mich gegen diese Reise nach Salzburg gewehrt, aber die Familie geht vor.«

»Ich habe mit Joe Adonis in Mailand telefoniert. Er hat mir versprochen, mich wieder ins Geschäft zu bringen.«

»Mein Auftrag kommt persönlich von Joe Adonis«, gab ihr Coiner zu verstehen.

Sogar in ihrem stark geschminkten Gesicht konnte man jetzt erkennen, dass sie erbleichte. »Aber ihr könnt mich doch nicht so einfach ... Wie Ben ...« Dann wurde sie sachlich: »Mr. Coiner, wir sind hier nicht in New York oder Chicago! Mein Mann ist eine Persönlichkeit. Er hat Freunde bei der Polizei.«

Coiner holte tief Luft: »Da wir gerade von deinem Skilehrer reden. Er wird sterben, er und dein Sohn. Aber wenn du vernünftig bist, passiert ihnen nichts. Morgen Abend machen wir einen kleinen Spaziergang. Nur du und ich und Salvatore.«

Virginia hatte diesen Namen schon einmal gehört, wusste aber nicht mehr, in welchem Zusammenhang. Da schoss es ihr wie ein Blitz durch den Kopf. Ben Siegel hatte von ihm gesprochen. Salvatore! Einer seiner treuesten und zuverlässigsten Mitarbeiter!

Sie stammelte: »Was? Der ist auch hier?«

»Ja, glaubst du wirklich, die schicken mich allein? Also, denk an unseren Spaziergang. Such dir was Schönes aus. Salvatore liebt diese Gegend.«

Virginia ging zur Rezeption des Hotels und bat um eine Wanderkarte von Salzburg und Umgebung. Der Portier schickte einen Pagen in die nächste Buchhandlung, um eine zu besorgen. Wenig später konnte Virginia auf einer nagelneuen Wanderkarte für Nat Coiner einen Treffpunkt markieren. Dann sagte sie ruhig, fast wie eine Schlafwandlerin: »Zieht euch warm an und nehmt gute Schuhe mit. Das wird kein Spaziergang um den Häuserblock.«

Sie hatte in all den Jahren so viel erlebt, dass man sich fragte, wie denn das alles in einem einzigen Leben Platz haben konnte. Manche Menschen waren fast schon doppelt so alt wie sie und kannten nur den ewigen Trott von Routine und Langeweile. Aber das Erlebte fühlt sich für jeden anders und persönlich an, unabhängig von der Zeitspanne. In fünf Monaten würde sie ihren 50. Geburtstag feiern. Zum ersten Mal in ihrem Leben wurde ihr die Vergänglichkeit des Daseins, die Endlichkeit ihrer Wünsche und Ziele bewusst. Vom Whisky betäubt hätte sie einschlafen können, dennoch blieb sie wach, von vielen heftigen Gedanken bewegt. Sie drehten sich fast nur um Peter und Hans. Was einem bleibt im Leben, ist vielleicht der Gedanke an das Vertrauen, das einem entgegengebracht worden ist, die Erinnerung an den verträumten Blick eines liebenden Menschen, an das unschuldige Lächeln eines Kindes.

Am nächsten Tag ging sie zu ihren Lieblingsorten in der Stadt, zu den Pferden auf dem Residenzplatz und zur *Pferdeschwemme*, wo sie diese Fülle einer aufbäumenden Kraft, die schon viele Generationen von Menschen überdauert hatte, bewunderte. Sie fühlte sich leer und schwach, müde von den Verfolgungen, verbittert über ihre Unbeholfenheit, beschwert von der Besessenheit, dem Geld nachzujagen, ausgeliefert an gnadenlose Mächte, die sie einmal zu nutzen und gegeneinander auszuspielen glaubte. Sie könnte weglaufen, fliehen, immer weiter fliehen, doch um welchen Preis? Es erschien ihr alles sinnlos. Sie fühlte sich als schlechte Ehefrau, aber als gute Mutter, auch wenn sie sich zu wenig um ihren Sohn gekümmert hatte. Aber sie liebte immer, sie liebte im Schlechten wie im Guten. In der Pension sprach sie ein paar Sätze mit Peter und umarmte ihn, bevor er mit dem Bus zum *Österreichischen Hof* fuhr, wo um 15 Uhr sein Dienst begann. Dann spazierte sie auf den Heuberg im Norden der Stadt, wo sie gern auf den weitläufig angelegten Wegen allein herumwanderte. Sie kannte hier beinahe jeden Baum und jeden Stein. Auch wenn sie von Hans nun schon seit einiger Zeit getrennt war, traf sie sich doch immer wieder gern mit ihm auf dem Heuberg im Gasthof *Zur Schönen Aussicht*, von wo aus man einen schönen Blick auf die Stadt Salzburg und die Umgebung hat. Früher saßen sie verliebt hier im Gastgarten, die Finger ineinander verschlungen und die Blicke ineinander versenkt. Im Gasthof rief sie Hans an und bat ihn, zu ihr zu kommen. Er hatte noch einiges im Hotel seines Bruders zu tun und kam um 17 Uhr mit dem Auto beim Gasthof *Zur Schönen Aussicht* an. Virginia freute sich sehr, ihn zu sehen, mehr als sonst, wie ihm schien. Er bestellte einen Tee mit Rum, Virginia noch ein Glas Wein.

»Hans, erinnerst du dich an Sun Valley? Ich wollte damals eigentlich gar nicht Ski fahren.«

Er nahm ihre Hand und lächelte: »Du wolltest den Skilehrer. Recht hast du gehabt. Und du hast ihn auch heute noch.« Hans sehnte sich danach, so wie früher mit Virginia zusammen zu sein. Virginia wechselte schnell das Thema: »Peter macht mir Sorgen. Er ist erst 15 und schon dauernd den Mädchen hinterher.«

»Dabei kann er überhaupt nicht Ski fahren«, sagte Hans im Spaß.

»Weil er zum Glück nicht mit Brettern an den Füßen zur Welt gekommen ist.«

»Arbeiten mag er auch nicht besonders gern«, sagte Hans, dem die Unlust seines Sohnes, den Dienst zu versehen, aufgefallen war.

»Von wem er das wohl hat?«, fragte ihn Virginia spöttisch. Hans machte eine unschuldige Geste.

»Wir müssen uns überlegen, wie es mit ihm weitergehen soll. Eine höhere Schule wäre gut. Er braucht eine geordnete Zukunft.«

»Mach dir keine Sorgen, Ginny, mir wird schon was einfallen.«

Sie sprach wieder einmal von dem vielen Geld, das hereinkommen würde, wenn ihre Memoiren einmal als Buch erschienen. Hans versprach, sich darum zu kümmern. Es war dunkel geworden, in der Gaststube hatte man Licht gemacht. Virginia stand auf und ging nach draußen. Hans folgte ihr. »Wo ist der Mond, Hans?«

»Ich weiß nicht, Darling.«

»Du weißt, ich liebe den Mond.«

»Vielleicht ist er hinter einer Wolke.«

»Ich werde ihn brauchen heute Nacht.«

Sonderbar, hätte Hans sich denken können, seltsam, wie sie plötzlich daher redet. Wer braucht schon einen Mond? Doch er dachte sich nichts dabei, zahlte die Getränke und sagte: »Komm, Ginny, fahren wir heim!«

»Fahr nur! Ich mache noch einen kleinen Spaziergang. Das ist gesund.«

Sie küsste ihn und ging die Straße vom Gasthof hinunter in die Stadt. Hans stieg in sein Auto, fuhr an ihr vorbei, hupte ihr zu und sah noch, wie sie im Rückspiegel verschwand. Etwas weiter unten wartete an einer Kreuzung abseits von der Straße ein am Vormittag gemieteter Leihwagen, den Hans nicht bemerkte, als er an ihm vorbeifuhr.

3

Trotz des Frühlingsbeginns ist es Ende März oft sehr kalt in Salzburg. Manchmal fällt auch noch viel Schnee. In diesem Jahr jedoch war es schon angenehm warm, der Schnee zum Großteil geschmolzen. Virginia näherte sich Coiner, der neben dem Auto stand und sie anwies, sich mit ihm auf die Rückbank zu setzen. Salvatore startete und fuhr die Straße hinab, seine großen Hände, die einmal die Hände eines Einbrechers waren, umfassten fest das Lenkrad. Nach einiger Zeit bedeutete ihm Virginia anzuhalten. Sie stiegen aus und gingen einen kleinen Weg weiter hinunter, Coiner und Virginia gingen voran, Salvatore folgte ihnen mit Abstand. Coiner versuchte anfangs noch, die am Morgen im Hotel blank geputzten braunen Schuhe sauber zu halten, doch je weiter sie kamen, desto schmutziger wurden sie. Er war hörbar angewidert und verfluchte den Moment, als er Virginia vorgeschlagen hatte, einen schönen Ort für den gemeinsamen Spaziergang auszusuchen.

»Virginia, du bist sehr mutig«, sagte er nach einem tiefen Schweigen.

»Das ist komisch, weil ich mein Leben lang immer nur Angst gehabt habe.«

»Aber wohl keine Angst vor Männern«, sagte er.

»Ich habe mit vielen Männern geschlafen, mit allen deinen Freunden, nur nicht mit dir. Dabei warst du mir immer am nächsten. Seltsam, findest du nicht?«

Coiner brauchte einige Zeit, bis er antwortete: »Du warst mein Mädchen. Aber ich steh nicht auf Frauen. Du warst mein Aushängeschild, meine lebenslängliche Tarnung bei diesen Weiberhelden, bei diesen italienischen Familienvätern. Niemand akzeptiert einen Homosexuellen, der sich hinsetzt, um mit Familienvätern über Geschäfte zu reden.« Virginia hatte früher schon mal den Verdacht, dass Coiner schwul sein könnte und sie als Vorwand brauchte, um davon abzulenken, aber in ihrem ständigen geschäftigen Trubel keine Zeit gehabt, weiter darauf zu achten oder sich vielleicht Gedanken darüber zu machen. Sie wollte ihn auch nicht danach fragen. Das war allein seine Sache. Homosexuelle wurden strafrechtlich verfolgt, sogar eingesperrt oder zwangspsychiatriert. In Gesellschaft einer attraktiven Frau fiel so einer weniger auf. Logisch und verständlich.

Der Weg wurde steiler. Salvatore schnaufte, Coiner fluchte: »Hättest du dir keinen anderen Weg für unseren Spaziergang aussuchen können?«

»Ich mag diesen Weg und komme öfter hierher. Unten ist ein kleiner Bach, an dem früher einmal Mühlen standen.« Virginia sagte die letzten Sätze ihrer Lebenserinnerungen vor sich her: »Könnte ich die Uhr zurückdrehen, würde ich heute einiges anders machen. Aber es gibt keine zweite Chance.«

»Du hättest sie gehabt. Den Skilehrer nehmen und schweigen«, meinte Coiner trocken. Der steile Weg war zu Ende, sie kamen am Ufer des Alterbachs an. Virginia blieb stehen, lehnte sich an einen Baum und blickte zum Bach. »Ich liebe das Wasser«, sagte sie und atmete tief durch. Coiner zog ein Glasfläschchen aus seiner Jackentasche, schraubte den Verschluss ab und reichte es Virginia. »Da, trink! Du wirst nichts spüren. Nur einschlafen.«

Sie blickte ihn entsetzt an. Ihr war klar, was das bedeutete, so etwas Ähnliches hatte sie erwartet, doch der unbändige, lebenslange Wille zu überleben hatte sie nicht verlassen und sträubte sich nun dagegen, sich einfach in ihr Schicksal zu fügen. »Ich kann das nicht«, stotterte sie.

Salvatore stand abseits und versuchte, sich am Gras und Moos den Dreck von den Schuhen zu wischen. Coiner blieb kühl, das geöffnete Fläschchen in der Hand: »Denk an deinen Mann und an deinen Sohn. Es gibt auch andere Methoden. Denk an Bugsy!«

Virginia konnte in diesem Moment an gar nichts denken und sagte verzweifelt, fast schreiend: »Ich kann nicht! Ich will nicht!«

»Du bist ausgebrannt, Virginia. Keiner will dich mehr.« Coiner geriet in Wut. Er dachte, sie wäre einsichtig, und ärgerte sich, dass das alles so lang dauerte.

Sie blickte ihn flehentlich an: »Es gibt doch für alles eine Lösung!« Er wich ihrem Blick aus, um keine unangebrachten Gefühle aufkommen zu lassen und vielleicht sogar Mitleid mit ihr zu haben. Er wusste, was mit ihm geschehen würde, wenn er versagte. »Salvatore!«, sagte er laut und bestimmt. Salvatore kam näher und packte Virginia mit einer Hand am Hals. Mit der anderen zog er ihr den Unterkiefer hinunter. Virginia griff zu seinen großen Händen hinauf, war jedoch viel zu schwach, um sich aus dieser Umklammerung zu lösen. Coiner riss ihr die Arme nach hinten, ihr Mantel fiel zu Boden. Dann schüttete er ihr den Inhalt des Fläschchens in den Mund, Salvatore drückte ihr den Unterkiefer nach oben, sodass ihr Mund fest geschlossen war. Sie röchelte und schluckte mehrmals. Als Salvatore seine Hände von ihr löste, sagte er liebevoll: »Tut mir leid, Flamingo. Es war eine tolle Zeit. Flieg zu Bugsy!« Virginia sah Salvatores Nacken, der sie an das Sonntagshorn erinnerte, das auf seiner Westflanke gerunzelt ist wie der Nacken eines Stiers. Dann blickte sie starr vor sich hin, sank zu Boden und blieb vor Coiners schmutzigen Schuhen liegen. Er drückte ihr das Fläschchen in die Hand und legte den Verschluss daneben. Salvatore spürte eine ungewohnte Traurigkeit darüber, diese schöne, lebenslustige Frau, die so viele Männer um den Verstand gebracht hatte, diese Landkarte der Leidenschaft und Begierde einfach zu zerreißen, diese Gegenwart eines pulsierenden Lebens mit einem Schlag ausgelöscht zu haben. Ihr Bild war nun Vergangenheit. Dann dachte er daran, dass sie angeblich seinen Freund Bugsy auf dem Gewissen hatte. Außerdem war ein Auftrag ein Auftrag. Er hatte von Bugsy gelernt, sich anzugewöhnen, prinzipiell nicht zu viel nachzudenken. »Man kann alle Gesetze brechen, nur nicht das Gesetz des Schweigens«, sagte er leise vor sich hin, sozusagen als Rechtfertigung für seine Tat. Nat Coiner atmete schwer, das alles ging ihm ziemlich zu Herzen. Die dicken Gläser seiner Brille beschlugen. Er kannte Virginia von allen am besten, seit 33 Jahren, und kannte sie doch nicht wirklich. »Du warst mein Mädchen«, sagte er zu der reglos auf dem Boden Liegenden, kniete nieder wie zu einem Gebet und strich ihr mit der Hand über das Haar. Es fühlte sich weich an.

Die beiden Männer gingen schweigend zum Auto zurück und fuhren nach Salzburg. Der Alterbach führte mehr Wasser als sonst und rauschte weiter unbeteiligt durch die Dunkelheit.

4

Der Pensionist Franz Inzinger stellte die Schlüsselblumen in einer Vase auf den Küchentisch. Seine Frau, im Wohnzimmer mit dem Bügeln der Wäsche beschäftigt, bemerkte erst jetzt, dass er wieder in der Wohnung war. Sie ging durch den schmalen Gang in die Küche, sah die Blumen und sagte: »Der Frühling ist da.« Er lächelte und freute sich darüber, seiner Frau eine kleine und einfache Freude gemacht zu haben. Er holte sich eine Flasche Bier aus dem Kühlschrank, setzte sich an den Tisch und trank. Seine Frau bemerkte, dass er heute anders war als sonst, unruhiger.

»Ist was?«, fragte sie und setzte sich zu ihm.

»Nein, nichts.«

»Aber es ist doch was mit dir«, sagte sie beunruhigt. »Wo warst du?«

»Spazieren. Auf dem Heuberg, wie immer.«

»Und? Alles wie immer?«

Er redete prinzipiell nicht viel. »Fast wie immer«, sagte er. Nach einer Pause sagte er ungewöhnlich hastig: »Wie ich vom Bauern Notlehen auf der Wiese hinunter zum Alterbach gehe, sehe ich unten am Bach eine Gestalt liegen, einen Menschen.«

»Tot?« Seine Frau erschrak.

»Weiß ich nicht.«

»Ja, hast du denn nicht nachgeschaut?«

»Schon. Die Gestalt ist auf einem dunklen Mantel gelegen, hat eine helle Hose angehabt, einen Pullover und diese teuren neumodernen Seehundschuhe.«

»Und dann?«

»Ja, dann bin ich wieder weggegangen.«

»Du hättest nachschauen müssen, ob diese Person lebt, ob sie verletzt ist, ob sie vielleicht Hilfe braucht«, ereiferte sich seine Frau.

»Sonst noch was!«, rechtfertigte sich Inzinger. »Wahrscheinlich war er betrunken und hat seinen Rausch ausgeschlafen. Erinnere dich, vor einigen Jahren, da hab ich einmal in der Nähe von Hallein eine schlafende Person liegen sehen. Ich wollte helfen und hab sie aufgeweckt. Und was war? Ein Besoffener, der mich dann fürchterlich geschimpft hat, weil ich ihn geweckt habe. Das passiert mir nicht noch einmal. Ich bin doch nicht blöd.« Dabei fuhr er mit dem gestreckten Zeigefinger an seine Stirn und nahm einen Schluck aus der Flasche.

Sie erinnerte sich an diesen Vorfall. Ihr Mann war damals ziemlich verärgert. »Komisch ist das aber schon«, meinte seine Frau. »Morgen gehst du wieder hin und schaust nach, ob diese Gestalt noch dort liegt. Könntest mir ja wieder Schlüsselblumen mitbringen. Die sind heuer besonders schön.«

Am nächsten Morgen, es war Donnerstag der 24. März 1966, machte sich Franz Inzinger erneut auf den Weg zum Alterbach und sah die Person von gestern immer noch dort liegen. Er ging zum nahegelegenen Gasthaus *Glockmühle*, um das zu melden. Die Wirtin telefonierte mit der nächstgelegenen Polizeiwachstube, doch man teilte ihr mit, bereits von einem anderen Spaziergänger über den Fund einer Leiche am Alterbach informiert worden zu sein. Inzinger ging nach Hause, auf das Pflücken von Schlüsselblumen hatte er vergessen. Er gab seine Aussage einen Tag später zu Protokoll.

Um 11.30 Uhr trafen zwei Polizisten der Erhebungsabteilung Salzburg bei der Leiche ein. Sie verständigten den zuständigen Kriminalinspektor von der Abteilung Gewaltverbrechen. Er kam mit einem Polizeiarzt zum Tatort. In der Nähe der Leiche wurde eine Handtasche mit einem Reisepass gefunden, wodurch die Tote identifiziert werden konnte. Es bestand kein Zweifel daran, dass es sich um Frau Virginia Hauser handelte. Man verständigte ihren Ehemann. Er hatte vorgestern Abend und den ganzen gestrigen Tag über immer wieder in der *Pension Eibl* angerufen, um seine Frau zu erreichen. Doch sagte man ihm stets, sie sei nicht anwesend. Er wunderte sich und machte sich Sorgen, erinnerte sich aber auch daran, dass sie vorhatte, zu einem Freund nach Mailand zu reisen, um geschäftliche Dinge mit ihm zu besprechen. Das beruhigte ihn zwar etwas, doch das seltsame Gefühl, dass etwas passiert sein könnte, ließ ihn nicht los.

Der zehnjährige Ernst wohnte in der Nähe des Gasthauses *Glockmühle* und bemerkte die ungewöhnliche Ansammlung von Menschen in der Gegend. Er ging zum Alterbach, wo die Leiche der Virginia Hill soeben von zwei Männern der Rettung in einem Metallsarg weggetragen wurde. Man erzählte ihm, was vorgefallen war. Er konnte kaum glauben, dass hier in der Nähe seines Elternhauses ein Verbrechen geschehen war. In der Zwischenzeit hatten auch einige Journalisten von dem Vorfall erfahren und waren zum Tatort gekommen. Einer sagte zu Ernst: »Leg dich da neben dem Bach auf den Boden. Ich leg meinen Mantel über dich, dann mach ich ein paar Fotos. Kriegst 20 Schilling dafür.« 20 Schilling waren für den Buben viel Geld, er tat, was man von ihm verlangte, der Journalist machte Fotos, von denen einige später in Illustrierten abgebildet wurden und vorgaben, die tot unter dem Mantel liegende berüchtigte Gangsterbraut Virginia Hill zu zeigen. Das war alles, was von Virginia Hill übrig blieb. Ein fremder, abgetragener Herrenmantel, ausgebreitet über einem Salzburger Buben auf einem schlammnassen Boden.

Die Obduktion der Leiche ergab beträchtliche Mengen von Schlafmittelrückständen, von Barbituraten im Mageninhalt und im Harn, die zum Tod geführt hatten. Man ging zunächst davon aus, dass Fremdverschulden auszuschließen war und dass es sich eindeutig um Selbstmord handelte. Bei weiterer Untersuchung der Leiche stellte man jedoch Druckstellen am Hals der Toten fest, Würgemale von großen Händen, und vermutete, dass ihr das Schlafmittel gewaltsam eingeflößt worden sei und es sich doch um Fremdverschulden handeln könnte. In Kenntnis dieser Sachlage verfasste der Kriminalinspektor seinen Bericht.

»Schau her!«, sagte der Polizeipräsident zum Kriminalinspektor. »Die Tote, also diese Virginia Hauser, ist ja eine bekannte Gangsterbraut. Mafia und solche Typen. Ich kenn mich da aus, weil Mafia-Geschichten sind mein Hobby. Virginia Hill, Bugsy Siegel, Lucky Luciano. Alles klar?«

Dem Inspektor war gar nichts klar, denn er hatte weder von dieser Frau noch von den anderen Typen je etwas gehört.

»Was?«, scherzte der Präsident und gab vor, entrüstet zu sein, »da arbeitest du bei der Polizei und hast keine Ahnung von Gangstergeschichten?«

»Dafür hab ich keine Zeit«, antwortete der Inspektor nüchtern.

Der Präsident fuhr fort: »Wenn du also jetzt in deinem Bericht schreibst, dass es bei der Dame um Mord geht, sind wir gezwungen zu ermitteln. Alles klar?«

Der Kriminalinspektor hörte aufmerksam zu, konnte beim besten Willen nicht erkennen, worauf dieses Gespräch hinausführte und sagte: »Nein.«

Der Präsident wurde fast väterlich: »Bei diesen Mafiamorden findet man die Mörder sowieso nie. Das hat uns Amerika immer wieder traurig bewiesen. Und dort passiert so was alle Tage. Was bringt uns also dann das ganze Ermitteln? Nichts. Nur Scherereien und überflüssige Arbeit. Und wir haben eh schon alle Hände voll zu tun. Also, mach keine Umstände, schreib in deinen Bericht, dass es sich um Selbstmord handelt, und wir haben unsere Ruhe. Haben wir uns verstanden?«

Der Kriminalinspektor verstand die Weisung und verfasste missmutig einen zweiten Bericht über den Tod der

Virginia Hauser. Die Todesursache lautete demnach Selbstmord durch Einnahme einer Überdosis von Schlaftabletten. Auch der Polizeiarzt, mit dem er schon jahrelang bestens zusammenarbeitete, musste sich damit abfinden, immerhin kam ja die Anweisung von ganz oben. So waren seit jeher die Spielregeln. Dieser zweite Bericht war von nun an gültig, den ersten hat es nie gegeben. Als später einmal jemand bei der Polizeidirektion nachfragte, der, woher auch immer, gehört hatte, es gäbe noch einen anderen Polizeibericht zum Tod der Virginia Hill, wurde ihm geantwortet: »Wenn so ein Bericht da wäre, dann wäre er da. Punkt.« Und als dieser Jemand mutmaßte, dass dieser Bericht vielleicht verloren gegangen sein könnte, hieß es kurz und eindeutig: »Wir sind ein Amt. Und auf einem Amt geht nichts verloren. Punkt.«

Für Selbstmord sprach schließlich auch ein Zettel, der in der hinteren Hosentasche der Leiche gefunden und als Abschiedsbrief gedeutet wurde.

»Lieber Hans,
es tut mir leid, dass ich euch auf diesem Weg verlassen muss, aber vielleicht kannst du und Peter auch ohne mich auskommen. Sei gut zu ihm, Hans, und versuche, ihm zu helfen. Ich liebe ihn sehr und denke, dass ich manchmal zu streng mit ihm bin. Wenn Howard je aus dem Buch Geld machen kann, versuch bitte, ihn wieder in die Schule zurückzuschicken. Ich wünsche euch beiden das Allerbeste und alles nur mögliche Glück. In Liebe. Tab.
Ich wünsche kein Begräbnis, nur eine Verbrennung.
Mach dir keine Gedanken um meine Familie.«

Als am Abend nach der Auffindung der Leiche zwei Polizisten Virginias Zimmer in der *Pension Eibl* durchsuchten, um vielleicht einen Hinweis auf die Tat zu finden, stellten sie fest, dass bereits vorher unbekannte Täter gewaltsam in das Zimmer eingedrungen waren und alles durchwühlt hatten.

Als Kind hatte Virginia Hill gelernt, keinem Menschen zu vertrauen, als Erwachsene hatte sie den Männern vertraut, meistens den falschen, schließlich vertraute sie nur noch ihrem in braunes Leder gebundenen und mit einer Schnur zusammengehaltenen Tagebuch. Es hätte ihre Lebensversicherung sein sollen und brachte ihr den Tod. Es ist nie wieder aufgetaucht.

Bei der Durchsuchung ihrer Handtasche stieß man auch auf Billies Zettel mit dem Lied, das er für Virginia geschrieben hatte. Ein Polizist, der nicht Englisch sprach, fragte sich, was das bedeuten könnte. Noch dazu war das Blatt Papier in einer seltsamen Form beschrieben, mit mehreren Absätzen und kurzen Zeilen, die nicht, wie in Briefen üblich, von einem Rand des Blattes zum anderen führten. »Sehr verdächtig. Sollen sich andere einen Reim darauf machen«, sagte er zu sich selbst und gab diesen geheimnisvollen Zettel mit Billies Songtext zu den Akten.

All About Love

She knows nothing about cars
About a Ford or a Chevrolet
Nothing about the stripes and the stars
In the flag of the USA
She doesn't care about the news of the world
About politics and all that stuff

But she knows, oh yes, she knows
All about love

She knows how to treat a man
If this man treats her tenderly
Her body is like a sweet master plan
For desires of you and me
And when so-called lady-killers show up
She will check out the macho-bluff
Cause she knows, oh yes, she knows
All about love

Love can take you to a trip far off the ground
Love can make you turn around
If you risk to taste a lovely exercise
Come and see her, she will give you the right advice

She knows nothing about books
About religion, philosophy
Nothing about how the continent looks
And the global geography
She knows nothing about the devils below
And the angels who fly above
But she knows, oh yes, she knows
All about love

But you never know enough about love

5

Der 15-jährige Peter Jackson Hauser gab bei seiner Einvernahme zu Protokoll: »Am Dienstag, dem 22. März 1966, hatte ich nachmittags von 15 bis 22 Uhr als Page im *Österreichischen Hof* Dienst. Als ich nach Hause kam, war meine Mutter nicht anwesend. Ich war der Meinung, dass sie vielleicht nach Mailand gefahren sei, weil ich mich für sie wegen einer solchen Fahrt am Bahnhof erkundigen musste. Ich ging dann zu Bett.

Am Mittwoch, dem 23. März 1966, rief mich mein Vater um circa 9 Uhr zu Hause an. Ich stelle richtig, an diesem Tag hat mich mein Vater mehrmals angerufen. Ich versah am Nachmittag wieder meinen Dienst. Am Donnerstag, dem 24. März 1966, rief mich mein Vater am Vormittag an und teilte mir mit, dass meine Mutter gestorben sei. Am Nachmittag habe ich im Hotel wieder meinen Dienst gemacht.

Sie war mir eine gute Mutter und hat alles Unliebsame des Lebens von mir ferngehalten. Abschließend erkläre ich noch einmal, dass der Tod meiner Mutter mir äußerst schockierend und überraschend gekommen ist. Ich möchte damit zum Ausdruck bringen, dass ich keine Hinweise oder Anhaltspunkte zu Lebzeiten meiner Mutter hätte erkennen können, dass sie freiwillig aus dem Leben scheiden würde.«

Die Leiche Virginia Hills wurde im Linzer Krematorium eingeäschert, die Urne im Familiengrab der Hausers auf dem Aigner Friedhof in Salzburg beigesetzt. Da sie konfessionslos war, gab es keine kirchliche Verabschiedung. Peter erinnerte sich, dass sie immer wieder gern mit ihm in den

Salzburger Dom zur Messe gegangen war. »It's a nice show, you know«, sagte sie dann.

Bald darauf wurde Peter im *Hotel Österreichischer Hof* fristlos entlassen. Ein Gast gab ihm den Auftrag, seinen Maserati in die Hotelgarage zu fahren, und übereichte ihm den Zündschlüssel. Peter jedoch fuhr damit zu einer Freundin, ließ sie einsteigen, brauste mit ihr in der Gegend herum und fühlte sich als unwiderstehlicher Playboy, der mit etwas protzte, das ihm nicht gehörte. Als er den Wagen später in der Garage abstellen wollte, wartete bereits der Besitzer auf ihn.

Nach verschiedenen Beschäftigungen im Hotelgewerbe meldete er sich mit 18 Jahren bei einer Dienststelle der US-Army in München und wurde als amerikanischer Staatsbürger in die Armee aufgenommen. Da er noch minderjährig war, brauchte er die Einwilligung seines Vaters. In Fort Dix, New Jersey, absolvierte er seine Grundausbildung, Mitte des Jahres 1969 kam er als Hubschrauberpilot nach Vietnam.

Hans Hauser dachte nie viel über das Leben nach, er lebte einfach. Er hatte Glück, als Mensch, als Mann, als Skifahrer. Als sein größtes Glück empfand er, Virginia kennengelernt zu haben, denn er liebte sie über alles, von der ersten Nacht in Sun Valley bis über ihr tragisches Ende hinaus. Vielleicht hatte er zu viel Glück, vielleicht war dieses Glück schon aufgebraucht, vielleicht hatte es sich andere Wege gesucht, Wege, die seine nicht mehr kreuzten. Wie gesagt, Hans dachte prinzipiell nie besonders viel nach, und über solche Fragen schon gar nicht. Er konnte den Verlust seiner Frau lange nicht verwinden und widmete sich, um sich abzulenken, Virginias Herzensprojekt, ihren Memoiren. Er nahm Kontakt zu Howard Greer in London auf, der ihm das überarbeitete mit Maschine geschriebene Manuskript schickte. Hans übersetzte es ins Deutsche, ließ es durch klärende Passagen über historische und gesellschaftliche Hintergründe ergänzen und erweiterte es durch einen umfangreichen Bildteil mit Fotos aus Virginias Nachlass. Schließlich erwirkte er im Jahr 1970 die Herausgabe als Buch in einem großen Wiener Verlag. Doch wie von Greer bereits befürchtet, erfüllte das Buch keineswegs die Erwartungen der Leserinnen und Leser, die sich Einblicke in die Welt der Mafia und sensationelle Enthüllungen durch eine Insiderin erhofft hatten. Das Buch mit dem Titel *Virginia Hill. Memoiren einer Gangsterbraut* war kein Erfolg, der finanzielle Gewinn stellte sich nicht ein. Immerhin war das Thema *Memoiren* durch diese Veröffentlichung für Hans Hauser endgültig abgeschlossen, er hatte Virginias Wunsch erfüllt, fühlte sich nun erleichtert und auch ein wenig befreit.

Dann lernte er Traudl kennen. Er war 58 Jahre alt, lustig, humorvoll und sah immer noch gut aus. Sein spitzbübischer Charme, sein Witz und die spannenden Erzählungen von seinen Erlebnissen als Skirennläufer und Skilehrer begeisterten wie eh und je. Das gefiel ihr. Sie hatte Geld. Das gefiel ihm, denn er hatte keins. Sie heirateten am 1. Juli 1971.

Sie war um einiges jünger als Hans, eine üppige Schönheit, leicht anzüglich in der Aufmachung, aber gepflegt in ihrer Ausdrucksweise und lustig in ihren Äußerungen. Sie betrieb das *Café Papageno* am Papagenoplatz, fühlte sich im Gastgewerbe zu Hause und wurde durch harte Arbeit, Umsicht, Berechnung und Knausrigkeit wohlhabend. Kurz nach der Hochzeit pachtete sie am Giselakai neben dem *Lifka Kino* ein Lokal, das teilweise in den Felsen gebaut war und zu dem man ein paar Stufen von der Straße hinunterstieg, setzte Hans dort als Wirt ein und nannte es ihm zuliebe *Hauser Bar*. Das Lokal entwickelte sich zu einem beliebten Treffpunkt der Salzburgerinnen und Salzburger, die kamen, um in gemütlicher Atmosphäre etwas zu trinken und sich von Hans mit seinen Geschichten unterhalten zu lassen. Er gab sich als feiner Herr, als weitgereister und welterfahrener Sir, fühlte sich wohl in seiner Rolle, hatte wie immer eine weiße Nelke im linken Knopfloch seines Sakkoaufschlags, verstand es, beste Stimmung zu verbreiten, seine Gäste zum Lachen zu bringen und zum Trinken zu animieren. Außerdem war er ein guter Koch, der hervorragende Steaks nach amerikanischer Art zubereiten konnte. Die Bar lief bestens. Am liebsten sprach er mit den Gästen über das Skifahren, Österreichs Nationalsport Nummer eins. Ende Jänner 1972 wurde der Skirennläufer Karl Schranz, einer der Favoriten für alpine Goldmedaillen, auf Entscheidung des IOC, des *Internationalen Olympischen Komitees*, von den Olympischen Spielen in Sapporo ausgeschlossen. Bei einem Benefiz-Fußballspiel trug Schranz ein Trikot mit einem Werbeaufdruck, weshalb man ihm vorwarf, die Amateur-Regeln zu verletzen und mit Sport Geld zu verdienen.

»Dem Karl Schranz«, sagte Hans Hauser, »dem geht es wie mir 1936 bei den Olympischen Winterspielen in Garmisch-Partenkirchen. Nur weil ich als Skilehrer Geld verdient habe, hat man mir vorgeworfen, ein Profisportler zu sein, und mich disqualifiziert. Das war damals schon eine Sauerei und ist es auch heute.« Die Gäste in der *Hauser Bar* waren einstimmig seiner Meinung und empfanden das Verhalten des IOC als Beleidigung der gesamten österreichischen Nation. Der Präsident des IOC, der Texaner Avery Brundage, der Schranz als ein schlechtes Beispiel für Jugendliche bezeichnete, wurde in Österreich zum Staatsfeind Nummer eins. »Ein typischer Südstaatler eben«, sagte Hans. »Bei denen kenn ich mich aus.« Karl Schranz wurde auf dem Flughafen in Wien-Schwechat nach seiner Rückkehr aus Sapporo wie ein Staatsgast empfangen, auf dem Ballhausplatz in Wien stand er neben Bundeskanzler Bruno Kreisky auf dem Balkon des Bundeskanzleramtes. Tausende Menschen schrien »Karli, Karli!« und jubelten dem disqualifizierten Skirennläufer zu. Die Wiener Kinder bekamen an diesem Tag schulfrei.

»Bei Südstaatlern kenn ich mich aus. Was hast du denn damit gemeint?«, fragte Traudl, die das Gespräch über Karl Schranz teilweise mitangehört hatte, ihren Ehemann.

»Nichts Besonders. Nur weil ich länger in Amerika war, hab ich halt von denen ein wenig eine Ahnung.« Hans servierte ein Bier über die Theke.

»Ich hab dir schon mehrmals gesagt: Ich will nichts mehr von dieser Virginia, dieser amerikanischen Südstaatenhure, hören!« Traudl war sehr aufgebracht.

»Traudl, bitte red nicht so über meine Frau!«, sagte Hans zu ihr und wusste in diesem Moment, dass er etwas gesagt hatte, was er lieber nicht hätte sagen sollen.

»Deine Frau! Deine Frau!«, kam es aus ihr heraus, so laut, dass die in der Nähe stehenden Gäste aufhorchten. »Deine Frau bin ich, mein lieber Herr Gemahl!«

»Aber natürlich, Schatzi. Entschuldige, das ist mir jetzt nur so rausgerutscht.« Hans drehte die Hintergrundmusik etwas lauter, in der Hoffnung, der Streit zwischen ihm und Traudl würde weniger bemerkt. Frank Sinatra sang gerade *My Way*, ein Lied, das Hans sehr gern hatte.

»Aha! Nur so rausgerutscht.« Vor Zorn wurde Traudl rot im Gesicht, man konnte es sogar im dämmrigen Licht der Bar bemerken. »Es kann nur aus einem etwas so rausrutschen, das in einem so drin steckt.«

Nun kam sie wieder mit ihren Argumenten von nicht aufgearbeiteter Vergangenheit, von Erinnerung und Sehnsucht, Argumente, auf die es keine Entgegnung gab. Hans konnte sagen, was er wollte, er würde sich nur weiter in Aussagen verstricken und dadurch noch mehr in eine ausweglose Situation hineingeraten. Er sagte nur: »Entschuldigung, ich muss mich um die Gäste kümmern«, ging von Tisch zu Tisch und fragte, ob man noch einen Wunsch habe. Traudl räumte mit sturem Blick leer getrunkene Gläser von der Theke. Die schwere vergoldete Kette mit grünen und weißen Steinen, die um ihren Hals hing und auf den Busen drückte, die Reifen um ihre Arme, die massiven Ringe in ihren Ohrläppchen, alles zitterte an dieser Frau, die mit blutrot geschminkten, zusammengekniffenen Lippen hinter der Theke stand und sich durch eifrige Beschäftigung ablenkte. Von einem der Tische hörte sie Gelächter. Hans war wieder in bester Stimmung, so, als hätte er den Wortwechsel von vorhin schon vergessen. Hans vergaß so etwas schnell, sie aber nicht.

»Beim Hahnenkammrennen in Kitzbühel«, begann Hans zu erzählen, »da hat es mich ein paar Mal überschlagen, ich hab meine Mütze und die Augengläser verloren. Dann bin ich wieder aufgestanden, und einer hat geschrien: ›Da geht's lang!‹ Dann hab ich wieder gewusst, wo ich hinfahren muss, und hab das Rennen gewonnen. Mit 20 Sekunden Vorsprung auf den Zweiten! Trotz Sturz!« Die Leute in der Bar nickten stumm und anerkennend. Hans war ihr Held! »Und was hast du dafür bekommen?«, fragte einer. »Wir haben nicht viel bekommen damals. Ein Paar Würstel vielleicht.«

In der *Hauser Bar* sprachen die Leute gern von Virginia Hill, die in der Erinnerung immer noch sehr präsent war. Traudl hasste ihre Vorgängerin als Ehefrau, die sie nie gesehen hatte, die ganz anders gewesen war als sie, dunkel, geheimnisvoll, aufreizend und von einer natürlichen Ausstrahlung. Traudl versuchte, ihrer Ausstrahlung durch Äußerlichkeiten wie perfekt aufgetragene Schminke, teuer wirkenden, übermäßig getragenen Schmuck und eine stolz zur Schau gestellte blonde Haarmähne eine Natürlichkeit zu geben, was ihr nur teilweise gelang. Ihre Ausstrahlung hatte immer etwas Künstliches, das anfangs faszinierte, aber mit der Zeit uninteressant und sogar billig wirkte. Sie war etwas größer als Virginia, aber um einiges beleibter, was sie kleiner erscheinen ließ. Manche fragten sich, was Hans an dieser Frau fand, jener Hans, der sich nach seiner Ehe mit der attraktiven und extravaganten Virginia mit einer durchschnittlichen Traudl eingelassen hatte. Hans stellte sich diese Frage nicht, er war froh, nicht allein zu sein und einer Arbeit nachgehen zu können, die ihm Spaß machte. Doch wie schon Virginia war auch Traudl sehr dominant, sie sagte ihm, was zu tun war, sie schaffte an, in der Bar wie auch zu Hause. Sie hatte die Bar gepachtet, Hans arbeitete dort, er war sozusagen ihr Angestellter. Das ließ sie ihn immer wieder spüren. Sie hatte das Geld in die Ehe gebracht, sie ermöglichte seine finanzielle Existenz, indem sie ihn in ihrem Lokal arbeiten und in ihrer Wohnung wohnen ließ. Hans war dankbar dafür, ergab sich in ein unspektakuläres, angenehmes Leben, ohne zu murren und ohne etwas verändern zu wollen. Er gehorchte, so wie er auch Virginia schon gehorcht hatte. Er hatte Respekt vor den energiegeladenen Stimmungsausbrüchen seiner Frau, so wie er schon vor den Launen Virginias Respekt gehabt hatte, nahm sie aber nie besonders ernst. Denn in der ganzen Unterschiedlichkeit zwischen Virginia und Traudl waren die beiden Frauen in ihren Stimmungsschwankungen, in ihrer unbändigen Energie und in ihrem ganzen Wesen doch unbewusst miteinander verbunden, die eine mit der Energie einer Luxussüchtigen, die andere mit der Energie einer Eifersüchtigen. Hans war es aufgrund seiner Bequemlichkeit gewohnt, sich an einiges zu gewöhnen.

Traudl arbeitete am Abend in ihrem Café am Papagenoplatz, wo eine Skulptur der berühmten Figur aus Mozarts Zauberflöte steht, und in ihrer vor Kurzem gepachteten *Paracelsus Stube* in der Kaigasse. Nach Mitternacht, wenn diese beiden Lokale schon geschlossen waren, kam sie meistens in die *Hauser Bar*. So auch heute. An der Theke unterhielten sich zwei Männer. »Ich hab einmal an ihrem Haus in der Gabelsbergerstraße auf einem Gerüst als Maler gearbeitet und in ihr Schlafzimmer schauen können«, sagte einer stolz. »Sie ist aufgestanden und ins Badezimmer gegangen. In einem Nachthemd sag ich dir, so durchsichtig wie die Sünde.« Er seufzte träumerisch.

»Und ich hab sogar ihren Busen aus der Nähe gesehen. Im *Posthof* vor ein paar Jahren.«

»Wahnsinn! Das musst du mir genauer erzählen.«

Als Traudl bemerkte, dass sich das Gespräch um diese schamlose dahergelaufene Gangsterschlampe drehte, rief sie in den Dunst der Bar hinein: »Hans, ich gehe!« Sie nahm ihren Mantel und ging mit stampfenden Schritten aus der Bar nach Hause, legte sich in die Badewanne und wusch sich den Arbeitstag von der Haut. Als Hans in den Morgenstunden nach Hause kam und sich zu ihr ins Bett legte, fühlte er sich allein.

»Ich will ja nichts sagen, Hans, aber mit deiner Alten hast du es auch nicht leicht«, sagte ihm sein Freund Sepp am Stammtisch auf der *Zistelalm*. »Da war mir ja die deine von früher noch lieber, auch wenn sie eine Amerikanerin war.

Aber fesch war sie schon, die Virginia. Ich will ja nichts sagen, aber deine …«

»Du brauchst auch nichts sagen«, fuhr ihn Hans an, dem die Bemerkungen vom Sepp schon damals auf die Nerven gingen, und jetzt erst recht. Soll er doch denken, was er will, dachte er, aber in einem hat er nicht ganz unrecht, der Sepp, das Zusammenleben mit der Traudl wird wirklich immer schwieriger.

Am Pfingstsamstag, dem 20. Mai 1972, wurde der amerikanische Präsident Richard Nixon in Salzburg erwartet, von wo aus er nach einem Treffen mit Bundeskanzler Bruno Kreisky und anderen Politikern zwei Tage später nach Moskau weiterreisen sollte. Jugendliche aus Österreich und Deutschland fanden sich zu Kundgebungen zusammen, um gegen den Präsidenten, die imperialistische Politik der USA und den Krieg in Vietnam zu demonstrieren. Auf Transparenten wurde Nixon als Schreibtisch-Mörder und Faschist bezeichnet. In Sprechchören schrie man Sätze wie »Nixon bringt den Bombenregen, Kreisky hat da nichts dagegen«. Die Demonstrationszüge vereinigten sich um 19.30 Uhr am Alten Markt in der Altstadt. Es war geplant, gemeinsam zum Flughafen zu marschieren, wo Nixons Maschine um 22.30 Uhr landen sollte. 2.500 Demonstranten wurden von 1.500 Sicherheitsbeamten aus ganz Österreich begleitet. Der Endpunkt des Zuges war von der Polizei drei Kilometer vom Flughafen entfernt festgelegt worden. Hinter dem Neutor jedoch löste sich der Zug spontan auf, die Demonstranten schlugen andere Wege durch die Stadt ein, verwirrten die Polizisten, umliefen die Sperren und erreichten den Flughafen ohne größere Schwierigkeiten. 200 von ihnen, darunter auch der 28-jährige Peter Kreisky, Sohn des Bundeskanzlers, besetzten die Rollbahn, um eine Landung von Nixons Maschine zu verhindern und sie zu zwingen, nach München abzudrehen. Als Peter Kreisky zuvor in einem Interview über das Treffen seines Vaters mit dem US-Präsidenten befragt wurde, sagte er nur: »Wenn's ihm Spaß macht.«

Um 21.30 Uhr standen die Demonstranten den Einsatzkräften auf dem Flughafen gegenüber. Eine Stunde später sollte Nixon landen. Nachdem die Verhandlungen gescheitert waren, begann die Polizei, das Flugfeld gewaltsam zu räumen, die Demonstranten verschwanden daraufhin im Dunkel der Nacht, es gab einige Verletzte und einige Festnahmen. »Hei! Wie tanzten da bald österreichische reaktionäre Schlagstöcke auf den hohlen, aber stets progressiven Köpfen der linken Protestierer!«, schrieb am Montag darauf der Kolumnist Staberl in der *Kronenzeitung*. Das Flugzeug konnte mit zehn Minuten Verspätung in Salzburg landen. Nixon traf Kreisky am Tag darauf im *Hotel Kobenzl* auf dem Gaisberg zu einem Galadiner, machte, stets begleitet von seinem Sicherheitsberater Henry Kissinger, einen Spaziergang durch die Stadt und reiste am Montag bei strahlendem Wetter ab. Zu Kreisky sagte er beim Abschied an der Gangway: »Am liebsten würde ich dableiben, weil es hier so schön ist, und Sie statt mir nach Moskau fliegen lassen.« Tausende Salzburgerinnen und Salzburger jubelten dem Präsidenten am Flughafen zu, eine Trachtenmusikkapelle spielte ihm einige Märsche.

Es war ungefähr um 1.30 Uhr früh, als zwei Studenten der Psychologie in Salzburg, nach ihrem Weg vom Flughafen in die Stadt zufällig in die *Hauser Bar* kamen, um sich bei einem Bier von den Ereignissen der letzten Nacht abzulenken und zu erholen. Nicht nur an ihren langen Haaren wurden sie als Demonstranten erkannt, auch an ihrer Kleidung. Einer hatte einen Vollbart. Die Demonstration gegen Richard Nixon war Stadtgespräch, auch in der *Hauser Bar* sprach man davon.

»Die Demonstranten gehören zuerst geköpft und dann aufgehängt«, sagte laut ein dicker, schon betrunkener Gast, und wurde von Hans angewiesen, den Mund zu halten. Ein anderer, der die Vorfälle am Flughafen in den Spätnachrichten im Fernsehen gesehen hatte, bevor er in die Bar ging, meinte: »Da habt ihr euch ja schön aufgeführt am Flughafen. Aber mit unseren Polizisten ist nicht zu spaßen. Ein Prost auf unsere Polizei!« Er hob sein volles Glas Bier und trank es in einem Zug aus. Die beiden Studenten fühlten sich immer weniger wohl hier. Alois, ein Beamter der Landesregierung, versuchte eine umgängliche Art des Gesprächs mit ihnen. »Der Nixon ist doch kein Mörder. Er hat den Vietnamkrieg von seinem Vorgänger geerbt. Da kann er gar nichts dafür.« Der bärtige Demonstrant warf ein: »Aber ein Obergauner ist er, dieser Nixon. Der hat sich Millionen für seinen Wahlkampf von der Mafia zahlen lassen.«

»Was? Mafia. Aha«, meinte Alois und wandte sich an Hans, der ihm gerade ein Bier brachte. »Hans, du kennst dich eh aus mit der Mafia in Amerika. Deine Virginia hat ja für die gearbeitet. Sag uns, wie das dort so läuft! Was war mit dem Nixon?« Hans hörte nicht hin, es interessierte ihn nicht, außerdem war ihm dieser Nixon unsympathisch. »Hört auf mit diesem Mafia-Blödsinn«, sagte er.

Der Demonstrant mit dem Vollbart war jedoch nicht zu stoppen: »Das Geld für Nixons Wahlkampf kam von einem Mafioso namens Meyer Lansky.«

»Dafür gibt es doch überhaupt keine Beweise«, sagte Hans, der diesen Namen im Zusammenhang mit Virginia schon einmal gehört hatte.

»Ach so?«, meinte der Bärtige. »Und warum hat dann der

Nixon, als er Präsident wurde, seinen Justizminister angewiesen, das Verfahren wegen Steuerhinterziehung gegen diesen Meyer Lansky sofort einstellen zu lassen? Dafür gibt es genug Beweise.«

Der kennt sich anscheinend aus, dachte Alois. Der Demonstrant fuhr unbeirrt fort: »Und der Typ, der den Deal mit den Millionen für den Wahlkampf eingefädelt hat, kam wegen Bestechung und Betrug ins Gefängnis, wurde aber von Nixon, als er Präsident war, begnadigt. Auch dafür gibt es Beweise.«

Alois wollte etwas sagen, wurde aber von Hans unterbrochen: »Eine Ruhe jetzt! Bei mir wird nicht politisiert!« Man schwieg und trank. Der Gast, der vorhin vom Köpfen und Aufhängen gesprochen hatte, war auf dem Barhocker eingeschlafen, sein Kopf lag auf der Theke neben einem Weinglas. Hans brachte nun das Gespräch auf das Skifahren und sagte stolz, dass er Annemarie Pröll kennengelernt habe, die in diesem Jahr den Weltcup in der Abfahrt, im Riesenslalom und den Gesamtweltcup gewonnen hatte. Die beiden Demonstranten blickten stumm in ihre Biergläser, sie waren zwar zufrieden, heute ein Zeichen gegen die Kriegshetze der USA in Vietnam gesetzt zu haben, mussten sich aber wieder einmal eingestehen, wie hilflos sie gegen die Mächtigen der Welt waren. Außerdem hatten sie eine ziemliche Wut auf den Bundeskanzler. »Wenn ich gewusst hätte, dass der ein Freund von dem Nixon ist, hätte ich ihn nicht gewählt.«

»Immerhin«, sagte der andere, »war sein Sohn mit uns am Rollfeld.« Sie grinsten über das ganze Gesicht.

Hans servierte die letzte Runde vor der Sperrstunde. Dann forderte er die Gäste auf zu gehen, zog seinen langen Ledermantel an, setzte den Hut auf und sperrte die Bar zu. Er zündete sich noch eine *Toscano*-Zigarre an. Er sah aus wie ein italienischer Mafioso. Die Nacht war angenehm warm. Auf dem Weg nach Hause dachte er an Virginia, an ihre Kontakte zur Mafia und daran, wie sehr sie wohl darunter leiden musste. Aber das war alles schon vergangen. Doch wurde er immer wieder von Gästen an diese Kontakte erinnert, so wie auch gerade vorhin. Mafia war eben ein faszinierendes Thema, und Hans wurde als Spezialist auf diesem Gebiet gesehen, als einziger Zeitzeuge, den man kannte. Er jedoch sprach niemals darüber. Da fiel ihm plötzlich ein, dass ihm Virginia kurz vor ihrem Tod die Kopien ihres Tagebuchs anvertraut hatte. Am nächsten Tag fuhr er auf die *Zistelalm* und fand die Zettel gut verwahrt am Boden einer Holztruhe. Er begann zu lesen und staunte nicht schlecht über das, was er da sah. Seine Virginia hatte Unmengen von Geld, Schmuck und vor allem Drogen von einem Ort zum anderen gebracht, sie war im Mittelpunkt des kriminellen Geschehens und lebte bestens davon. Einige Namen waren ihm bekannt, so auch der Name des vorhin in der Bar erwähnten Meyer Lansky. Er verstand nun Virginias Ängste um einiges besser und fand sogar Verständnis für ihre Zerrissenheit und Unausgeglichenheit, die ihm das Leben oft schwer gemacht hatten. Diese Kopien schienen für einige Leute großen Wert zu haben. Vielleicht aber, dachte er, könnten sie auch für ihn selbst einmal einen Wert haben, eine Möglichkeit bieten, wofür auch immer. Er lächelte. Ohne das Gespräch über diesen Nixon und seinen von der Mafia finanzierten Wahlkampf hätte er auf diese Kopien völlig vergessen. Er nahm die Blätter an sich, fuhr zurück in die Stadt und versteckte sie in seiner Bar. Nun fand er diesen Nixon doch fast ein wenig sympathisch, aber nur fast.

6

Hans wirkte zufrieden, sogar glücklich. Am liebsten waren ihm die Stunden in der Bar, der Ort, wo er sich am wohlsten fühlte. Dafür arbeitete und lebte er gern. Er verbreitete stets eine angenehme, fröhliche Stimmung, erzählte seine Geschichten, hörte sich die Erzählungen der Gäste geduldig an und kommentierte sie oft mit einem wichtigen »Jo mei«. Sorgen und Probleme verdrängte er wie gewohnt und vermittelte den Eindruck, für sein Leben ausgesorgt zu haben. Ein Freund bezeichnete ihn sogar einmal als den glücklichsten Menschen rund um das *Lifka Kino*. Es hätte ewig so weitergehen können, unbeschwert und gemütlich, doch bedrückte ihn zunehmend das Zusammenleben mit seiner Ehefrau, die sich in eine Richtung entwickelte, die ein leichtes Leben immer unmöglicher machte. Diese Stimmung legte sich wie eine schleichende Last auf ihn, überflüssig und sinnlos, wie ihm schien. War es zuvor reine Eifersucht, kamen nun ständige Kontrolle und Überwachung dazu. Unbedeutende Kleinigkeiten erhielten eine mühsame Wichtigkeit. Er musste jeden verdienten Groschen bei ihr abliefern, konnte über die Einnahmen in seiner Bar nicht frei verfügen, bekam von ihr als Gehalt eine Art Taschengeld, dessen Höhe sie nach eigenem Gutdünken festlegte und das sich nach ihren Launen richtete. Sie wollte einen braven Mann und zwang ihn in die Rolle eines unmündigen Wesens. Die Einnahmen und Ausgaben mussten genau abgerechnet werden, die private Beziehung wurde mehr und mehr durch eine geschäftliche ersetzt. Da gab es keinen Spielraum, die von ihm in der Bar konsumierten Getränke rechnete sie von seinem Taschengeld ab. Sie steigerte sich in einen regelrechten Wahn hinein, ihn zu bevormunden und ihn spüren zu lassen, dass er an ihrer Leine hing, die sie, wie es ihr gefiel, manchmal länger ließ, aber meistens kürzer zog. Hans lieh sich Geld von Freunden und ging gern in den nahe gelegenen *Platzlkeller*, um sich dort vom Wirt, dem Forcher Sepp, auf ein Bier einladen zu lassen.

»Warum trinkst du denn dein Bier nicht in deiner eigenen Bar?«, fragte ihn der Sepp. »Das verstehst du nicht«, antwortete Hans. Doch der Sepp verstand mit der Zeit immer mehr, er fragte sich, warum sich Hans das alles gefallen ließ, und hatte Mitleid mit ihm. Aber das war ganz allein seine Sache und ging ihn nichts an. Hans hatte in seinem Leben immer das Gefühl, frei zu sein, nun war er rundum abhängig. Er war damals wohl auch von Virginia abhängig, doch sah er das nicht, weil er Virginia liebte und die Liebe ja bekanntlich blind macht. So lebte er dahin, nach außen hin umgänglich und fröhlich, innerlich aber gebrochen und traurig. Er hatte immer weniger Lust, sich zu seiner Frau ins Bett zu legen, bald war die Lust nur noch ein unbedeutender Begriff ohne Inhalt, eine Erinnerung an etwas großes Vergangenes. Hans war noch nie der Typ, der Veränderungen mochte, er nahm vieles hin, in der Hoffnung, es möge sich wieder einmal zum Besseren wenden. So verging die Zeit, es änderte sich nichts, sondern wurde immer schlimmer.

In der Bar machte man gerade Witze über die nachlassende Lust des Mannes im Alter. »Ja, ja, da hab ich auch so meine Erfahrungen mit dem Hans«, platzte es aus der Traudl heraus. Sie lachte gequält, Hans wirkte versteinert. »Und hier in der Bar muss ich aufpassen, dass er mir nicht das ganze Bier wegsäuft. Wo er doch eh nichts verträgt und immer gleich einschläft. In der Bar spielt er den großen Sir, aber daheim ist er zu nichts zu gebrauchen.« Es schien so, als würde sie einer lang aufgestauten Wut gegen ihren Mann freien Lauf lassen, als würde sie sich den Ärger mit ihm vor Publikum von der Seele reden wollen. Aber keiner wollte das hören, und in Gegenwart von Hans schon gar nicht. Sie litt schon lang unter seiner Missachtung, jammerte in einem fort, dass sie es ja nur gut mit ihm meine und keinen Dank dafür bekomme. »Wahrscheinlich denkt er dauernd nur an seine amerikanische Gangsterschlampe. Die soll ja so schön gewesen sein! Dass ich nicht lache. Vielleicht bin ich nicht ganz so schön wie die, dafür aber bin ich keine dahergelaufene Straßenhure, die mit jedem ins Bett steigt. Ich meine, gestiegen ist, weil die ist ja, Gott sei Dank, schon tot. Dafür lebe ich noch, und wie!« Sie goss sich Weißwein in ein Glas und trank es aus. Dann schenkte sie sich nach. »Der Hans ist schon in Ordnung«, sagte sein Freund Toni. »Der in Ordnung?«, lachte Traudl. »Für dich vielleicht, weil du nicht mit ihm verheiratet sein musst.« Hans schnaufte ein paarmal heftig ein und aus, nahm ihr Glas und schüttete ihr den Weißwein ins Gesicht. Fassungslos stand sie da, die Schminke rann ihr über die Wangen, dann schrie sie und schleppte sich, mit der rechten Hand auf das sauber geputzte Treppengeländer gestützt, hinauf zur Toilette, die sich im oberen Stock befand. Hans zitterte und atmete schwer. Er hätte niemals gedacht, dass seine Frau ihn vor anderen Leuten, noch dazu vor denen, die ihn gut kannten und bewunderten, so bloßstellen, so erniedrigen könnte, noch dazu in seiner Bar, die er über alles liebte, wo er der Herr war, eine beliebte und angesehene Persönlichkeit. Man wechselte schnell das Thema und redete mit Stolz davon, dass bei der alpinen Skiweltmeisterschaft in Sankt Moritz die Österreicher David Zwilling und Franz Klammer soeben die Gold- und Silbermedaille gewonnen hatten. Das war Anfang Februar 1974.

Hans Hauser begann, seine Frau zu hassen. Das Gefühl von Hass war neu für ihn, er hatte es bisher noch nicht gekannt und erschrak über seine eigenen offensichtlichen Abgründe. Er war nicht mehr der unbeschwerte, lustige Skilehrer von früher, er gestand sich ein, dass etwas nicht stimmte, dass er traurig und unglücklich war. Seine Kraft glich der eines schon lang in einem Käfig gefangenen wilden Tieres. Er suchte verzweifelt nach Gelegenheiten, sich aus dieser ausweglosen und beklemmenden Lage zu lösen. Seine Gedanken spielten verrückt. Er wollte einfach weg, weit weg, schätzte aber auch die finanzielle, bequeme Sicherheit, die seine Frau ihm bot. Geld! Ich brauche Geld, dachte er. Geld ist der Schlüssel nach außen, der Weg in die Freiheit, in die Unabhängigkeit. Er erinnerte sich an Virginia, die auch stets an nichts anderes gedacht hatte als an Geld. Und sie hatte verdammt noch mal recht! Er war nur von diesem einen Gedanken besessen: Geld! Sein Glück war dahin, aber er würde es sich zurückkaufen können. Er holte die Kopien von Virginias Tagebuch hervor, in dem sie immer wieder Namen mit Telefonnummern notiert hatte. Darunter befand sich auch die Nummer von Joe Adonis in Mailand. Doch Joe Adonis war schon seit zweieinhalb Jahren tot, gestorben an einem Herzinfarkt während eines Polizeiverhörs in Ancona. Nat Coiner, dieser Widerling, der ihn damals in Chicago im *Sheraton Hotel* mit einem Revolver bedroht hatte, war wohl noch am Leben. Sein Name und seine Telefonnummer standen auf der letzten Seite des Tagebuchs. An einem Abend im Frühling, Traudl war in ihren beiden Lokalen beschäftigt und würde so schnell nicht vorbeikommen, rief Hans Hauser von seiner Bar aus bei Nat Coiner in Chicago an. Es läutete mehrmals. »Ja!«

»Hier ist Mr. Hauser aus Salzburg, Austria. Ich habe etwas für Sie.« Coiner schwieg, er schien nachzudenken, dann sagte er kurz: »Geben Sie mir Ihre Telefonnummer. Ich rufe Sie gleich zurück.« Er legte auf.

Coiner vermutete, dass seine Telefongespräche vom FBI abgehört wurden. Er ging aus dem Haus und stellte den Kragen seines Mantels auf, denn es war wie immer sehr windig in Chicago. An der Tankstelle um die Ecke ließ er sich ein paar Scheine in Münzen wechseln, zwängte sich in die öffentliche Telefonzelle daneben und rief bei Hans Hauser in Salzburg an. »Ja!«, sagt Hans.

»Woher haben Sie meine Telefonnummer?«, fragte Coiner.

»Die steht in Virginias Tagebuch«, antwortete Hans. Coiner schluckte hörbar und sagte schroff: »Aber dieses Tagebuch gibt es nicht.«

»Ich habe eine Kopie davon«, sagte Hans. Coiner schwieg, dann fragte er: »Was wollen Sie?«

»Ich will Geld, viel Geld«, antwortete Hans.

»Sie hören von mir«, sagte Coiner und legte auf. Coiner schnaufte heftig und dachte nach. Dann warf er eine weitere Münze in den Schlitz des öffentlichen Telefonapparats und wählte die Nummer von Meyer Lansky in New York. Lansky hatte wieder einmal ein Verfahren wegen Steuerhinterziehung am Hals, bei dem ihm auch der wiedergewählte Präsident Nixon, der mitten in einem Skandal namens *Watergate* steckte, nicht mehr helfen konnte. Enthüllungen durch eine Kopie von Virginias Tagebuch könnte Lansky keinesfalls brauchen, auch wenn er weniger davon betroffen wäre als andere. Er wusste um die Sprengkraft von Virginias Aufzeichnungen, Coiner hatte ihm nach ihrem Tod davon berichtet. Die Organisation war in Gefahr. Er musste handeln, er würde handeln.

Am Sonntagabend des 28. Juli 1974 war Hans Hauser, wie immer im Anzug mit einer weißen Nelke im linken Knopfloch, bestens aufgelegt. Mit seiner Frau vertrug er sich seit einiger Zeit wieder besser, sie wandelte sich überraschenderweise langsam von einem vorwurfsvollen zu einem verständnisvollen Menschen, nahm bisweilen sogar Rücksicht auf ihn und gab ihm die kleinen Freiheiten, die er verdiente und schätzte. Hans war glücklich über diese schöne Veränderung, er konnte mit seiner Frau wieder lachen und sie wieder lieben. Schritt für Schritt hatte er seine alte Lebensfreude zurückerlangt, ohne viel dafür tun zu müssen. Traudl würde so wie er gegen 3 Uhr früh nach Hause kommen und mit ihm bei einem Glas Champagner auf einen erfolgreichen Arbeitstag anstoßen. Das machten sie in letzter Zeit öfter.

Es war nicht viel los in der *Hauser Bar*, einige Gäste, darunter Dieter, Toni und Albert, gute Bekannte von Hans, saßen auf Barhockern an der Theke und unterhielten sich angeregt über die Rolle der Buhlschaft im *Jedermann* bei den Salzburger Festspielen, der gestern Premiere gehabt hatte. Man war sich einig, dass das wichtigste Merkmal einer Buhlschaft ein ordentlicher Busen sei. »Ohne eine Buhlschaft mit einem gescheiten Busen ist der ganze *Jedermann* ein einziger Beschiss. Dann brauchst du da gar nicht hingehen und womöglich einen Haufen Geld für eine Karte zahlen«, meinte Dieter. Die anderen stimmen ihm zu.

Um Mitternacht betraten drei ausländisch aussehende Herren in dunklen Anzügen die Bar und setzten sich an einen Tisch. Solche Typen hatte man hier noch nie gesehen, einer, wie es schien, der älteste der drei, hatte auffällig große Hände. Sie verbreiteten sogleich eine seltsame, angespannte Atmosphäre, die den Raum unangenehm erfüllte. Das Gespräch an der Theke verstummte, Hans, der gerade noch launige Sprüche von sich gegeben hatte, wurde plötzlich ernst und still. Dann ging er zu den Herren an den Tisch, setzte sich dazu und wechselte einige Sätze auf Englisch mit ihnen. An der Theke konnte man nicht verstehen, worüber sie redeten, doch bemerkte man sehr wohl, dass das Gespräch bisweilen heftig wurde. Hans stand auf und servierte jedem der drei Männer einen Espresso. Dann bat er die Gäste an der Theke eindringlich aber freundlich, doch bitte zu gehen, da er sich nun um soeben angekommene Freunde aus Amerika kümmern müsse. Man folgte der Aufforderung, Toni gab einige unterdrückte Äußerungen des Missmuts von sich. Sie verabschiedeten sich von Hans, wünschten ihm eine gute Nacht und verließen die Bar, ohne sich noch einmal umzudrehen. Dieter hatte ein seltsames Gefühl.

Der Polizeiarzt beugte sich über den Toten, der zuvor von einer hängenden in eine liegende Position gebracht worden war. Er steckte eine auf dem Boden liegende weiße Nelke in eine Tüte aus Plastik.

»Herr Doktor«, sagte der Kriminalinspektor, deutete mit einer Handbewegung zum Polizeiarzt hinüber und winkte ihn herbei. Der Mediziner stand auf und ging die paar Schritte zum Inspektor, der in seinem grauen, etwas abgetragenen Anzug aber mit perfekt sitzender Krawatte einen vornehmen, frischen Eindruck vermittelte, obwohl er erst vor Kurzem durch einen Anruf vom Polizeiposten der Rathaus-Wachstube aus dem Schlaf gerissen worden war. Traudl Hauser, die sich fragte, wo ihr Mann so lange blieb, ging, einem komischen Gefühl folgend, kurz nach 4 Uhr morgens zur *Hauser Bar*. Als sie die Tür aufsperren wollte, bemerkte sie, dass der Schlüssel von innen steckte. Sie bat einen zufällig vorbeikommenden Polizisten, der über der Brusttasche seiner Uniform stolz das Messingschild »English« trug, was bedeutete, dass er Englischkenntnisse hatte, durch ein offenes Fenster, das üblicherweise um diese Zeit immer geschlossen war, in die Bar einzusteigen. Er zitterte am ganzen Körper, als er den an einem Strick hängenden Hans Hauser fand, und verständigte seine Kollegen.

»Herr Doktor«, sagte der Kriminalinspektor noch einmal, nun zwar leiser, aber umso präziser, »wenn ich sage Selbstmord, dann ist das Selbstmord.« Der Polizeiarzt schloss kurz die Augen, atmete tief ein und sagte dann sachlich, bestimmt und mit einem abschätzigen Ton in der Stimme: »Ach so! Dann hat sich der Tote also zuerst selbst gewürgt. Sodann ist der Tote mit einem Strick um den Hals da hinauf gesprungen, oben hat sich der Strick zufällig im Treppengeländer verfangen. Der Tote ist dann heruntergestürzt, hat sich mit der Hand noch am Geländer festgeklammert, dabei hat es ihm die Kehle zugeschnürt.«

Der Kriminalinspektor, der sich das alles geduldig angehört hatte, verzog sein Gesicht und gab ihm dadurch einen noch wichtigeren Eindruck als zuvor. »Ja, Herr Kollege, genauso wird es wohl gewesen sein. Das schreiben wir dann so ins Protokoll.«

Der Arzt stützte sich auf das Klavier, das unter dem Treppengeländer stand, an dem der Tote noch kurz zuvor gehangen hatte. »Selbstmord wird nicht gehen, Herr Kollege.« Er war erst seit drei Jahren Arzt bei der Polizei, was den Inspektor zu der Bemerkung verleitete: »Man merkt, dass Sie noch nicht lang bei uns sind. Denn sonst würden Sie wissen, dass wir bei Mafia-Geschichten die Mörder sowieso nie finden. Also sagen wir gleich, es war Selbstmord. Dann haben wir unsere Ruhe. Anordnung von ganz oben. Da können wir gar nichts machen. Das ist bei uns ein ungeschriebenes Gesetz. Ich habe da meine Erfahrungen.«

Der Arzt hob die Hände. Er konnte kaum glauben, was er

da eben gehört hatte. »Moment bitte, Herr Kollege! Mafia ist doch ein bisserl übertrieben. Nur weil in einem Salzburger Provinzbeisel der Wirt tot aufgefunden wird?«

»Provinz, dass ich nicht lache! Der Hauser Hans, der Tote, wissen Sie, wer das war? Das war der Mann von der Virginia Hill.«

»Virginia kenne ich nur als Zigarren«, sagte der Arzt.

»Sehr witzig!« Der Inspektor war über diese blöde Aussage sichtlich nicht erfreut. »Virginia Hill!«, sagte er dann. »Eine Frau aus Amerika. Mit Feuer unterm Arsch. Flamingo, Mafia-Rose, weiblicher Al Capone, Bugsy's Baby, Gangsterbraut vom Heutal.« Er hatte in den letzten Jahren einiges über diese Frau gehört. Nach ihrem Tod war sie für längere Zeit Stadtgespräch, das auch an ihm nicht spurlos vorüberging und sein Interesse weckte.

Der Arzt konnte mit diesen Begriffen nichts anfangen. Bei der Erwähnung der Gangsterbraut vom Heutal musste er kurz schmunzeln. Es klang wie aus einem Heimatfilm.

»Ich selbst habe sie ja leider nur mehr als Tote gesehen. Selbstmord«, sagte der Inspektor nüchtern.

Eine seltsame Häufung von Selbstmorden, dachte der Arzt.

»Vor acht Jahren ist sie am Heuberg unten am Alterbach gelegen.« Der Arzt kannte den Alterbach genauso wenig wie diese Virginia Hill.

»Aber ein schwungvolles, intensives Leben soll sie geführt haben«, meinte der Kriminalinspektor mit einem fast neidischen Ausdruck der Hochachtung. »Da sollte einmal einer ein Buch darüber schreiben. Einen Kriminalroman. Die lese ich am liebsten.« Er geriet kurz ins Schwärmen, machte eine Pause und sagte dann knapp: »Also, Herr Kollege, Selbstmord, alles klar?«

Der Arzt grinste: »Sie meinen, der Fall soll ohne weitere Untersuchung zu den Akten?«

»Sie können schon untersuchen, aber Sie werden nichts Ungewöhnliches finden. So ist das üblich in solchen Fällen. Ihr Vorgänger, können Sie sich an den noch erinnern?« Der Polizeiarzt nickte.

»Leider schon in Pension. Also der hat bei gewissen Fällen den Selbstmord schon gerochen, bevor wir die Leiche überhaupt entdeckt haben.« Er lächelte anerkennend.

Der Polizeiarzt machte einen resignierten Eindruck. Wenn es, wie vom Kriminalinspektor vorhin angedeutet, von ganz oben so angeordnet wurde, war da sowieso nichts zu machen. Ein ungeschriebenes Gesetz oder so ähnlich. Er atmete mehrmals tief durch, Anordnungen von oben beschwerten die Luft immer mit einem althergebrachten Mief.

»Trotzdem werde ich mir das Mordopfer …«

»Selbstmörder«, unterbrach ihn der Inspektor.

»Ja, natürlich, Selbstmörder. Ich werde mir also die Leiche in der Gerichtsmedizin noch kurz anschauen. Untersuchung quasi. Reine Routine.« Er zwinkerte seinem Kollegen zu.

Der Kriminalinspektor und der Polizeiarzt gingen mit dem Gefühl, alles richtig und den Bestimmungen entsprechend gemacht zu haben, aus der Bar. Der Morgen hatte etwas Erfrischendes. Es war leicht windig. Der Inspektor stellte den Kragen seines Mantels auf, hob die Schultern ein wenig und sagte mit einem verbindlichen Grinsen: »Wir sollten einmal nach Amerika fahren. Auf Urlaub. Ich hab gehört, Sun Valley ist besonders schön. Eine herrliche Gegend in den Rocky Mountains.« Der Wind nahm an Stärke zu, die Stille einer bewegten Nacht löste sich auf im Trubel eines alltäglichen Tages.

EPILOG

Hans Hauser wurde im Familiengrab am Aigner Friedhof in Salzburg neben der Urne seiner ersten Ehefrau beigesetzt. Alle, die ihn besser kannten, zweifelten daran, dass er Selbstmord begangen hatte. Man sprach von einem inszenierten, von fremder Hand herbeigeführten Selbstmord. Hans galt als lebenslustiger, fröhlicher, rundum glücklicher Mensch, fern jeder depressiven Stimmung. »Er hat niemals angedeutet, dass er aus dem Leben scheiden möchte«, sagte seine Frau unter Tränen. Außerdem, da war man sich einig, hätte er nie den Mut gehabt, so eine Tat zu begehen. »Nicht einmal in größter Verzweiflung hätte er das getan«, meinte sein Bruder. »Wir waren glücklich verheiratet«, seufzte Traudl. »Er hat mir gerade noch gesagt, wie sehr ihn das Leben wieder freut. So einer bringt sich doch nicht um! Ich hätte doch was gemerkt.« Sie schluchzte. »Das kann nur Mord gewesen sein.« Nun kamen erneut Zweifel am Selbstmord von Virginia auf, die man acht Jahre zuvor auf dem Heuberg gefunden hatte. Gerüchte wurden laut, dass es Aufzeichnungen gegeben habe, mit denen die Mafia erpresst worden sei, weshalb Virginia und Hans verschwinden mussten. Man sprach von einem brisanten geheimen Tagebuch. Manche vermuteten, dieses Tagebuch sei im Besitz der Salzburger Polizei, andere wiederum schienen zu wissen, dass dieses Tagebuch nach einem Einbruch im Polizeigebäude gestohlen worden war.

»So ein Unsinn! Einbruch bei der Polizei! Wahrscheinlich hat es ein Polizist an die Mafia verkauft«, sagte ein anderer. Wieder einer meinte: »Vielleicht wollte die Mafia auf Nummer sicher gehen und hat den Hans in den Selbstmord getrieben.«

»Wie schon damals bei der Virginia«, mischte sich jemand ein. Jeder gab vor, etwas zu wissen, doch eigentlich wusste jeder nichts.

Viele Gerüchte, Fragen und Vermutungen lagen in der Luft, als Hans Hauser zu Grabe getragen wurde. Zur Überraschung aller war auch sein Sohn Peter zum Begräbnis gekommen. Man wunderte sich, denn er konnte vom Tod seines Vaters nicht verständigt werden, weil niemand wusste, wo er sich aufhielt. Man erkannte ihn nicht gleich, mit langen Haaren, in abgerissenen Jeans, mit dem Aussehen eines verwahrlosten Jugendlichen stand er plötzlich da. Er führte eine riesige Dogge bei sich, die im Gegensatz zu ihm sehr gepflegt aussah. Nach dem Begräbnis verschwand er und ließ nichts mehr von sich hören.

Peter Jackson Hauser wurde im August 1969 als Hubschrauberpilot nach Vietnam versetzt, überlebte den Abschuss seines Hubschraubers, kehrte Ende Mai 1970 nach Deutschland zurück und war daraufhin in Heidelberg bei der US-Army stationiert. Er wurde mit mehreren militärischen Verdienstmedaillen ausgezeichnet, unter anderem mit dem *Bronze Star* und dem *Purple Heart*. Daraufhin soll Peter Hauser zum amerikanischen Geheimdienst übergewechselt sein. Er sprach akzentfrei Deutsch und Englisch, konnte sich sehr gut auf Französisch und Italienisch verständigen und beherrschte den österreichischen Dialekt. Man vermutete, dass er zunächst in der Rauschgiftabteilung gearbeitet habe und als Undercover-Agent in internationale Drogenringe eingeschleust worden sei, die vorrangig in Europa tätig waren. Das würde auch sein Aussehen beim Begräbnis seines Vaters erklären, das an jemanden aus dem Milieu von Drogenabhängigen und Drogendealern erinnerte. Somit hatte er letztlich auch mit den Folgen des geschäftlichen Wirkens seiner Mutter zu tun, die ein Leben lang Drogen im Wert von Millionen Dollar von einem Ort zum anderen brachte, die schließlich zu Leuten gelangten, die nun von der Organisation, für die Peter Hauser arbeitete, aufgespürt und dingfest gemacht werden sollten. Man nahm an, dass ihn der Geheimdienst vom Tod seines Vaters und vom Zeitpunkt des Begräbnisses informiert hatte.

Am 22. März 1978 wurde Peter Hauser auf der Insel Elba mit einem gefälschten deutschen Reisepass, der auf den Namen Reinold Lahusen ausgestellt war, von der italienischen Polizei festgenommen und in einem Schnellverfahren wegen Urkundenfälschung zu einem Jahr Gefängnis verurteilt. Er hatte Broschüren über die deutsche Terrorgruppe Baader-Meinhof bei sich. Einige Stunden nach der Urteilsverkündung kam er jedoch auf Intervention einer übergeordneten Stelle frei, worauf ihn die italienischen Behörden an die in Pisa stationierte US-Navy überstellten. Diese Intervention gab Anlass zu weiteren Vermutungen.

Bei den italienischen Parlamentswahlen im Juni 1976 kam die regierende Partei der Christdemokraten unter Ministerpräsident Giulio Andreotti auf 38,7 Prozent der Stimmen. Die PCI, die Kommunistische Partei Italiens, kam auf einen Höchststand von 34,4 Prozent. Ein Großteil der Italiener forderte nun eine Regierungsbeteiligung der Kommunisten, die Idee des »historischen Kompromisses« wurde populärer, weil man darin einen Weg aus dem korrupten und mit der Mafia paktierenden Regime Andreottis sah, hin zu mehr politischer Moral und mehr Demokratie.

Aldo Moro, Parteivorsitzender der Christdemokraten, war bereit, gemeinsam mit Enrico Berlinguer, dem Vorsitzenden der PCI, diesen historischen Kompromiss umzusetzen. Moro flog nach Washington zu Außenminister Henry Kissinger, um ihn von seinem Plan über eine Koalition mit den Kommunisten zu unterrichten. Kissinger riet ihm vehement davon ab und sagte, er würde diesen Schritt bereuen. Die USA waren strikt dagegen, weil in einem NATO-Staat die Kommunistische Partei als Mitglied der Regierung die Interessen der USA behindern und sich gegen eine amerikafreundliche Linie Italiens stellen könnte. Eine weitere Folge wäre vielleicht sogar der Austritt Italiens aus der NATO. Sowohl für den strikten Antikommunisten Kissinger als auch für Ministerpräsident Andreotti war Aldo Moro eine Bedrohung des internationalen Gleichgewichts. Kissinger meinte: »Ich sehe keinen Grund, warum wir tatenlos zusehen sollen, wie ein Land sich anschickt, kommunistisch zu werden. Und dies nur wegen der Unverantwortlichkeit seines Volkes.«

Eine Woche vor Peter Hausers Verhaftung auf Elba, am 16. März 1978, war Aldo Moro in Rom auf dem Weg ins Parlament, wo die Sitzung zur Vertrauensabstimmung der neuen Regierung, bestehend aus Christdemokraten und Kommunisten, stattfinden sollte. Man rechnete mit einer sicheren Mehrheit. In der Via Fani wurde ein Auffahrunfall vorgetäuscht, Moros Wagenkonvoi beschossen und Aldo Moro entführt. Bei dem Überfall starben Moros fünf Leibwächter im Kugelhagel. Zeugen berichteten, dass zur Zeit des Attentats über dem Geschehen ein Hubschrauber kreiste.

Die Roten Brigaden, eine Terrororganisation, die seit den 70er-Jahren Attentate auf bedeutende Personen in Italien verübte, reklamierte die Tat für sich und forderte als Gegenleistung für Moros Freilassung die Enthaftung von Mitgliedern ihrer Bewegung. Dieser Handel kam nie zustande. Aldo Moro blieb 55 Tage in Gefangenschaft, Versuche, ihn zu retten, scheiterten oder wurden nur halbherzig unternommen. Moros Leiche lag am 9. Mai 1978 im Kofferraum eines roten Renault 4 in der Via Gaetani in Rom.

Jahre später ergaben die Untersuchungen dieses Falles, dass möglicherweise der amerikanische Geheimdienst an der Entführung und Ermordung Aldo Moros beteiligt gewesen war, dass Verbindungsleute des Geheimdiensts als Undercover-Agenten bei den Roten Brigaden eingeschleust worden waren, die Organisation unterwanderten, dort sogar führende Rollen einnahmen und den Überfall in der Via Fani mitinszeniert hatten. Zeugenaussagen belegten diese These, mehrere Indizien sprachen dafür. So waren die gefundenen Patronenhülsen des Attentats mit einem Speziallack überzogen, wie er nur von geheimen Einheiten des Staates benutzt wurde. Man sprach von gefälschten Gutachten und von Vertuschungsaktionen. Eleonora, die Ehefrau Ado Moros, wiederholte mehrmals, dass die Roten Brigaden nur Handlanger für andere waren. Den Roten Brigaden nützte die Entführung und Ermordung Aldo Moros letztlich nichts, wohl aber den antikommunistischen Kräften in den USA und in Italien. Der historische Kompromiss wurde nie Realität, Italien blieb auf einer NATO- und amerikafreundlichen Linie, die Kommunisten kamen nicht in die Regierung, man rückte sie in die Nähe des linken Terrorismus, sie verloren nach und nach an Bedeutung.

Peter Hauser arbeitete für den amerikanischen Geheimdienst, er hielt sich zur Zeit von Aldo Moros Entführung in Italien auf, war Hubschrauberpilot und hatte bei seiner Verhaftung Broschüren der deutschen Terrorgruppe Baader-Meinhof bei sich, was ihn als angeblichen Sympathisanten des Terrorismus auswies. Eine Stunde nach seiner Verhaftung setzte man ihn auf höheren Befehl sofort auf freien Fuß. Das alles sind Zufälle, die zu Vermutungen führen und wiederum zu Schlussfolgerungen verleiten könnten.

Tatsache ist jedoch, dass Peter Jackson Hauser am 11. Mai 1995 in der Nähe der südwestfranzösischen Stadt Toulouse von Unbekannten auf der Autobahn angehalten wurde. Der Lenker eines auf dem Pannenstreifen abgestellten Fahrzeugs forderte ihn auf, aus seinem Wagen zu steigen, um Hilfe zu leisten. Daraufhin wurde er von einem entgegenkommenden Lastwagen niedergefahren. Von den Tätern fehlte jede Spur. Die Ermittlungen der französischen Behörden brachten kein Ergebnis und wurden schließlich eingestellt, die Umstände seines Todes konnten nie geklärt werden. Sie erinnern an den ebenfalls nie geklärten Autounfall des Richters Samuel Driver auf einer Straße in der Nähe von Sacramento vor 37 Jahren. Peter Jacksons Leiche wurde nach Salzburg überführt, man begrub ihn an der Seite seiner Eltern.

LITERATURANGABEN

Becker, Christine: Unkener Spaziergänge. Geschichten aus dem Heutal. Unken 2001

Dickie, John: Cosa Nostra. Die Geschichte der Mafia. Frankfurt/Main 2004

Edmonds, Andy: Bugsy's Baby. The Secret Life of Mob Queen Virginia Hill. New York 1993

Hanna, David: Virginia Hill: Queen of the Underworld. New York 1975

Hill, Virginia: Memoiren einer Gangsterbraut. Wien-München-Zürich 1970

Igel, Regine: Terrorjahre. Die dunkle Seite der CIA in Italien. Stuttgart 2006

Johnson, Kevin: Bugsy & his Flamingo. The Testimony of Virginia Hill. 2012

Raith, Werner: In höherem Auftrag. Der kalkulierte Mord an Aldo Moro. Berlin 1984

Reid, Ed: The Mistress and the Mafia: The Virginia Hill Story. New York 1972

Zeitungen und Zeitschriften

Veröffentlichung der Memoiren war geplant. Salzburger Nachrichten, 25. März 1966

Hill starb durch Selbstmord. Salzburger Nachrichten, 26. März 1966

Thomas Schrems: Bugsy. Tödliche Spuren nach Salzburg. Serie. Neue Kronen Zeitung, 29. März – 3. April 1992

Gernot Huemer: Sohn der »Mafia-Rose« ist tot. Neue Kronen Zeitung, 25. Mai 1995

Gernot Huemer: Er wurde wie seine Eltern in den Tod getrieben. Neue Kronen Zeitung, 27. Mai 1995

Al Capone hat Erben. DER SPIEGEL, 4. April 1951

Phantastik des Banalen. Rolf Dieter Brinkmann über Virginia Hill: »Memoiren einer Gangsterbraut«. DER SPIEGEL, 17. August 1970

Ferry Hirschmann: Flamingos singen nicht. Artikelreihe der BUNTE Illustrierte von 1976. Neusatz mit Anmerkungen von W. Emanuel Ketteler. Unken 2016

Schweinöster, Christine: Die Wirtin und die Mafiabraut. Salzburger Nachrichten, 9. Oktober 2014

DANKSAGUNG

Ich bedanke mich bei allen, die zur Entstehung dieses Buches beigetragen haben, die mir ihre Erlebnisse berichtet, ihre Geschichten erzählt und Informationen gegeben haben. Mein besonderer Dank gilt Michael Hauser von der Zistelalm in Salzburg sowie Sepp Auer, Manuel Ketteler und Hannes Leitinger aus Unken. Ein großes Dankeschön geht an Petra Gasperl für ihre Ideen, ihren Scharfsinn, ihre Geduld und für alles andere.